GUY

MW00737772

LES SŒURS RONDOLI
ET
AUTRES CONTES SENSUELS

*Établissement du texte,
introduction, bibliographie et notes
par*
· Antonia FONYI
C.N.R.S.

*Chronologie
par* Nadine SATIAT

GF-Flammarion

INTRODUCTION

LA SENSUALITÉ SELON MAUPASSANT

> Et si vous voulez, Madame, que je vous dise une vérité que vous ne trouverez, je crois, en aucun livre, — les seules femmes heureuses sur cette terre sont celles à qui nulle caresse ne manque. Elles vivent, celles-là, sans soucis, sans pensées torturantes, sans autre désir que celui du baiser prochain qui sera délicieux et apaisant comme le dernier baiser.
> [...]
> [...] Elles rêvent tranquilles et souriantes, effleurées à peine par ce qui serait pour les autres d'irréparables catastrophes, car la caresse remplace tout, guérit de tout, console de tout ! (*Les Caresses,* p. 118-119.)

Propos sur le bonheur, datés de 1883. La lettre d'où ils sont extraits, adressée par un homme à une femme qui l'aimait, mais se refusait à lui, a été trouvée sous un prie-Dieu de la Madeleine. A notre époque, où la chute des barrières religieuses et morales entre l'âme et le corps oblige le désir sexuel à se précipiter à la jouissance, de telles paroles de séduction n'ont plus cours. Mais elles portent encore : elles émeuvent. Le bonheur auquel elles promettent d'accéder par le plaisir quotidien, ce bonheur pérenne qui serait satisfaction sensuelle et affective complète — suppression de tout manque —, est une illusion, nous le savons, mais elles n'en ravivent pas moins notre désir, endormi, oublié, renoncé, d'un tel bonheur. Tant qu'ils réactualisent ce désir, serait-ce pour l'instant d'un écho ému, les écrits de Maupassant sur le plaisir des sens auront gardé leur actualité.

Contes sensuels.

Tous les contes de Maupassant sont sensuels. La sensualité est une couleur dominante de son œuvre, et, dans plus de la moitié de ses trois cents contes, elle nourrit l'amour, toutes sortes d'amour. Dans les volumes suivants de cette collection, on rassemblera des récits sur l'amour idéal, l'amour noir, l'amour vénal, sur la sexualité conjugale et sa contrepartie, l'adultère. Ici, en présentant des écrits dont le thème privilégié est la satisfaction des sens [1], nous proposons de relire un Maupassant bien connu — ou qui passe, tout au moins, pour l'être, à tel point qu'il ne retient plus l'attention —, celui que la tradition a proclamé champion du plaisir sexuel.

Champion, les biographes y insistent, dans le sens sportif du mot, mâle hyperpuissant qui faisait constater par des témoins ses performances extraordinaires — note d'Edmond de Goncourt dans son journal : « On remémore les coïts de Maupassant avec public. Le célèbre coït payé par Flaubert [...]. Le coït devant le Russe Boborikine, qui a assisté à cinq coups tirés d'une traite [2] » —, érotomane qui ne pouvait vivre sans pratique sexuelle journalière. Mais il était aussi le champion de l'honneur du plaisir, le défenseur intransigeant du droit d'en écrire :

> Il est indiscutable que les rapports sexuels entre hommes et femmes tiennent dans notre vie la plus grande place, qu'ils sont le motif déterminant de la plupart de nos actions.

1. Notre choix est nécessairement restreint : certains textes que nous aurions pu retenir s'intégreront mieux dans les volumes à venir de cette collection, tandis que d'autres ont été publiés dans les volumes précédents. Ainsi, *Allouma* qui serait le complément de *Marroca*, a paru dans *La Main gauche* (GF-Flammarion 300), et *Rose*, le pendant de *Joseph*, dans *Contes du jour et de la nuit* (GF-Flammarion 292).
2. *Journal*, 11 mars 1894, édition de Robert Ricatte, Paris, Fasquelle et Flammarion, 1956, t. IV, p. 533.

> La société moderne attache une idée de honte au fait
> brutal de l'accouplement (les anciens l'ont divinisé de
> mille façons). [...] Et voilà que l'hypocrisie mondaine
> nous veut forcer à l'enguirlander de sentiment pour en
> parler dans un livre [3].

Rappelons le discours amoureux des *Caresses* : « Et
si vous voulez, Madame, que je vous dise une vérité
que vous ne trouverez, je crois, en aucun livre »...
Ecrire de la satisfaction sexuelle dans sa vérité, tel est
le projet de l'auteur des contes sensuels.

D'apparence, un projet simple, clair. Mais le maté-
riau ne l'est pas parce que le plaisir, qui semble d'abord
s'imposer comme une évidence, comme une donnée
immédiate de la conscience du corps, se révèle être indis-
sociable d'une souffrance dont il est l'antidote : « [...] la
caresse [...] guérit de tout, console de tout ! » Et non
seulement on ne peut oublier en lisant les contes sensuels qu'ils sont écrits par l'auteur des contes d'angoisse,
mais la sensualité et l'angoisse se rapprochent aussi par
la nature diffuse de l'expérience qu'elles suscitent. Sur
ce plan, le plaisir des sens semble être à la sexualité ce
que l'angoisse, la « vraie peur », celle qu'on éprouve
devant les « risques vagues », est à la peur qu'on ressent
devant « les formes connues du péril [4] ».

En guise d'introduction aux contes sensuels, pour
renouveler l'intérêt d'une thématique déjà lue, tant de
fois lue qu'elle passe pour un assemblage de lieux
communs, on propose de redéfinir la sensualité maupassantienne, d'en cerner la nature vague — diffuse :
confuse —, d'en déterminer l'éprouvé indéterminé.

Les sens et le sexe dans la fantasmatique de Maupassant.

> Un philosophe [...] nous a mis en garde contre [le]
> piège de la nature. La nature veut des êtres, dit-il, et
> pour nous contraindre à les créer, elle a mis le double

3. « Les Audacieux », *Gil Blas,* 27 novembre 1883.
4. « La Peur », *Les Contes de la bécasse*, Paris, GF Flammarion
272, 1979, p. 91.

appas de la volupté et de l'amour autour du piège. [...]
[...]
Mais, quand cette sorte de nuage d'affection, qu'on
appelle l'amour, a enveloppé deux êtres [...] ; quand on
a été obsédé, possédé par la forme absente et toujours
visible [de l'être aimé], dites, n'est-il pas naturel que les
bras s'ouvrent enfin, que les lèvres s'unissent et que les
corps se mêlent ?
[...]
Certes, c'est là le piège, le piège immonde, dites-
vous ? Qu'importe, je le sais, j'y tombe, je l'aime ! La
Nature nous a donné la caresse pour nous cacher sa
ruse, pour nous forcer, malgré nous, à éterniser les
générations. Eh bien, volons-lui la caresse, faisons-la
nôtre, raffinons-la, changeons-la, idéalisons-la, si vous
voulez. Trompons, à notre tour, la Nature, cette trompeuse. (*Les Caresses*, p. 116-117.)

Même dans *Les Caresses*, cet éloge du bonheur sensuel que l'on peut compter parmi les pages les plus
sereines de Maupassant, on retrouve le leitmotiv noir
de son œuvre : le piège. Micheline Besnard-Coursodon en a montré l'omniprésence dans les textes [5], et
nous en avons interprété la signification fantasmatique
en y découvrant le représentant principal d'une
angoisse psychotique constante. C'est de cette
angoisse que le plaisir des sens est l'antidote, c'est par
rapport à elle que se laisse définir son statut particulier
chez Maupassant.

Comme nous avons présenté la personnalité psychique de l'écrivain dans les préfaces des recueils de
contes d'angoisse publiés dans cette collection [6], nous
ne rappellerons ici que les deux points de repères les
plus importants à partir desquels on peut s'orienter
dans son univers inconscient. L'un est la prédomi-
nance de fantasmes archaïques, évoquant ce tout
début de la vie quand le moi n'est pas encore, ou
commence seulement à se dessiner, quand l'enfant vit
dans une dépendance complète de la mère, comme

---

5. *Le Piège. Etude thématique et structurale de l'œuvre de Maupassant*, Paris, Nizet, 1973.
6. *Le Horla et autres contes d'angoisse* (GF-Flammarion 409) ;
Apparition et autres contes d'angoisse (GF-Flammarion 417).

confondu à elle. L'autre est l'inachèvement de l'évolution psychique infantile au cours de laquelle se mettent en place les structures de la personnalité future. Elle s'est arrêtée chez Maupassant au seuil du dernier stade qu'elle aurait dû parcourir encore, du stade génital où la personnalité, sans cohérence jusqu'alors, mue par des pulsions anarchiques, s'unifie sous la domination de la pulsion sexuelle, et où, grâce à la consolidation de la différence des sexes, l'identité peut se définir. C'est dans ce stade que s'instaure aussi le complexe d'Œdipe, entrevu, mais jamais traversé par Maupassant. Or sans le complexe d'Œdipe où le père apparaît comme le possesseur de la mère, comme le tiers qui la sépare de l'enfant, et sans une différenciation sexuelle solide, l'enfant et la mère, êtres à sexe indéterminé, donc interchangeables, continuent à vivre dans une relation trop proche et risquent, à tout moment, de se confondre à nouveau. C'est cette menace permanente de régresser dans la fusion primitive, dans un état où le moi cesse d'exister, que traduisent les fantasmes archaïques de Maupassant, dont le plus important, le fantasme fondateur de toute sa création, est celui du piège, symbole de l'appareil maternel qui reprend l'enfant pour le tuer.

Le plus souvent, le fantasme fondateur reste enfoui dans l'inconscient, de sorte qu'il n'est représenté que par un élément du piège — le lien (le cordon ombilical) qui étrangle, l'eau (le liquide amniotique) où l'on se noie, le contenant (l'utérus) qui étouffe, écrase —, ou par une idée, comme celles de la ruse ou de l'hypocrisie, qui s'y associe. Mais, visible ou invisible, le piège est omniprésent, il est le symbole d'une fatalité universelle : nous sommes tous nés d'une mère, et, tous, nous retournerons en elle. Aussi toutes les histoires de Maupassant se fondent-elles sur un même schéma narratif, celui du piège. En voici les rudiments : on vit dans un espace clos, dans la clôture de l'utérus, d'où l'on désire sortir ; c'est autorisé : tout un chacun est autorisé à naître ; mais dans l'espace ouvert un incident survient, et on se trouve enfermé de nou-

veau, on régresse dans la symbiose avec le corps
maternel.

En règle générale, une règle qui se vérifie non seulement dans les contes d'angoisse, mais aussi dans les
histoires de guerre et les histoires criminelles publiées
dans les volumes précédents de cette collection, la clôture finale est tragique. Dans les textes rassemblés ici,
elle est, au contraire, heureuse : elle est l'espace où la
jouissance advient. Non qu'elle cesse d'être piège.
Réécoutons l'amant des *Caresses* : « Certes [l'amour
est] le piège immonde, dites-vous ? Qu'importe, je le
sais, j'y tombe, je l'aime ! » L'amour est le piège de la
nature, sa ruse par laquelle elle nous force à procréer,
à faire fonctionner le piège maternel. Mais il peut
devenir piège heureux, à condition qu'on en goûte
pleinement l'appât, la caresse, que le plaisir des sens
chasse l'angoisse provoquée par l'idée d'y tomber.
C'est cette transformation affective qu'on lit dans les
contes sensuels, opposés et, en même temps, complé-
mentaires aux contes d'angoisse.

Le héros de *La Patronne*, un étudiant, s'installe dans
une maison meublée dont la propriétaire lui interdit
de rentrer après minuit. Il se révolte, en appelle à la
loi, obtient la levée de la clôture nocturne, et profite
de cette autorisation pour emmener chez lui une jeune
personne rencontrée dans la rue, dans l'espace ouvert
de la liberté des désirs. Mais la patronne les surprend,
chasse la jeune fille, et, ayant convoqué le jeune
homme dans sa chambre, elle lui fait subir un accablant sermon. L'accusé, au lieu de l'écouter, la
regarde, puis regarde son lit défait, et pense qu'il doit
y faire « très bon et très chaud, [...] plus chaud que
dans un autre lit » (p. 132). Il finira par se trouver
dans ce lit, satisfait, heureux. Conclusion : la liberté,
l'ouverture de la porte, vaut moins que l'emprisonne-
ment dans une alcôve, dans un lit, dans la chaleur des
chairs opulentes de la patronne qui « [soigne] ses pensionnaires comme une mère » (p. 127). Même conclusion dans *Le Verrou* : un jeune homme surpris au lit
avec une amie de sa mère retient pour toute sa vie

comme leçon de cette première aventure que la condition du bonheur est de « [pousser] toujours les verrous » (p. 70).

La condition du bonheur est d'accepter le piège maternel. Dans *Clair de lune,* il est représenté par la femme elle-même, « toute pareille à un piège avec ses bras tendus et ses lèvres ouvertes vers l'homme » (p. 80). La haine que lui voue l'austère abbé Marignan vise la sexualité qu'il voudrait exclure de la nature, mais que le spectacle d'un couple d'amoureux illuminé par le clair de lune finira par lui faire accepter comme une volonté de Dieu. Voici, pourtant, la présentation des amants : « L'homme était plus grand et tenait par le cou son amie » (p. 84). D'habitude, chez Maupassant, on ne touche au cou de quelqu'un qu'avec l'intention de l'étrangler. Là aussi, ce geste renvoie au piège, la suite le confirmera : les amoureux semblent au spectateur « un seul être » (p. 84), confondus l'un à l'autre comme l'embryon au corps maternel. C'est à ce moment que le prêtre accepte la sexualité : il accepte le piège parce qu'il l'a découvert heureux. A moins qu'il ne le découvre heureux parce qu'il l'a accepté.

Pierre Jouvenet part visiter l'Italie, mais ne peut pas dépasser Gênes où, pendant trois semaines, il est retenu par le « lien mystérieux » qui l'attache à Francesca Rondoli (p. 157). Il croit, du moins, que c'est elle qui le retient, mais, lorsqu'il arrive à Gênes au cours d'un deuxième voyage, il apprend qu'elle-même a été retenue par la présence de sa mère dans la ville. Lui-même y sera retenu, cette deuxième fois encore : en l'absence de Francesca, Mme Rondoli lui propose la compagnie de son autre fille, Carlotta. Fin du récit : « Et je compte, un de ces jours, retourner voir l'Italie, tout en songeant, avec une certaine inquiétude mêlée d'espoirs, que Mme Rondoli possède encore deux filles. » (P. 166.) Mme Rondoli porte « un énorme collier » et « de superbes bracelets » (p. 162), sa fille porte des bracelets voyants et des boucles d'oreilles ornées de grosses pierres, et Pierre Jouvenet envoie comme sou-

venir à la mère quatre bracelets. Dans tout cela l'or se
mêle indifféremment au clinquant parce que ce n'est
pas la valeur de la matière qui importe, mais la forme du
collier et des bracelets, leur forme de lien, et le sens
littéral du mot « boucle », qui renvoie également au lien
et, par l'entremise du lien, au piège. Gênes, la ville
emprisonnante où l'on est gêné dans ses mouvements,
est « un immense labyrinthe de pierre, percé de corridors pareils à des souterrains », de « traverses resserrées
entre des murailles si hautes que l'on voit à peine le ciel »
(p. 158) ; pour se rendre chez Mme Rondoli, il faut
s'engager dans un passage, puis dans une traverse, pour
trouver, enfin, au fond d'une cour, une porte donnant
sur « une petite salle assez obscure » d'où s'ouvre une
autre porte sur « le noir d'un escalier invisible » (pp. 163,
164)... Pierre Jouvenet est captif du labyrinthe
maternel, de liens de femme, de la ronde et du lit des
sœurs Rondoli. Il accepte le piège et y sera heureux.

Mais il pourrait être malheureux aussi : il songe à
son prochain voyage avec « une certaine inquiétude
mêlée d'espoirs ». C'est que le surgissement du fantasme fondateur s'accompagne toujours de sentiments
ambivalents. « Rien n'est excellent hors du lit. [...]
Mais c'est aussi là qu'on souffre. » (*Le Lit*, p. 63.)
Espace clos — fermé de tous côtés, par des rideaux et
par un plafond en tapisserie —, espace obscur et
espace de repos, le lit représente le contenant
maternel. Rien n'est excellent hors du lit : à l'intérieur
du corps de la gestatrice, c'est la sécurité, la satisfaction immédiate de tous les besoins, le paradis. Mais
c'est aussi là qu'on souffre : on y est privé de toute
possibilité d'initiative, on est immobilisé, emprisonné,
menacé de mourir de dyspnée. Cette ambivalence correspond à la peur et au désir, simultanément à l'œuvre
dans l'inconscient de Maupassant, de régresser dans la
fusion primitive. La départager, ignorer sa part dysphorique pour ne retenir que l'euphorique, est une
des conditions pour accepter le piège.

L'autre est d'oublier son caractère définitif. Pierre
Jouvenet fait des aller-retour entre Paris et Gênes, le

pensionnaire de *La Patronne* obtient le droit de sortir et
de rentrer à toute heure, et cette liberté intermittente
leur suffit pour masquer la fatalité de l'éternel retour
dans la captivité. Le héros du *Moyen de Roger* se
découvre impuissant la nuit de ses noces, mais une visite
chez les prostituées lui permet de retrouver ses
« moyens » ; en d'autres termes, le plaisir qu'il se procure
dans une clôture intermittente, celle d'une maison
close, le guérit de l'angoisse provoquée par la clôture
définitive — par le lien indissoluble — du mariage.

Alternances de dedans et de dehors, de fermeture et
d'ouverture, de captivité et de liberté, de contact et de
séparation : l'enfant est né, il est déjà séparé de la mère,
mais vit encore entouré d'elle, de ses bras, de sa voix, de
son regard, et, au contact intermittent de cette enveloppe maternelle, il découvre les frontières de son
propre corps. C'est cette découverte que le plaisir des
sens — organes situés sur la frontière du corps — répète
chez Maupassant. Antidote de l'angoisse du retour dans
la fusion avec la mère, il renvoie au moment où le moi
corporel commence à en émerger. Mais, proche encore,
présente dans la mémoire du corps, la fusion peut se
réinstaller : au paroxysme du bonheur, « les corps se
mêlent » (*Les Caresses*, p. 117), les amants se confondent
en « un seul être » (*Clair de lune*, p. 84).

Bien sûr, ce bonheur apparaît dans les récits comme
jouissance sexuelle, il s'y assimile, et d'autant plus
aisément que non seulement il y est lié sur le plan
pratique, physique, où les plaisirs sensuels constituent
les préliminaires de la jouissance, mais sur le plan du
langage aussi où l'expression « les sens » s'emploie
comme synonyme euphémique de « sexe ». Mieux,
Maupassant appelle souvent l'acte sexuel « caresse »,
mot qui évoque aussi le toucher maternel révélant à
l'enfant l'existence de sa peau, de la frontière de son
corps. La première nuit qu'il passe avec Francesca
Rondoli, Pierre Jouvenet est émerveillé par les
« contours » de sa nudité, par « [cette] ligne onduleuse
qui se creuse au flanc, se soulève à la hanche, puis
descend la pente légère et gracieuse de la jambe pour

finir si coquettement au bout du pied » (p. 154). Désormais, il est « pris par les sens » : « par une sorte de charme sensuel qui se [dégage] d'elle, de sa peau savoureuse, des lignes robustes de son corps » (p. 159). Ce qui signifie pour lui vivre « accouplé » à elle (p. 159), terme qui désignerait donc une intimité où le toucher et le regard peuvent vérifier sans cesse l'autonomie des corps, une autonomie « robuste », capable de résister à l'acte de « se mêler ».

Un autre synonyme euphémique de l'acte sexuel est « le baiser ». Employé au sens propre, il désigne, chez Maupassant, une satisfaction supérieure à la jouissance : « Une seule caresse donne cette sensation profonde, immatérielle de deux êtres ne faisant plus qu'un, c'est le baiser. Tout le délire violent de la possession complète ne vaut cette frémissante approche des bouches, ce premier contact humide et frais [...] » (Le Baiser, p. 87.) Insistons sur le terme « immatériel » : il se rapporte à « l'union des âmes » (p. 86), il désigne le mode psychique sur lequel se prolonge, après la naissance, la symbiose de la mère et de l'enfant. En même temps, le baiser est « approche » et « contact » de deux corps séparés, et si la satisfaction qu'il procure est supérieure à la jouissance, c'est qu'il permet de répéter l'alternance de la fusion et de la séparation à une fréquence plus élevée que l'acte sexuel : c'est « une préface qu'on relit sans cesse, tandis qu'on ne peut pas toujours... relire le livre » (p. 86).

« Approche des bouches », le baiser est un acte oral. A ce titre aussi, il évoque les tout débuts de la vie : en même temps qu'il commence à se découvrir séparé de la mère, l'enfant découvre sa bouche, la première partie de son corps qu'il ressent comme source de plaisir. Par là s'explique que la « caresse », synonyme de « baiser », aura aussi une forte connotation orale :

> Aimons la caresse savoureuse comme le vin qui grise, comme le fruit mûr qui parfume la bouche [...]. Aimons la chair parce qu'elle est belle, parce qu'elle est blanche et ferme, et ronde et douce, et délicieuse sous la lèvre et les mains.

> Quand les artistes ont cherché la forme la plus rare et
> la plus pure pour les coupes où l'art devait boire
> l'ivresse, ils ont choisi la courbe des seins [...]. (*Les
> Caresses*, p. 117-118.)

La « chair » est le corps sexué et promu en objet
sexuel. Mais le modèle du corps qu'expérimentent ici
le goût et le toucher est le sein, l'objet du désir oral du
nourrisson. C'est du sein qu'empruntent leurs ron-
deurs les corps, ceux, enveloppés de « peau savoureuse », des sœurs *rondes au lit*, ou celui de la jeune
fille « roulée en boule » sous les draps, de manière à ne
montrer que « ses contours » (*Une surprise*, p. 107), ou
encore cette « seconde moitié » de la femme penchée à
la fenêtre, sur laquelle l'amant jette « un tendre
baiser » (*La Fenêtre*, p. 113). Et même si Maupassant
se dit persuadé que le sein n'aurait pas « cette forme
adorable qui appelle irrésistiblement la caresse s'il
n'était destiné qu'à nourrir les enfants » (*Les Caresses*,
p. 118), boire et manger constituent dans ses récits un
prélude à l'amour. Dans *Cri d'alarme*, un dîner au
champagne se termine par des confidences sur des
usages amoureux, dans *Joseph*, par la présentation de
l'amant. Dans *Le Moyen de Roger*, l'impuissance à faire
sauter le bouchon d'une bouteille de champagne présage l'impuissance sexuelle. Dans *La Question du latin*,
un verre de champagne décide le père Piquedent, le
bien nommé, d'abandonner son métier de pion, qui
« ne nourrit pas son homme », pour s'établir épicier
aux côtés d'une femme « très ronde » (p. 209). A
l'instar du baiser, partager des aliments représente un
« premier contact » des corps. Pierre Jouvenet obtient
les faveurs de Francesca Rondoli, une inconnue
montée dans son compartiment de train, en lui offrant
d'abondantes nourritures. Dans un autre train, un
paysan affamé soulage les seins gonflés d'une nourrice ; leur histoire s'intitule *Idylle*.
Idyllique toujours — nous résumons —, la satisfaction sensuelle se définit chez Maupassant comme
plaisir tactile et oral, enraciné dans ce premier stade
de l'évolution de la personnalité où l'enfant vit encore

dans la proximité du corps maternel. Les sensations
auditives, qui peuvent être éprouvées à distance, sont
rarement sources de plaisir, et les sensations visuelles,
éprouvées obligatoirement à distance, ne sont plai-
santes que si les yeux tâtent, suivent les contours d'un
corps, ou s'ils l'ingurgitent, l'incorporent. Quant aux
sensations olfactives, bien qu'elles présupposent la
proximité des corps, elles ne sont pas toujours satis-
faisantes. Pierre Jouvenet met son nécessaire de toilette à la disposition de Francesca Rondoli qui en use
pour s'inonder d'eau de Cologne et d'eau de lavande,
un mélange dont la « suffocante odeur » provoque
chez son amant une « sensation de migraine » (p. 152).
Pire, il existe des odeurs si déplaisantes que le conteur
s'interdit de les décrire : dans *La Toux,* les flatuosités
sont perçues par l'oreille seulement, et dans *La Farce,*
l'accident provoqué dans un pot de chambre se manifeste comme fumée, feu, détonation. C'est, en effet, la
connotation anale des sensations olfactives qui est à
l'origine du déplaisir qu'elles peuvent susciter. Bien
sûr, la présence d'une composante anale dans l'amour
sensuel est indéniable, mais c'est elle, justement, qui
peut faire obstacle à la satisfaction : pour motiver son
refus, la femme courtisée par l'amoureux des *Caresses*
évoque « les sens ignobles, sales, révoltants, brutaux,
[...] mêlés aux ordures du corps ». Réponse du défenseur de la sensualité : « poétisons [la caresse] jusque
dans ses brutalités terribles, dans ses plus impures
combinaisons ». (Pp. 115 et 117.) Autrement dit, le
bonheur des sens est ignorance de l'analité.

Suivant le schéma de l'évolution infantile qui déter-
mine la personnalité psychique, nous sommes loin en
deçà de la découverte de la sexualité, en deçà même
du stade anal qui la précède, dans le stade oral et,
souvent, à ses débuts seulement, dans la quiétude
d'une passivité complète. Réécoutons encore l'amoureux des *Caresses* :

> [...] les seules femmes heureuses sur cette terre sont
> celles à qui nulle caresse ne manque. Elles vivent, cel-

> les-là, sans soucis, sans pensées torturantes, sans autre
> désir que celui du baiser prochain qui sera délicieux et
> apaisant comme le dernier baiser.
> [...]
> [...] les femmes caressées à satiété n'ont besoin de
> rien, ne désirent rien, ne regrettent rien. Elles rêvent
> tranquilles et souriantes [...]. (P. 118-119.)

La satisfaction sensuelle est sommeil, immobilité,
suppression de tout manque — attente de la tétée pro-
chaine, assurée, et qui sera délicieuse et apaisante,
comme la dernière tétée —, elle est nirvâna, absence
de tout désir.

Mais, sans désir, y a-t-il d'amour ? La cinquantaine
passée, le baron de Coutelier, un chasseur infatigable
— il tue pour manger : son incessante activité agres-
sive correspond à la fin du stade oral, à un moment
d'évolution plus tardif que celui où se situe la satisfaction passive —, se trouve cloué au lit par un accès
de rhumatisme. Mal servi dans sa maison sans
femme, il vit dans l'attente des « heures de calme et
de bien-être » que lui procurent les visites de ses amies
du château voisin, qui préparent sa tisane, lui servent
gentiment son déjeuner, sur le bord du lit (*La Rouille*,
p. 73). Il guérit, mais craint désormais une pro-
chaine maladie, et cette crainte inspire à son entourage l'idée de le marier. Seulement, lorsqu'on trouve
une femme qui lui convient, il doute de pouvoir
consommer son mariage, et, après des essais infruc-
tueux auprès des prostituées, il y renonce. Mais aussi
comment le désir sexuel pourrait-il surgir chez un
homme qui ne souhaite avoir une femme à ses côtés
que pour chasser en sa compagnie ou pour vivre,
grâce à ses soins, dans le calme et le bien-être du
paradis maternel ? Nombreux sont, bien sûr, les récits
où le désir sexuel est présent, du moins nominale-
ment. Mais, même s'il se manifeste, comme dans
Marroca, avec violence, par des grincements des
dents, des hurlements, des morsures — par l'activité
de la bouche, toujours —, il ne s'accomplit que pour
laisser venir « des assoupissements profonds comme

une mort » (p. 54), que pour ouvrir la voie de la
régression dans le nirvâna.

De la régression dans l'indifférencié. Désireux
d'épouser Mme de Jadelle, M. de Brives s'informe
d'elle auprès de sa femme de chambre : comment sont
ses jambes ? ses bras ? sa poitrine ? Césarine répond en
riant : « Madame est faite tout comme moi. » (*La
Fenêtre*, p. 112.) Aussi le prétendant, en attendant
d'être agréé par la maîtresse, passera-t-il ses nuits avec
la servante. Mais voilà qu'un jour il aperçoit, de derrière, une femme penchée à une fenêtre du château, et
son désir le pousse à soulever le jupon de celle qu'il
croit Césarine, alors que c'est « la face secrète » de
Mme de Jadelle qui s'offre à son baiser (p. 113). La
méprise est inévitable : la face connue, reconnaissable,
de la femme désirée, celle où est inscrite son identité,
est invisible pour l'amant aveugle aux différences. Le
regard émerveillé de Pierre Jouvenet parcourt aussi un
corps seulement, le corps sans visage de Francesca
Rondoli, auquel se substitueront indifféremment, au
cours des années à venir, les corps de ses sœurs. Dans
La Patronne, la propriétaire de la maison meublée,
lorsqu'elle fait irruption dans la chambre de son pensionnaire, est vêtue d'un court jupon blanc, « exactement [du] même costume » que la grisette qu'elle surprend. Mieux, elle se substituera à celle-ci : en la
regardant, le jeune homme retrouvera sa « situation...
interrompu » auprès de la femme qu'il désirait « un
quart d'heure plus tôt » (pp. 130 et 132). La veuve du
Remplaçant paye un beau soldat pour qu'il apaise, une
fois par semaine, ses sens excités ; mais lorsque,
tombé malade, il se fait remplacer par un camarade,
elle se trouve aussi contente des services de l'inconnu
que de l'homme qu'elle a choisi, et, désormais, elle
continuera à recevoir indifféremment ses deux
amants. L'héroïne de *Cri d'alarme* explique que toutes
les femmes accordent leurs faveurs à tous les hommes,
celle de *Joseph* démontre qu'une femme peut trouver
un amant n'importe où, à condition de prendre
n'importe qui. Même lorsqu'il apparaît sous la cou-

leur du désir sexuel, le désir sensuel ignore l'individualité et induit, par conséquent, la régression dans l'indifférencié.

Mais aussi, où trouver l'objet unique sur lequel le désir individualisé pourrait se fixer ? « En amour, vois-tu, on fait toujours chanter des rêves ; mais pour que les rêves chantent, il ne faut pas qu'on les interrompe. » (*Mots d'amour*, p. 45.) Ce chant sans paroles suffit. Il ne faut pas que l'amant entende « fonctionner [l']âme » de sa maîtresse d'où ne sortiront que des paroles banales qui détruiront ses rêves, car, les rêves dissipés, l'être unique qu'il aimait se dégradera en objet de « caresse [...] bestiale » (pp. 45 et 47). Telle est aussi la leçon d'*Une aventure parisienne* où une provinciale rêve de connaître des « mystères d'amour prodigieux » dans le lit d'un homme connu, exceptionnel, d'un artiste parisien ; mais elle ne rencontre qu'un corps, s'enfuit à l'aube, et, à la vue des balayeurs dans les rues, se dit qu'« en elle aussi on venait de balayer quelque chose, de pousser au ruisseau, à l'égout » : « ses rêves » (pp. 37 et 43). Dans *Un échec,* une autre provinciale écoute, subjuguée, un homme qui lui parle de tous ceux, députés, écrivains, comédiens, dont elle a l'habitude de rencontrer les noms dans les journaux. Si le séducteur ne comprend pas pourquoi elle finit par se refuser à lui, c'est que, lui-même n'ayant cherché qu'un instant de plaisir dans les bras d'une jolie femme, n'importe laquelle, il ignore que d'autres souhaitent préserver leurs rêves où le désir se rattache à des objets privilégiés, individualisés.

Pierre Jouvenet cherche en vain à connaître Francesca Rondoli. « Qui était-elle ? D'où venait-elle ? Que faisait-elle ? » (P. 158.) Elle ne peut pas répondre : interchangeables, les quatre sœurs Rondoli n'ont pas d'identité. Alors il demeure avec elle, retenu par « ce lien mystérieux de l'amour bestial », « accouplé comme une bête, pris par les sens » (pp. 157 et 159). Bestial parce qu'il ne s'adresse qu'au corps, à n'importe quel corps qui peut donner du plaisir, l'amour sensuel est ignorance de l'intériorité, de la psyché. C'est toujours Pierre Jouvenet qui parle : « Je tenais à cette fille que je ne connaissais point, à cette fille taciturne [...]. J'aimais [...] l'ennui de son regard ; j'aimais ses gestes fatigués, ses consentements méprisants, jusqu'à l'indifférence de sa caresse. » (P. 157.) Indifférente et caressante, Francesca n'est pas la mauvaise mère, mais une mère soignante, soigneuse, à laquelle l'enfant n'attribue pas encore d'affects. De même, le verbe « aimer », synonyme de « tenir » à quelqu'un dans ce contexte, est vide de contenu affectif : « Je demeurais avec elle, le cœur libre et la chair tenaillée » (p. 159). L'amour sensuel prend son origine dans ces temps immémoriaux où le moi corporel seulement commence à émerger de la fusion avec la mère, mais le moi psychique ne se dessine pas encore.

Nous sommes au degré d'évolution où la tendance psychotique de sa personnalité, s'aidant de la syphilis, contraindra Maupassant à régresser. Mais, tant qu'il n'aura pas sombré dans la démence, il ne cessera de lutter contre la menace de régression. De cette lutte participe la volonté soutenue, obstinée, de son inconscient d'assimiler le désir sensuel au désir sexuel, de le concevoir comme amour de la différence. Mais la sexualité n'en reste pas moins dans ses écrits un déguisement fabriqué de pièces rapportées dont la plus importante, l'organisation œdipienne des histoires, se révélera, bien sûr, inopérante dans les contes sensuels.

Pierre Jouvenet part pour l'Italie en compagnie de son ami Paul Pavilly. C'est celui-ci qui jette son dévolu sur Francesca Rondoli, mais, ne sachant pas l'italien, il demande à son ami de leur servir d'interprète. Une femme entourée de deux hommes : un triangle œdipien. Seulement, les deux hommes ne sont pas rivaux. Lorsque Francesca, sommée de choisir, se déclare pour Pierre Jouvenet, sa décision ne suscite aucun conflit, et, durant les trois semaines qu'il passe à leur côté, Paul Pavilly ne hasarde aucune tentative pour inverser les rôles. Non qu'il ne manifeste à son compagnon de voyage son mécontentement d'être obligé de le « regarder faire l'amour » avec la femme que lui-même a convoitée, mais ce reproche ne fait que renforcer une autre plainte : « On ne fait pas venir un homme de Paris pour l'enfermer dans un hôtel de Gênes [...] ! » (Pp. 157 et 158.) Les éléments du fantasme œdipien constituent la surface sous laquelle se dissimule le fantasme de la clôture. Superficiels, ils sont, de plus, superflus, puisque la présence du tiers ne retarde ni ne fait avancer l'intrigue.

La situation œdipienne est dépourvue de conséquence narrative dans *Marroca* aussi. L'amant se trouve dans le lit de sa maîtresse ; le mari survient, mais il repart aussitôt ; s'il avait découvert l'intrus, assure la femme, elle l'aurait tué. Mais le conteur lui épargne la peine de mettre en acte ses paroles : personne n'aura dû éliminer personne. Dans *Le Remplaçant,* les rivaux s'affrontent. L'amant malade de la veuve envoie à sa place son camarade en stipulant que celui-ci lui remettra la moitié de l'argent reçu pour ses services. Mais le remplaçant refuse de payer. Suivent une tripotée, puis un duel sans conséquence. A la fin, tout s'arrange, la femme continue à payer les deux hommes : « De cette façon, tout le monde est content. » (P. 94.) Le conflit n'était pas œdipien, sans cela il n'aurait pas été résolu à la satisfaction générale.

Pas de complexe d'Œdipe — Maupassant l'a entrevu, mais jamais engagé —, pas de désir sexuel authentique. Mais le désir sensuel n'en est que plus envahissant. Patrick et Romain Wald Lasowski, sur le voyage initial dans *Les Sœurs Rondoli* : « Tout est noir au début. L'appréhension de partir, le "noir isolement dans les cités lointaines", rongent le narrateur. Jusqu'à ce que le Midi, le soleil et le cri des cigales, les forts parfums qui montent des orangers ouverts fassent éclater la lumière. [...] Les roses, les roses ont envahi la page. La "boîte roulante" abandonne secousses, douleurs et courbatures. [...] Voyage de printemps, montée du désir [...] [7]. » Désir de lumière, de parfums, de chaleur, de confort, désir diffus qui prend d'abord pour objet Francesca Rondoli, puis ses trois sœurs, indifféremment. Antidote de l'angoisse psychotique, du « noir » évoqué au début de la nouvelle, de la crainte du « noir isolement » qui oblige à regarder la vie « en dehors de l'optique de l'espérance » (p. 136), le désir sensuel, condamné à s'anéantir dans l'indifférencié, se définit comme l'autre de l'angoisse.

C'est le cheminement de son anéantissement que nous avons retracé ici, un parcours qui n'apparaît pas avec netteté à première lecture, pour la bonne raison que Maupassant, dans l'intérêt de cet équilibre précaire qui lui tient lieu de santé, s'oblige à brouiller les pistes. En les dégageant, nous n'avons éclairé que le versant négatif de la sensualité maupassantienne. Il existe pourtant un versant positif, clairement visible, lumineux : quels que soient son but et son destin, le désir est vie.

« Le mariage et l'amour n'ont rien à voir ensemble. »
Enjeux idéologiques des contes sensuels.

Ecrire des « rapports sexuels » dans leur vérité, sans les « enguirlander de sentiment [8] », ni d'« idées chevaleresques et anormales » qui faussent « la simple et saine notion de l'existence réelle [9] », tel est le projet idéologique dont procèdent les contes sensuels de Maupassant. Un projet moins audacieux qu'il ne l'annonce, puisqu'il n'est qu'un prolongement de cette guerre déjà ancienne dont les premières batailles, les procès des *Fleurs du Mal* et de *Madame Bovary,* ont eu lieu en 1857. Le risque d'un procès qu'encourt le disciple de Flaubert en 1880, à cause d'*Au bord de l'eau,* un poème érotique, n'est qu'un lointain et faible écho de ces grands scan-

---

7. Préface aux *Sœurs Rondoli,* Paris, Librairie Générale Française, « Le Livre de Poche classique », 1992, p. 5-6.
8. « Les Audacieux », *Gil Blas,* 27 novembre 1883.
9. « A propos du divorce », *Le Gaulois,* 27 juin 1882.

dales qui ont changé le goût littéraire du siècle. De
même, l'hostilité qu'affiche Maupassant à l'égard de la
pudibonde morale officielle n'atteste que son adhésion
à un mouvement de révolte des mieux partagé, notamment, tout près de lui, par ses confrères naturalistes.
Dans cette perspective historique, il semble donc
n'apporter rien de nouveau. Pourtant, son œuvre diffère
de la littérature environnante par un de ses contenus
idéologiques essentiels : la conception de la liberté de
l'amour qui la fonde et qu'explicitent les contes sensuels
échappe à l'emprise de la logique psycho-sexuelle
contemporaine.

   Contrairement à cette logique, en effet, le plaisir
sexuel n'est jamais coupable chez Maupassant, il n'est
jamais assombri par l'idée du péché qui, fût-il commis
dans l'innocence enfantine des amants de *La Faute de
l'abbé Mouret,* exige sa punition. Certes, les contes grivois auxquels la critique assimile volontiers les siens,
abondent dans la presse où publie Maupassant, et
1900, avec sa littérature libre, libertine, à velléités perverses fascinantes ou aimables, est proche. Seulement,
de cela non plus, aucune trace chez l'auteur des
contes sensuels. Les écrits pornographiques de sa jeunesse, réservés à l'usage privé, glorifient, c'est vrai, la
liberté d'user de toutes les voies du plaisir qu'offre le
corps, mais, contrairement aux écrivains influencés
par la mode perverse, jamais Maupassant ne joue à
nier la loi sociale qui régit la sexualité, à faire semblant
de s'y soumettre pour mieux prouver son inanité. Au
contraire, il reconnaît le bien-fondé de la loi dont il
considère l'existence comme une nécessité, mais par
rapport à laquelle il se déclare libre lorsqu'il défend la
liberté du plaisir. D'un côté, en somme, la loi, et de
l'autre, le plaisir qui ne tombe pas sous sa coupe.
Mieux, d'un côté le respect de la loi, de l'autre, l'indépendance par rapport à la loi. Une position absurde,
mais, en apparence, banale, justifiée par l'usage :

   Le mariage et l'amour n'ont rien à voir ensemble. On
   se marie pour fonder une famille, et on forme des

> familles pour constituer la société. [...] Le mariage,
> c'est une loi, vois-tu, et l'amour c'est un instinct qui
> nous pousse tantôt à droite, tantôt à gauche. On a fait
> des lois qui combattent nos instincts, il le fallait ; mais
> les instincts toujours sont les plus forts, et on ne devrait
> pas trop leur résister [...]. (*Jadis*, p. 33-34.)

D'un côté, le mariage, une loi, une nécessité sociale,
et de l'autre, l'amour, un instinct, un commandement
de la nature. Car le mariage, déclare Maupassant, crée
une situation « antinaturelle [10] ». Seulement, la logique
psycho-sexuelle de l'époque n'admet pas la séparation
des opposés. Certes, l'amour en dehors du mariage est
une pratique courante, justifiée par ce qu'on appelle la
volonté de la nature — en cela, Maupassant suit
l'idéologie contemporaine dominante —, mais l'obéis-
sance à cette volonté n'en constitue pas moins une
transgression de la loi et, partant, une source de sentiment de culpabilité plus ou moins conscient et toujours difficile à négocier. Dans *La Faute de l'abbé
Mouret*, c'est la nature elle-même, la végétation exu-
bérante du Paradou, qui pousse les amants à assouvir
leur désir, mais, aussitôt accompli, l'acte sexuel est
stigmatisé comme péché. Selon Maupassant, au
contraire, il suffit de restituer à l'amour ses origines
naturelles pour le déculpabiliser. L'abbé Marignan
hait les femmes, « leur corps de perdition [et] leur âme
aimante », leur invitation permanente au péché. Elles
sont, pense-t-il, les seuls êtres imparfaits dans la
nature que Dieu a créée avec une logique absolue et
admirable. « Les aurores [sont] faites pour rendre
joyeux les réveils, les jours pour mûrir les moissons,
[...] les soirs pour préparer au sommeil et les nuits
sombres pour dormir. » Mais voilà une nuit claire, une
splendeur de clair de lune répandue sur la nature.
L'abbé se sent défaillir. « Pourquoi Dieu avait-il fait
cela ? [...] Pourquoi ces frissons du cœur, cette émotion de l'âme, cet alanguissement de la chair ? » Un
couple d'amoureux surgit, réponse vivante à son inter-

10. « Le Préjugé du déshonneur », *Le Gaulois*, 26 mai 1881.

rogation. « Et Dieu ne permet-il point l'amour, puisqu'il l'entoure visiblement d'une splendeur pareille ? » (*Clair de lune,* pp. 80, 79, 83, 84.) Le péché, l'acte contraire à la volonté de Dieu, est de nier que l'amour fait partie intégrante de la nature.

Réinscrire l'amour dans la nature, c'est le soustraire du contexte social et supprimer, du coup, son aspect transgressif. Car, la séparation de la nature et de la société maintenue, jamais l'amour ne serait coupable, jamais il ne deviendrait source de malheur. Dans *La Petite Roque* [11], un veuf, torturé d'insatisfaction sexuelle, surprend une fillette nue au bord d'une rivière, la viole et la tue ; jamais il n'aurait commis ce crime, si les convenances sociales, qui lui imposaient deux ans de veuvage avant de se remarier, n'avaient contrarié son instinct. Dans *Le Champ d'oliviers* [12], un homme se tue pour échapper au chantage de son fils illégitime dont il a quitté la mère lorsque, sur le point de l'épouser, il a découvert qu'elle le trompait ; jamais, sans l'exigence de la fidélité conjugale, une exigence sociale, cette histoire d'amour n'aurait abouti au suicide.

Non que Maupassant ignore l'impossibilité de séparer, dans la pratique, la société et la nature, la nécessité de transgresser la loi qui régit la sexualité pour se procurer du plaisir. Ses personnages n'accèdent à la satisfaction que par ce moyen, les hommes avec des prostituées ou avec les épouses de leurs amis, les femmes avec des amants dont, souvent, le seul mérite est de ne pas être leurs maris. Mais ces situations ne sont jamais recherchées pour elles-mêmes, elles n'excitent pas les imaginations. C'est faute de mieux — faute de liberté — qu'on transgresse, sous contrainte, et non par choix. Preuve *a contrario* de cette thèse : les convives du dîner du « Célibat », des hommes qui ont juré de détourner toutes les femmes du droit chemin, se réunissent régulièrement pour se

---

11. *La Petite Roque et autres histoires criminelles,* Paris, GF-Flammarion 545.

12. *Ibid.*

raconter leurs exploits ; mais, pour prouver qu'ils honorent leur serment, ils les exagèrent tellement que leurs récits donnent naissance au dicton « Mentir comme un célibataire » (*Le Verrou,* p. 65) ; moralité : la transgression assumée par choix aboutit à des plaisirs mensongers. Autrement dit, à l'instar du mariage et de l'amour, la transgression et le plaisir n'ont rien à voir ensemble. Une séparation encore qui s'écarte de la logique psycho-sexuelle contemporaine : d'après celle-ci, si l'amour extra-conjugal est source de plaisir, c'est, en premier lieu, en tant que transgression de la loi sur la sexualité ; d'où la culpabilisation systématique du plaisir, ou, chez les adeptes de la mode perverse, l'éloge de la transgression.

L'originalité de la conception maupassantienne de la liberté sexuelle, la nouveauté de l'apport idéologique qu'elle représente, réside donc dans la déculpabilisation du plaisir, dans la suppression de son aspect transgressif. Radicalement différente de celle qui régit, dans sa grande majorité, la production littéraire contemporaine, une telle conception ne s'explique qu'à partir des motifs personnels. Nous les connaissons : ils se résument à la carence de l'organisation œdipienne de la personnalité de Maupassant. Pas d'engagement œdipien dans la vie de l'auteur, pas de transgression sexuelle culpabilisée dans l'œuvre. Mais, en deçà de l'œdipe, il n'y a pas de sexualité solidement structurée. De là, chez Maupassant, la série de clivages qui, à défaut de structures — la différence, essentielle, mérite qu'on y insiste : la structure est rapport, le clivage est annulation du rapport —, fondent sa conception de la liberté sexuelle : société/nature, loi/plaisir, mariage/amour. Ils procèdent, tous, d'un clivage majeur, séparant la procréation et la jouissance : « La femme a sur terre deux rôles, bien distincts [...] : l'amour et la maternité [13]. » La procréation serait la fonction sociale de la sexualité — « Quand on

13. Préface à l'*Histoire de Manon Lescaut et du Chevalier Des Grieux,* Paris, H. Launette, 1885.

se marie il faut [...] travailler pour l'intérêt commun qui est la richesse et les enfants » (*Jadis*, p. 33) —, tandis que sa fonction naturelle serait de procurer du plaisir. Nous avançons sur un terrain connu : la procréation est le piège, le plaisir est l'appât. Nous régressons vers le fantasme fondateur : cliver la procréation du plaisir, c'est départager l'ambivalence immémoriale, séparer l'aspect dysphorique, meurtrier, de l'utérus, et son aspect euphorique, paradisiaque. Nous sommes loin en deçà de la sexualité, dans la sphère archaïque de la sensualité. C'est là que prend son origine la conception maupassantienne de la liberté du plaisir, la conception psychotique d'une liberté qui est fuite de la fusion avec la mère et ignorance de la loi du père.

Tout cela est clair, trop clair. Mais, quel que soit son fondement, quelque absurde qu'il soit — qui dit clivage, dit absurdité, annulation des rapports logiques —, c'est la liberté qui est revendiquée. Maupassant, champion de la liberté des sens : de la liberté quotidienne du plaisir déculpabilisé, et, par-delà, du bonheur pérenne.

Antonia FONYI.

LES SŒURS RONDOLI
ET
AUTRES CONTES SENSUELS

JADIS [1]

Le château de style ancien est sur une colline boisée ; de grands arbres l'entourent d'une verdure sombre ; et le parc infini étend ses perspectives tantôt sur des profondeurs de forêt, tantôt sur les pays environnants. A quelques mètres de la façade se creuse un bassin de pierre où se baignent des dames de marbre ; d'autres bassins étagés se succèdent jusqu'au pied du coteau, et une source emprisonnée roule ses cascades de l'un à l'autre.

Du manoir qui fait des grâces comme une coquette surannée, jusqu'aux grottes incrustées de coquillages, et où sommeillent des amours d'un autre siècle, tout, en ce domaine antique, a gardé la physionomie des vieux âges ; tout semble parler encore des coutumes anciennes, des mœurs d'autrefois, des galanteries passées, et des élégances légères où s'exerçaient nos aïeules.

Dans un petit salon Louis XV, dont les murs sont couverts de bergers marivaudant avec des bergères, de belles dames à paniers et de messieurs galants et frisés, une toute vieille femme qui semble morte aussitôt qu'elle ne remue plus est presque couchée dans un grand fauteuil et laisse pendre de chaque côté ses mains osseuses de momie.

Son regard voilé se perd au loin par la campagne, comme pour suivre à travers le parc des visions de sa

jeunesse. Un souffle d'air parfois arrive par la fenêtre
ouverte, apporte des senteurs d'herbes et des parfums
de fleurs. Il fait voltiger ses cheveux blancs autour de
son front ridé et les souvenirs vieux dans sa pensée.

A ses côtés, sur un tabouret de tapisserie, une jeune
fille aux longs cheveux blonds tressés sur le dos, brode
un ornement d'autel. Elle a des yeux rêveurs, et, pendant que travaillent ses doigts agiles, on voit qu'elle
songe.

Mais l'aïeule a tourné la tête.

— Berthe, dit-elle, lis-moi donc un peu les gazettes,
afin que je sache encore quelquefois ce qui se passe en
ce monde.

La jeune fille prit un journal et le parcourut du
regard.

— Il y a beaucoup de politique, grand-mère, faut-il
passer ?

— Oui, oui, mignonne. N'y a-t-il pas d'histoires
d'amour ? La galanterie est donc morte en France
qu'on ne parle plus d'enlèvements ni d'aventures
comme autrefois.

La jeune fille chercha longtemps.

— Voilà, dit-elle. C'est intitulé : « Drame
d'amour ».

La vieille femme sourit dans ses rides.

— Lis-moi cela, dit-elle.

Et Berthe commença. C'était une histoire de vitriol.
Une femme, pour se venger d'une maîtresse de son
mari, lui avait brûlé le visage et les yeux [2]. Elle était
sortie des Assises acquittée, innocentée, aux applau-
dissements de la foule.

L'aïeule s'agitait sur son siège et répétait :

— C'est affreux, mais c'est affreux cela ! Trou-
ve-moi donc autre chose, mignonne.

Berthe chercha ; et, plus loin, toujours aux tribunaux, se mit à lire : « Sombre drame. » Une demoiselle
de magasin, déjà mûre, s'était laissé choir entre les
bras d'un jeune homme ; puis, pour se venger de son
amant, dont le cœur était volage, elle lui avait tiré un
coup de revolver. Le malheureux resterait estropié.

Les jurés, gens moraux, prenant parti pour l'amour illégitime de la meurtrière, l'avaient acquittée honorablement.

Cette fois, la vieille grand-mère se révolta tout à fait, et, la voix tremblante :

— Mais vous êtes donc fous aujourd'hui ? Vous êtes fous ! Le bon Dieu vous a donné l'amour, la seule séduction de la vie ; l'homme y a joint la galanterie, la seule distraction de nos heures, et voilà que vous y mêlez du vitriol et du revolver, comme on mettrait de la boue dans un flacon de vin [3] d'Espagne.

Berthe ne paraissait pas comprendre l'indignation de son aïeule.

— Mais, grand-mère, cette femme s'est vengée. Songe donc, elle était mariée, et son mari la trompait.

La grand-mère eut un soubresaut.

— Quelles idées vous donne-t-on, à vous autres jeunes filles, aujourd'hui ?

Berthe répondit :

— Mais le mariage c'est sacré, grand-mère !

L'aïeule tressaillit en son cœur de femme née encore au grand siècle galant.

— C'est l'amour qui est sacré, dit-elle. Écoute, fillette, une vieille qui a vu trois générations et qui en sait long, bien long sur les hommes et sur les femmes. Le mariage et l'amour n'ont rien à voir ensemble. On se marie pour fonder une famille, et on forme des familles pour constituer la société. La société ne peut pas se passer du mariage. Si la société est une chaîne, chaque famille en est un anneau. Pour souder ces anneaux-là on cherche toujours les métaux pareils. Quand on se marie il faut unir les convenances, combiner les fortunes, joindre les races semblables, travailler pour l'intérêt commun qui est la richesse et les enfants. On ne se marie qu'une fois, fillette, parce que le monde l'exige, mais on peut aimer vingt fois dans sa vie parce que la nature nous a faits ainsi. Le mariage c'est une loi, vois-tu, et l'amour c'est un instinct qui nous pousse tantôt à droite, tantôt à gauche. On a fait des lois qui combattent nos instincts, il le fallait ; mais

les instincts toujours sont les plus forts, et on ne
devrait pas trop leur résister, puisqu'ils viennent de
Dieu tandis que les lois ne viennent que des hommes.

Si on ne parfumait pas la vie avec de l'amour, le
plus d'amour possible, mignonne, comme on met du
sucre dans les drogues pour les enfants, personne ne
voudrait la prendre telle qu'elle est.

Berthe, effarée, ouvrait ses grands yeux. Elle murmura :

— Oh ! grand-mère, grand-mère, on ne peut aimer
qu'une fois.

L'aïeule leva vers le ciel ses mains tremblantes,
comme pour invoquer encore le Dieu défunt des
galanteries. Elle s'écria indignée :

— Vous êtes devenus une race de vilains, une race
du commun. Depuis la Révolution le monde n'est
plus reconnaissable. Vous avez mis des grands mots
dans toutes les actions, et des devoirs ennuyeux à tous
les coins de l'existence ; vous croyez à l'égalité et à la
passion éternelle. Des gens ont fait des vers pour vous
dire qu'on mourait d'amour. De mon temps on faisait
des vers pour apprendre aux hommes à aimer toutes
les femmes. Et nous !... Quand un gentilhomme nous
plaisait, fillette, on lui envoyait un page. Et quand il
nous venait au cœur un nouveau caprice, on avait vite
fait de congédier le dernier amant... à moins qu'on ne
les gardât tous les deux...

La vieille souriait d'un sourire pointu : et dans son
œil gris une malice brillait, la malice spirituelle et
sceptique de ces gens qui ne se croyaient point de la
même pâte que les autres et qui vivaient en maîtres
pour qui ne sont[4] point faites les croyances com-
munes.

La jeune fille, toute pâle, balbutia :

— Alors les femmes n'avaient pas d'honneur.

La grand-mère cessa de sourire. Si elle avait gardé
dans l'âme quelque chose de l'ironie de Voltaire, elle
avait aussi un peu de la philosophie enflammée de
Jean-Jacques : — Pas d'honneur ! parce qu'on aimait,
qu'on osait le dire et même s'en vanter ? Mais, fillette,

si une de nous, parmi les plus grandes dames de
France, était demeurée sans amant, toute la cour en
aurait ri. Celles qui voulaient vivre autrement
n'avaient qu'à entrer au couvent. Et vous vous ima-
ginez peut-être que vos maris n'aimeront que vous
dans toute leur vie. Comme si ça se pouvait, vraiment ! Je te dis, moi, que le mariage est une chose
nécessaire pour que la Société vive, mais qu'il n'est
pas dans la nature de notre race, entends-tu bien ? Il
n'y a dans la vie qu'une bonne chose, c'est l'amour.

Et comme vous le comprenez mal, comme vous le
gâtez, vous en faites quelque chose de solennel
comme un sacrement, ou quelque chose qu'on achète
comme une robe.

La jeune fille [5] prit en ses mains tremblantes les
mains ridées de la vieille.

— Tais-toi, grand-mère, je t'en supplie.

Et, à genoux, les larmes aux yeux, elle demandait
au ciel une grande passion, une seule passion éternelle, selon le rêve des poètes modernes, tandis que
l'aïeule, la baisant au front, toute pénétrée encore de
cette charmante et saine raison dont les philosophes
galants saupoudrèrent le dix-huitième siècle, murmurait :

— Prends garde, pauvre mignonne ; si tu crois à
des folies pareilles, tu seras bien malheureuse.

UNE AVENTURE PARISIENNE [1]

Est-il un sentiment plus aigu que la curiosité chez la femme ? Oh ! savoir, connaître, toucher ce qu'on a rêvé ! Que ne ferait-elle pas pour cela ? Une femme, quand sa curiosité impatiente est en éveil, commettra toutes les folies, toutes les imprudences, aura toutes les audaces, ne reculera devant rien. Je parle des femmes vraiment femmes, douées de cet esprit à triple fond qui semble, à la surface, raisonnable et froid, mais dont les trois compartiments secrets sont remplis : l'un, d'inquiétude féminine toujours agitée ; l'autre, de ruse colorée en bonne foi, de cette ruse de dévots, sophistique et redoutable ; le dernier enfin, de canaillerie charmante, de tromperie exquise, de délicieuse perfidie, de toutes ces perverses qualités qui poussent au suicide les amants imbécilement crédules, mais ravissent les autres.

Celle dont je veux dire l'aventure était une petite provinciale, platement honnête jusque-là. Sa vie, calme en apparence, s'écoulait dans son ménage, entre un mari très occupé et deux enfants, qu'elle élevait en femme irréprochable. Mais son cœur frémissait d'une curiosité inassouvie, d'une démangeaison d'inconnu. Elle songeait à Paris, sans cesse, et lisait avidement les journaux mondains. Le récit des fêtes, des toilettes, des joies, faisait bouillonner ses désirs ; mais elle était surtout mystérieusement troublée par les échos pleins de sous-entendus, par les voiles à demi soulevés en des phrases habiles, et qui laissent entrevoir des horizons de jouissances coupables et ravageantes.

De là-bas elle apercevait Paris dans une apothéose de luxe magnifique et corrompu.

Et pendant les longues nuits de rêve, bercée par le ronflement régulier de son mari qui dormait à ses côtés sur le dos, avec un foulard autour du crâne, elle songeait à ces hommes connus dont les noms apparaissent à la première page des journaux comme de grandes étoiles dans un ciel sombre ; et elle se figurait leur vie affolante, avec de continuelles débauches, des orgies antiques épouvantablement voluptueuses et des raffinements de sensualité si compliqués qu'elle ne pouvait même se les figurer.

Les boulevards lui semblaient être une sorte de gouffre des passions humaines ; et toutes leurs maisons recelaient assurément des mystères d'amour prodigieux.

Elle se sentait vieillir cependant. Elle vieillissait sans avoir rien connu de la vie, sinon ces occupations régulières, odieusement monotones et banales qui constituent, dit-on, le bonheur du foyer. Elle était jolie encore, conservée dans cette existence tranquille comme un fruit d'hiver dans une armoire close ; mais rongée, ravagée, bouleversée d'ardeurs secrètes. Elle se demandait si elle mourrait sans avoir connu toutes ces ivresses damnantes, sans s'être jetée une fois, une seule fois, tout entière dans ce flot des voluptés parisiennes.

Avec une longue persévérance, elle prépara un voyage à Paris, inventa un prétexte, se fit inviter par des parents, et, son mari ne pouvant l'accompagner, partit seule.

Sitôt arrivée, elle sut imaginer des raisons qui lui permettraient au besoin de s'absenter deux jours ou plutôt deux nuits, s'il le fallait, ayant retrouvé, disait-elle, des amis qui demeuraient dans la campagne suburbaine.

Et elle chercha. Elle parcourut les boulevards sans rien voir, sinon le vice errant et numéroté. Elle sonda de l'œil les grands cafés, lut attentivement la petite correspondance du *Figaro,* qui lui apparaissait chaque matin comme un tocsin, un rappel de l'amour.

Et jamais rien ne la mettait sur la trace de ces grandes orgies d'artistes et d'actrices ; rien ne lui révélait les temples de ces débauches qu'elle imaginait fermés par un mot magique, comme la caverne des *Mille et Une Nuits* et ces catacombes de Rome, où s'accomplissaient secrètement les mystères d'une religion persécutée.

Ses parents, petits bourgeois, ne pouvaient lui faire connaître aucun de ces hommes en vue dont les noms bourdonnaient dans sa tête ; et, désespérée, elle songeait à s'en retourner, quand le hasard vint à son aide.

Un jour, comme elle descendait la rue de la Chaussée-d'Antin, elle s'arrêta à contempler un magasin rempli de ces bibelots japonais si colorés qu'ils donnent aux yeux une sorte de gaieté [2]. Elle considérait les mignons ivoires bouffons, les grandes potiches aux émaux flambants, les bronzes bizarres, quand elle entendit, à l'intérieur de la boutique, le patron qui, avec force révérences, montrait à un gros petit homme chauve de crâne, et gris de menton, un énorme magot ventru, pièce unique, disait-il.

Et à chaque phrase du marchand, le nom de l'amateur, un nom célèbre, sonnait comme un appel de clairon. Les autres clients, des jeunes femmes, des messieurs élégants, contemplaient, d'un coup d'œil furtif et rapide, d'un coup d'œil comme il faut et manifestement respectueux, l'écrivain renommé qui, lui, regardait passionnément le magot de porcelaine. Ils étaient aussi laids l'un que l'autre, laids comme deux frères sortis du même flanc.

Le marchand disait : « Pour vous, monsieur Jean Varin, je le laisserai à mille francs ; c'est juste ce qu'il me coûte. Pour tout le monde ce serait quinze cents francs ; mais je tiens à ma clientèle d'artistes et je lui fais des prix spéciaux. Ils viennent tous chez moi,

monsieur Jean Varin. Hier, M. Busnach [3] m'achetait
une grande coupe ancienne. J'ai vendu l'autre jour
deux flambeaux comme ça (sont-ils beaux, dites ?) à
M. Alexandre Dumas [4]. Tenez, cette pièce que vous
tenez là, si M. Zola [5] la voyait, elle serait vendue,
monsieur Varin. »

L'écrivain très perplexe hésitait, sollicité par l'objet,
mais songeant à la somme ; et il ne s'occupait pas plus
des regards que s'il eût été seul dans un désert.

Elle était entrée tremblante, l'œil fixé effrontément
sur lui, et elle ne se demandait même pas s'il était
beau, élégant ou jeune. C'était Jean Varin lui-même,
Jean Varin !

Après un long combat, une douloureuse hésitation,
il reposa la potiche sur une table. « Non, c'est trop
cher », dit-il.

Le marchand redoublait d'éloquence. « Oh ! monsieur Jean Varin, trop cher ? cela vaut deux mille
francs comme un sou. »

L'homme de lettres répliqua tristement en regardant toujours le bonhomme aux yeux d'émail : « Je ne
dis pas non ; mais c'est trop cher pour moi. »

Alors, elle, saisie d'une audace affolée, s'avança :
« Pour moi, dit-elle, combien ce bonhomme ? »

Le marchand, surpris, répliqua :

« Quinze cents francs, madame. »

« Je le prends. »

L'écrivain, qui jusque-là ne l'avait pas même
aperçue, se retourna brusquement, et il la regarda des
pieds à la tête en observateur, l'œil un peu fermé ;
puis, en connaisseur, il la détailla.

Elle était charmante, animée, éclairée soudain par
cette flamme qui jusque-là dormait en elle. Et puis
une femme qui achète un bibelot quinze cents francs
n'est pas la première venue.

Elle eut alors un mouvement de ravissante délicatesse ; et se tournant vers lui, la voix tremblante :
« Pardon, monsieur, j'ai été sans doute un peu vive ;
vous n'aviez peut-être pas dit votre dernier mot. »

Il s'inclina : « Je l'avais dit, madame. »

Mais elle, tout émue : « Enfin, monsieur, aujourd'hui ou plus tard, s'il vous convient de changer d'avis, ce bibelot est à vous. Je ne l'ai acheté que parce qu'il vous avait plu. »

Il sourit, visiblement flatté. « Comment donc me connaissiez-vous ? » dit-il.

Alors elle lui parla de son admiration, lui cita ses œuvres, fut éloquente.

Pour causer, il s'était accoudé à un meuble, et plongeant en elle ses yeux aigus, il cherchait à la deviner.

Quelquefois, le marchand, heureux de posséder cette réclame vivante, de nouveaux clients étant entrés, criait à l'autre bout du magasin : « Tenez, regardez ça, monsieur Jean Varin, est-ce beau ? » Alors toutes les têtes se levaient, et elle frissonnait de plaisir à être vue ainsi causant intimement avec un Illustre.

Grisée enfin, elle eut une audace suprême, comme les généraux qui vont donner l'assaut. — « Monsieur, dit-elle, faites-moi un grand, un très grand plaisir. Permettez-moi de vous offrir ce magot comme souvenir d'une femme qui vous admire passionnément et que vous aurez vue dix minutes. »

Il refusa. Elle insistait. Il résista, très amusé, riant de grand cœur.

Elle, obstinée, lui dit : « Eh bien ! je vais le porter chez vous tout de suite ; où demeurez-vous ? »

Il refusa de donner son adresse ; mais elle, l'ayant demandée au marchand, la connut, et, son acquisition payée, elle se sauva vers un fiacre. L'écrivain courut pour la rattraper, ne voulant point s'exposer à recevoir ce cadeau, qu'il ne saurait à qui rapporter. Il la joignit quand elle sautait en voiture, et il s'élança, tomba presque sur elle, culbuté par le fiacre qui se mettait en route ; puis il s'assit à son côté, fort ennuyé.

Il eut beau prier, insister, elle se montra intraitable. Comme ils arrivaient devant la porte, elle posa ses conditions. « Je consentirai, dit-elle, à ne point vous laisser cela, si vous accomplissez aujourd'hui toutes mes volontés. »

La chose lui parut si drôle qu'il accepta.

Elle demanda : « Que faites-vous ordinairement à cette heure-ci ? »

Après un peu d'hésitation : « Je me promène », dit-il.

Alors, d'une voix résolue, elle ordonna : « Au Bois ! »

Ils partirent.

Il fallut qu'il lui nomma toutes les femmes connues, surtout les impures, avec des détails intimes sur elles, leur vie, leurs habitudes, leur intérieur, leurs vices.

Le soir tomba. « Que faites-vous tous les jours à cette heure ? » dit-elle.

Il répondit en riant : « Je prends l'absinthe [6]. »

Alors, gravement, elle ajouta : « Alors, monsieur, allons prendre l'absinthe. »

Ils entrèrent dans un grand café du boulevard qu'il fréquentait, et où il rencontra des confrères. Il les lui présenta tous. Elle était folle de joie. Et ce mot sonnait sans répit dans sa tête : « Enfin, enfin ! »

Le temps passait, elle demanda : « Est-ce l'heure de votre dîner ? »

Il répondit : « Oui, madame. »

« Alors, monsieur, allons dîner. »

En sortant du café Bignon [7] : « Le soir, que faites-vous ? » dit-elle.

Il la regarda fixement : « Cela dépend ; quelquefois je vais au théâtre. »

« Eh bien, monsieur, allons au théâtre. »

Ils entrèrent au Vaudeville, par faveur, grâce à lui, et, gloire suprême, elle fut vue par toute la salle à son côté, assise aux fauteuils de balcon.

La représentation finie, il lui baisa galamment la main : « Il me reste, madame, à vous remercier de la journée délicieuse..... » Elle l'interrompit. — « A cette heure-ci, que faites-vous toutes les nuits ? »

« Mais... mais... je rentre chez moi. »

Elle se mit à rire, d'un rire tremblant.

« Eh bien, monsieur... allons chez vous. »

Et ils ne parlèrent plus. Elle frissonnait par instants, toute secouée des pieds à la tête, ayant des envies de fuir et des envies de rester, avec, tout au fond du cœur, une bien ferme volonté d'aller jusqu'au bout.

Dans l'escalier, elle se cramponnait à la rampe, tant son émotion devenait vive ; et il montait devant, essoufflé, une allumette-bougie à la main.

Dès qu'elle fut dans la chambre, elle se déshabilla bien vite et se glissa dans le lit sans prononcer une parole ; et elle attendit, blottie contre le mur.

Mais elle était simple comme peut l'être l'épouse légitime d'un notaire de province, et lui plus exigeant qu'un pacha à trois queues. Ils ne se comprirent pas, pas du tout.

Alors il s'endormit. La nuit s'écoula, troublée seulement par le tic-tac de la pendule ; et elle, immobile, songeait aux nuits conjugales ; et sous les rayons jaunes d'une lanterne chinoise elle regardait, navrée, à son côté, ce petit homme sur le dos, tout rond, dont le ventre en boule soulevait le drap comme un ballon gonflé de gaz. Il ronflait avec un bruit de tuyau d'orgue, des renâclements prolongés, des étranglements comiques. Ses vingt cheveux profitaient de son repos pour se rebrousser étrangement, fatigués de leur longue station fixe sur ce crâne nu dont ils devaient voiler les ravages. Et un filet de salive coulait d'un coin de sa bouche entrouverte.

L'aurore enfin glissa un peu de jour entre les rideaux fermés. Elle se leva, s'habilla sans bruit, et déjà elle avait ouvert à moitié la porte, quand elle fit grincer la serrure et il s'éveilla en se frottant les yeux.

Il demeura quelques secondes avant de reprendre entièrement ses sens, puis, quand toute l'aventure lui fut revenue, il demanda : « Eh bien, vous partez ? »

Elle restait debout, confuse. Elle balbutia : « Mais oui, voici le matin. »

Il se mit sur son séant : « Voyons, dit-il, à mon tour j'ai quelque chose à vous demander. »

Elle ne répondait pas, il reprit : « Vous m'avez bigrement étonné depuis hier. Soyez franche, avouez-moi pourquoi vous avez fait tout ça ; car je n'y comprends rien. »

Elle se rapprocha doucement, rougissante comme une vierge. « J'ai voulu connaître... le... le vice... eh bien... eh bien, ce n'est pas drôle. »

Et elle se sauva, descendit l'escalier, se jeta dans la rue.

L'armée des balayeurs balayait. Ils balayaient les trottoirs, les pavés, poussant toutes les ordures au ruisseau. Du même mouvement régulier, d'un mouvement de faucheurs dans les prairies, ils repoussaient les boues en demi-cercle devant eux ; et, de rue en rue, elle les retrouvait comme des pantins montés, marchant automatiquement avec un ressort pareil.

Et il lui semblait qu'en elle aussi on venait de balayer quelque chose, de pousser au ruisseau, à l'égout, ses rêves surexcités [8].

Elle rentra, essoufflée, glacée, gardant seulement dans sa tête la sensation de ce mouvement des balais nettoyant Paris au matin.

Et, dès qu'elle fut dans sa chambre, elle sanglota [9].

MOTS D'AMOUR [1]

Dimanche.

Mon gros coq chéri,

Tu ne m'écris pas, je ne te vois plus, tu ne viens jamais. Tu as donc cessé de m'aimer ? Pourquoi ? Qu'ai-je fait ? Dis-le-moi, je t'en supplie, mon cher amour ! Moi, je t'aime tant, tant, tant ! Je voudrais t'avoir toujours près de moi, et t'embrasser tout le jour, en te donnant, ô mon cœur, mon chat aimé, tous les noms tendres qui me viendraient à la pensée [2]. Je t'adore, je t'adore, je t'adore, ô mon beau coq.

Ta poulette,

SOPHIE.

Lundi.

Ma chère amie,

Tu ne comprendras absolument rien à ce que je vais te dire. N'importe. Si ma lettre tombe, par hasard, sous les yeux d'une autre femme, elle lui sera peut-être profitable.

Si tu avais été sourde et muette, je t'aurais sans doute aimée longtemps, longtemps. Le malheur vient de ce que tu parles ; voilà tout. Un poëte a dit :

Tu n'as jamais été dans tes jours les plus rares
Qu'un banal instrument sous mon archet vainqueur,
Et comme un air qui sonne au bois creux des guitares,
J'ai fait chanter mon rêve au vide de ton cœur [3].

En amour, vois-tu, on fait toujours chanter des rêves ; mais pour que les rêves chantent, il ne faut pas qu'on les interrompe. Or, quand on parle entre deux baisers, on interrompt toujours le rêve délirant que font les âmes, à moins de dire des mots sublimes ; et les mots sublimes n'éclosent pas dans les petites caboches des jolies filles.

Tu ne comprends rien, n'est-ce pas ? Tant mieux. Je continue. Tu es assurément une des plus charmantes, une des plus adorables femmes que j'aie jamais vues.

Est-il sur la terre des yeux qui contiennent plus de SONGE que les tiens, plus de promesses inconnues, plus d'infini d'amour ? Je ne le crois pas. Et quand ta bouche sourit avec ses deux lèvres rondes qui montrent tes dents luisantes, on dirait qu'il va sortir de cette bouche ravissante une ineffable musique, quelque chose d'invraisemblablement suave, de doux à faire sangloter.

Alors tu m'appelles tranquillement : « Mon gros lapin adoré. » Et il me semble tout à coup que j'entre dans ta tête, que je vois fonctionner ton âme, ta petite âme de petite femme jolie, jolie, mais... et cela me gêne, vois-tu, me gêne beaucoup. J'aimerais mieux ne pas voir.

Tu continues à ne point comprendre, n'est-ce pas ? J'y comptais.

Te rappelles-tu la première fois que tu es venue chez moi ? Tu es entrée brusquement avec une odeur de violette envolée de tes jupes ; nous nous sommes regardés longtemps sans dire un mot, puis embrassés comme des fous... puis..., puis jusqu'au lendemain nous n'avons point parlé.

Mais, quand nous nous sommes quittés, nos mains tremblaient et nos yeux se disaient des choses, des choses... qu'on ne peut exprimer dans aucune langue.

Du moins, je l'ai cru. Et tout bas, en me quittant, tu as murmuré : « A bientôt ! » — Voilà tout ce que tu as dit ; et tu ne t'imagineras jamais quel enveloppement de rêve tu me laissais, tout ce que j'entrevoyais, tout ce que je croyais deviner en ta pensée.

Vois-tu, ma pauvre enfant, pour les hommes pas bêtes, un peu raffinés, un peu supérieurs, l'amour est un instrument si compliqué qu'un rien le détraque. Vous autres femmes, vous ne percevez jamais le ridicule de certaines choses, quand vous aimez ; et le grotesque des expressions vous échappe.

Pourquoi une parole juste dans la bouche d'une petite femme brune est-elle souverainement fausse et comique dans celle d'une grosse femme blonde ? Pourquoi le geste câlin de l'une sera-t-il déplacé chez l'autre ? Pourquoi certaines caresses charmantes de la part de celle-ci, seront-elles gênantes de la part de celle-là ? Pourquoi ? parce qu'il faut en tout, mais principalement en amour, une parfaite harmonie, une accordance absolue du geste, de la voix, de la parole, de la manifestation tendre, avec la personne qui agit, parle, manifeste, avec son âge, la grosseur de sa taille, la couleur de ses cheveux et la physionomie de sa beauté.

Une femme de trente-cinq ans, à l'âge des grandes passions violentes, qui conserverait seulement un rien de la mièvrerie caressante de ses amours de vingt ans, qui ne comprendrait pas qu'elle doit s'exprimer autrement, regarder autrement, embrasser autrement, qu'elle doit être une Didon et non plus une Juliette [4], écœurerait infailliblement neuf amants sur dix, même s'ils ne se rendaient nullement compte des raisons de leur éloignement.

Comprends-tu ? — Non. — Je l'espérais bien.

A partir du jour où tu as ouvert ton robinet à tendresses, ce fut fini pour moi, mon amie.

Quelquefois nous nous embrassions cinq minutes, d'un seul baiser interminable, éperdu, un de ces baisers qui font se fermer les yeux, comme s'il pouvait s'en échapper par le regard, comme pour les conserver

plus entiers dans l'âme enténébrée qu'ils ravagent.
Puis, quand nous séparions nos lèvres, tu me disais en
riant d'un rire clair : « C'est bon, mon gros chien ! »
Alors je t'aurais battue.

Car tu m'as donné successivement tous les noms
d'animaux et de légumes que tu as trouvés sans doute
dans la *Cuisinière bourgeoise,* le *Parfait jardinier* et les
*Éléments d'histoire naturelle à l'usage des classes inférieu-
res* [5]. Mais cela n'est rien encore.

La caresse d'amour est brutale, bestiale, et plus,
quand on y songe. Musset a dit :

> Je me souviens encor de ces spasmes terribles,
> De ces baisers muets, de ces muscles ardents,
> De cet être absorbé, blême et serrant les dents.
> S'ils ne sont pas divins, ces moments sont horribles [6],

ou grotesques !... Oh ! ma pauvre enfant, quel génie
farceur, quel esprit pervers, te pouvait donc souffler
tes mots... de la fin ?

Je les ai collectionnés ; mais, par amour pour toi, je
ne les montrerai pas.

Et puis tu manquais vraiment d'à-propos, et tu
trouvais moyen de lâcher un « *je t'aime* » exalté en
certaines occasions si singulières, qu'il me fallait com-
primer de furieuses envies de rire. Il est des instants
où cette parole-là : « *Je t'aime !* » est si déplacée qu'elle
en devient inconvenante, sache-le bien.

Mais tu ne me comprends pas.

Bien des femmes aussi ne me comprendront point
et me jugeront stupide. Peu m'importe, d'ailleurs. Les
affamés mangent en gloutons, mais les délicats sont
dégoûtés, et ils ont souvent, pour peu de chose,
d'invincibles répugnances. Il en est de l'amour comme
de la cuisine.

Ce que je ne comprends pas, par exemple, c'est que
certaines femmes qui connaissent si bien l'irrésistible
séduction des bas de soie fins et brodés, et le charme
exquis des nuances, et l'ensorcellement des précieuses
dentelles cachées dans la profondeur des toilettes
intimes, et la troublante saveur du luxe secret, des

dessous raffinés, toutes les subtiles délicatesses des élégances féminines, ne comprennent jamais l'irrésistible dégoût que nous inspirent les paroles déplacées ou niaisement tendres.

Un mot brutal, parfois, fait merveille, fouette la chair, fait bondir le cœur. Ceux-là sont permis aux heures de combat. Celui de Cambronne n'est-il pas sublime ? Rien ne choque qui vient à temps. Mais il faut aussi savoir se taire, et éviter en certains moments les phrases à la Paul de Kock [7].

Et je t'embrasse passionnément, à condition que tu ne diras rien.

RENÉ [8].

MARROCA [1]

Mon ami, tu m'as demandé de t'envoyer mes impressions, mes aventures, et surtout mes histoires d'amour sur cette terre d'Afrique qui m'attirait depuis si longtemps [2]. Tu riais beaucoup, d'avance, de mes tendresses noires, comme tu disais ; et tu me voyais déjà revenir suivi d'une grande femme en ébène, coiffée d'un foulard jaune, et ballottante en des vêtements éclatants.

Le tour des Mauricaudes viendra sans doute, car j'en ai vu déjà plusieurs qui m'ont donné quelque envie de me tremper en cette encre ; mais je suis tombé pour mon début sur quelque chose de mieux et de singulièrement original.

Tu m'as écrit, dans ta dernière lettre : « Quand je sais comment on aime dans un pays, je connais ce pays à le décrire, bien que ne l'ayant jamais vu. » Sache qu'ici on aime furieusement. On sent, dès les premiers jours, une sorte d'ardeur frémissante, un soulèvement, une brusque tension des désirs, un énervement courant au bout des doigts, qui surexcitent à les exaspérer nos puissances amoureuses et toutes nos facultés de sensation physique, depuis le simple contact des mains jusqu'à cet innommable besoin qui nous fait commettre tant de sottises.

Entendons-nous bien. Je ne sais si ce que vous appelez l'amour du cœur, l'amour des âmes, si l'idéa-

lisme sentimental, le platonisme enfin, peut exister
sous ce ciel ; j'en doute même. Mais l'autre amour,
celui des sens, qui a du bon, et beaucoup de bon, est
véritablement terrible en ce climat. La chaleur, cette
constante brûlure de l'air qui vous enfièvre, ces souffles suffocants du Sud, ces marées de feu venues du
grand désert si proche, ce lourd siroco, plus ravageant,
plus desséchant que la flamme, ce perpétuel incendie
d'un continent tout entier brûlé jusqu'aux pierres par
un énorme et dévorant soleil, embrasent le sang, affo-
lent la chair, embestialisent.

Mais j'arrive à mon histoire. Je ne te dis rien de mes
premiers temps de séjour en Algérie. Après avoir visité
Bône, Constantine, Biskra et Sétif, je suis venu à
Bougie par les gorges du Chabet, et une incomparable
route au milieu des forêts kabyles, qui suit la mer en la
dominant de deux cents mètres, et serpente selon les
festons de la haute montagne, jusqu'à ce merveilleux
golfe de Bougie aussi beau que celui de Naples, que
celui d'Ajaccio et que celui de Douarnenez, les plus
admirables que je connaisse. J'excepte dans ma
comparaison cette invraisemblable baie de Porto,
ceinte de granit rouge, et habitée par les fantastiques
et sanglants géants de pierre qu'on appelle les
« Calanche » de Piana, sur les côtes Ouest de la
Corse [3].

De loin, de très loin, avant de contourner le grand
bassin où dort l'eau pacifique, on aperçoit Bougie.
Elle est bâtie sur les flancs rapides d'un mont très
élevé et couronné par des bois. C'est une tache
blanche dans cette pente verte ; on dirait l'écume
d'une cascade tombant à la mer.

Dès que j'eus mis le pied dans cette toute petite et
ravissante ville, je compris que j'allais y rester longtemps. De partout l'œil embrasse un vaste cercle de
sommets crochus, dentelés, cornus et bizarres, tellement fermé qu'on découvre à peine la pleine mer, et
que le golfe a l'air d'un lac. L'eau bleue, d'un bleu
laiteux, est d'une transparence admirable ; et le ciel
d'azur, d'un azur épais, comme s'il avait reçu deux

couches de couleur, étale au-dessus sa surprenante beauté. Ils semblent se mirer l'un dans l'autre et se renvoyer leurs reflets.

Bougie est la ville des ruines. Sur le quai, en arrivant, on rencontre un débris si magnifique, qu'on le dirait d'opéra. C'est la vieille porte Sarrasine, envahie de lierre. Et dans les bois montueux autour de la cité, partout des ruines, des pans de murailles romaines, des morceaux de monuments sarrasins, des restes de constructions arabes [4].

J'avais loué dans la ville haute une petite maison mauresque. Tu connais ces demeures si souvent décrites. Elles ne possèdent point de fenêtres en dehors ; mais une cour intérieure les éclaire du haut en bas. Elles ont, au premier, une grande salle fraîche où l'on passe les jours, et tout en haut une terrasse où l'on passe les nuits.

Je me mis tout de suite aux coutumes des pays chauds, c'est-à-dire à faire la sieste après mon déjeuner. C'est l'heure étouffante d'Afrique, l'heure où l'on ne respire plus, l'heure où les rues, les plaines, les longues routes aveuglantes sont désertes, où tout le monde dort, essaye au moins de dormir, avec aussi peu de vêtements que possible.

J'avais installé dans ma salle à colonnettes d'architecture arabe un grand divan moelleux, couvert de tapis du Djebel-Amour. Je m'étendais là-dessus à peu près dans le costume d'Assan [5], mais je n'y pouvais guère reposer, torturé par ma continence.

Oh ! mon ami, il est deux supplices de cette terre que je ne te souhaite pas de connaître : le manque d'eau et le manque de femmes. Lequel est le plus affreux ? Je ne sais. Dans le désert, on commettrait toutes les infamies pour un verre d'eau claire et froide. Que ne ferait-on pas en certaines villes du littoral pour une belle fille fraîche et saine ? Car elles ne manquent pas, les filles, en Afrique ! Elles foisonnent, au contraire ; mais, pour continuer ma comparaison, elles y sont tout aussi malfaisantes et pourries que le liquide fangeux des puits sahariens.

Or, voici qu'un jour, plus énervé que de coutume, je tentai, mais en vain, de fermer les yeux. Mes jambes vibraient comme piquée en dedans ; une angoisse inquiète me retournait à tout moment sur mes tapis. Enfin, n'y tenant plus, je me levai et je sortis.

C'était en juillet, par une après-midi torride. Les pavés des rues étaient chauds à cuire du pain ; la chemise, tout de suite trempée, collait au corps ; et, par tout l'horizon, flottait une petite vapeur blanche, cette buée ardente du siroco, qui semble de la chaleur palpable.

Je descendis près de la mer ; et, contournant le port, je me mis à suivre la berge le long de la jolie baie où sont les bains. La montagne escarpée, couverte de taillis, de hautes plantes aromatiques aux senteurs puissantes, s'arrondit en cercle autour de cette crique où trempent, tout le long du bord, de gros rochers bruns.

Personne dehors ; rien ne remuait ; pas un cri de bête, un vol d'oiseau, pas un bruit, pas même un clapotement, tant la mer immobile paraissait engourdie sous le soleil. Mais dans l'air cuisant, je croyais saisir une sorte de bourdonnement de feu.

Soudain, derrière une de ces roches à demi noyées dans l'onde silencieuse, je devinai un léger mouvement ; et, m'étant retourné, j'aperçus, prenant son bain, se croyant bien seule à cette heure brûlante, une grande fille nue, enfoncée jusqu'aux seins. Elle tournait la tête vers la pleine mer, et sautillait doucement sans me voir.

Rien de plus étonnant que ce tableau : cette belle femme dans cette eau transparente comme un verre, sous cette lumière aveuglante. Car elle était belle merveilleusement, cette femme, grande, modelée en statue.

Elle se retourna, poussa un cri, et, moitié nageant, moitié marchant, se cacha tout à fait derrière sa roche.

Comme il fallait bien qu'elle sortît, je m'assis sur la berge et j'attendis. Alors elle montra tout doucement sa tête surchargée de cheveux noirs liés à la diable. Sa

bouche était large, aux lèvres retroussées comme des
bourrelets, ses yeux énormes, effrontés, et toute sa
chair un peu brunie par le climat semblait une chair
d'ivoire ancien, dure et douce, de belle race blanche
teintée par le soleil des nègres.

Elle me cria : « Allez-vous-en. » Et sa voix pleine, un
peu forte comme toute sa personne, avait un accent
guttural. Je ne bougeai point. Elle ajouta : « Ça n'est
pas bien de rester là, monsieur. » Les *r,* dans sa
bouche, roulaient comme des chariots [6]. Je ne remuai
pas davantage. La tête disparut.

Dix minutes s'écoulèrent ; et les cheveux, puis le
front, puis les yeux se remontrèrent avec lenteur et
prudence, comme font les enfants qui jouent à cache-
cache pour observer celui qui les cherche.

Cette fois, elle eut l'air furieux ; elle cria : « Vous
allez me faire attraper mal. Je ne partirai pas tant que
vous serez là. » Alors je me levai et m'en allai, non
sans me retourner souvent. Quand elle me jugea assez
loin, elle sortit de l'eau, à demi courbée, me tournant
ses reins ; et elle disparut dans un creux du roc, derrière une jupe suspendue à l'entrée.

Je revins le lendemain. Elle était encore au bain,
mais vêtue d'un costume entier. Elle se mit à rire en
me montrant ses dents luisantes.

Huit jours après, nous étions amis. Huit jours de
plus, et nous le devenions encore davantage.

Elle s'appelait Marroca, d'un surnom sans doute, et
prononçait ce mot comme s'il eût contenu quinze *r.*
Fille de colons espagnols, elle avait épousé un Français nommé Pontabèze. Son mari était employé de
l'État. Je n'ai jamais su bien au juste quelles fonctions
il remplissait. Je constatai qu'il était fort occupé, et je
n'en demandai pas plus long.

Alors, changeant l'heure de son bain, elle vint
chaque jour après mon déjeuner faire la sieste en ma
maison. Quelle sieste ! Si c'est là se reposer !

C'était vraiment une admirable fille, d'un type un
peu bestial, mais superbe. Ses yeux semblaient toujours luisants de passion ; sa bouche entrouverte, ses

dents pointues, son sourire même avaient quelque
chose de férocement sensuel ; et ses seins étranges,
allongés et droits, aigus comme des poires de chair,
élastiques comme s'ils eussent renfermé des ressorts
d'acier, donnaient à son corps quelque chose
d'animal, faisaient d'elle une sorte d'être inférieur et
magnifique, de créature destinée à l'amour désor-
donné, éveillaient en moi l'idée des obscènes divinités
antiques dont les tendresses libres s'étalaient au milieu
des herbes et des feuilles.

Et jamais femme ne porta dans ses flancs de plus
inapaisables désirs. Ses ardeurs acharnées et ses hur-
lantes étreintes, avec des grincements de dents, des
convulsions et des morsures, étaient suivies presque
aussitôt d'assoupissements profonds comme une
mort. Mais elle se réveillait brusquement en mes bras,
toute prête à des enlacements nouveaux, la gorge gon-
flée de baisers.

Son esprit, d'ailleurs, était simple comme deux et
deux font quatre, et un rire sonore lui tenait lieu de
pensée.

Fière par instinct de sa beauté, elle avait en horreur les voiles les plus légers ; et elle circulait, courait,
gambadait dans ma maison avec une impudeur
inconsciente et hardie. Quand elle était enfin repue
d'amour, épuisée de cris et de mouvement, elle dormait à mes côtés, sur le divan, d'un sommeil fort et
paisible ; tandis que l'accablante chaleur faisait
pointer sur sa peau brunie de minuscules gouttes de
sueur, dégageait d'elle, de ses bras relevés sous sa
tête, de tous ses replis secrets, cette odeur fauve qui
plaît aux mâles.

Quelquefois elle revenait le soir, son mari étant de
service je ne sais où. Nous nous étendions alors sur la
terrasse, à peine enveloppés en de fins et flottants
tissus d'Orient.

Quand la grande lune illuminante des pays chauds
s'étalait en plein dans le ciel, éclairant la ville et le
golfe avec son cadre arrondi de montagnes, nous aper-
cevions alors sur toutes les autres terrasses comme une

armée de silencieux fantômes étendus qui parfois se levaient, changeaient de place, et se recouchaient sous la tiédeur langoureuse du ciel apaisé.

Malgré l'éclat de ces soirées d'Afrique, Marroca s'obstinait à se mettre nue encore sous les clairs rayons de la lune ; elle ne s'inquiétait guère de tous ceux qui nous pouvaient voir, et souvent elle poussait par la nuit, malgré mes craintes et mes prières, de longs cris vibrants, qui faisaient au loin hurler les chiens.

Comme je sommeillais un soir, sous le large firmament tout barbouillé d'étoiles, elle vint s'agenouiller sur mon tapis, et approchant de ma bouche ses grandes lèvres retournées :

« Il faut, dit-elle, que tu viennes dormir chez moi. »

Je ne comprenais pas. « Comment, chez toi ?

— Oui, quand mon mari sera parti, tu viendras dormir à sa place. »

Je ne pus m'empêcher de rire.

« Pourquoi ça, puisque tu viens ici ? »

Elle reprit, en me parlant dans la bouche, me jetant son haleine chaude au fond de la gorge, mouillant ma moustache de son souffle : « C'est pour me faire un souvenir. » Et l'*r* de souvenir traîna longtemps avec un fracas de torrent sur des roches.

Je ne saisissais point son idée. Elle passa ses bras à mon cou. « Quand tu ne seras plus là, j'y penserai. Et quand j'embrasserai mon mari, il me semblera que ce sera toi. »

Et les *rrrai* et les *rrra* prenaient en sa voix des grondements de tonnerres familiers.

Je murmurai attendri et très égayé :

« Mais tu es folle. J'aime mieux rester chez moi. »

Je n'ai, en effet, aucun goût pour les rendez-vous sous un toit conjugal ; ce sont là des souricières où sont toujours pris les imbéciles. Mais elle me pria, me supplia, pleura même, ajoutant : « Tu verras comme je t'aimerrrai. » *T'aimerrrai* retentissait à la façon d'un roulement de tambour battant la charge.

Son désir me semblait tellement singulier que je ne

me l'expliquais point ; puis, en y songeant, je crus
démêler quelque haine profonde contre son mari, une
de ces vengeances secrètes de femme qui trompe avec
délices l'homme abhorré, et le veut encore tromper
chez lui, dans ses meubles, dans ses draps.

Je lui dis : « Ton mari est très méchant pour toi ? »
Elle prit un air fâché. « Oh non, très bon.

— Mais tu ne l'aimes pas, toi ? »

Elle me fixa avec ses larges yeux étonnés.

« Si, je l'aime beaucoup, au contraire, beaucoup,
beaucoup, mais pas tant que toi, mon cœurrr. »

Je ne comprenais plus du tout et, comme je cherchais à deviner, elle appuya sur ma bouche une de ces
caresses dont elle connaissait le pouvoir, puis elle
murmura : « Tu viendrras, dis [7] ? »

Je résistai cependant. Alors elle s'habilla tout de
suite et s'en alla.

Elle fut huit jours sans se montrer. Le neuvième
jour elle reparut, s'arrêta gravement sur le seuil de ma
chambre et demanda : « Viendras-tu ce soir dorrrmirrr
chez moi ? Si tu ne viens pas, je m'en vais. »

Huit jours, c'est long, mon ami, et, en Afrique, ces
huit jours-là valaient bien un mois. Je criai : « Oui » et
j'ouvris les bras. Elle s'y jeta.

Elle m'attendit, à la nuit, dans une rue voisine, et
me guida.

Ils habitaient près du port une petite maison basse.
Je traversai d'abord une cuisine où le ménage prenait
ses repas, et je pénétrai dans la chambre blanchie à la
chaux, propre, avec des photographies de parents le
long des murs et des fleurs de papier sous des globes.
Marroca semblait folle de joie : elle sautait, répétant :
« Te voilà chez nous, te voilà chez toi. »

J'agis en effet comme chez moi.

J'étais un peu gêné, je l'avoue, même inquiet.
Comme j'hésitais, dans cette demeure inconnue, à
me séparer de certain vêtement sans lequel un
homme surpris devient aussi gauche que ridicule, et

incapable de toute action, elle me l'arracha de force et l'emporta dans la pièce voisine, avec toutes mes autres hardes.

Je repris enfin mon assurance et je le lui prouvai de tout mon pouvoir, si bien qu'au bout de deux heures nous ne songions guère encore au repos, quand des coups violents frappés soudain contre la porte nous firent tressaillir ; et une voix forte d'homme cria : « Marroca, c'est moi. »

Elle fit un bond : « Mon mari ! Vite, cache-toi sous le lit. » Je cherchais éperdument mon pantalon ; mais elle me poussa, haletante : « Va donc, va donc. »

Je m'étendis à plat ventre et me glissai sans murmurer sous ce lit, sur lequel j'étais si bien.

Alors elle passa dans la cuisine. Je l'entendis ouvrir une armoire, la fermer, puis elle revint, apportant un objet que je n'aperçus pas, mais qu'elle posa vivement quelque part ; et, comme son mari perdait patience, elle répondit d'une voix forte et calme : « Je ne trrrouve pas les allumettes » ; puis soudain : « Les voilà, je t'ouvrre. » Et elle ouvrit.

L'homme entra. Je ne vis que ses pieds, des pieds énormes. Si le reste se trouvait en proportion, il devait être un colosse.

J'entendis des baisers, une tape sur de la chair nue, un rire ; puis il dit avec un accent marseillais : « Z'ai oublié ma bourse, té, il a fallu revenir. Autrement, je crois que tu dormais de bon cœur. » Il alla vers la commode, chercha longtemps ce qu'il lui fallait ; puis Marroca s'étant étendue sur le lit comme accablée de fatigue, il revint à elle, et sans doute il essayait de la caresser, car elle lui envoya, en phrases irritées, une mitraille d'*r* furieux.

Les pieds étaient si près de moi qu'une envie folle, stupide, inexplicable, me saisit de les toucher tout doucement. Je me retins [8].

Comme il ne réussissait pas en ses projets, il se vexa. « Tu es bien méçante aujourd'hui », dit-il. Mais il en prit son parti. « Adieu, pétite. » Un nouveau baiser sonna ; puis les gros pieds se retournèrent, me firent voir leurs clous en s'éloignant, passèrent dans la pièce voisine ; et la porte de la rue se referma.

J'étais sauvé !

Je sortis lentement de ma retraite, humble et piteux ; et tandis que Marroca, toujours nue, dansait une gigue autour de moi en riant aux éclats et battant des mains, je me laissai tomber lourdement sur une chaise. Mais je me relevai d'un bond ; une chose froide gisait sous moi, et comme je n'étais pas plus vêtu que ma complice, le contact m'avait saisi. Je me retournai.

Je venais de m'asseoir sur une petite hachette à fendre le bois, aiguisée comme un couteau. Comment était-elle venue à cette place ! Je ne l'avais pas aperçue en entrant.

Marroca, voyant mon sursaut, étouffait de gaîté, poussait des cris, toussait, les deux mains sur son ventre.

Je trouvai cette joie déplacée, inconvenante. Nous avions joué notre vie stupidement ; j'en avais encore froid dans le dos, et ces rires fous me blessaient un peu.

« Et si ton mari m'avait vu ? » lui demandai-je.

Elle répondit : « Pas de danger.

— Comment ! pas de danger. Elle est raide celle-là ! Il lui suffisait de se baisser pour me trouver. »

Elle ne riait plus ; elle souriait seulement en me regardant de ses grands yeux fixes, où germaient de nouveaux désirs.

« Il ne se serait pas baissé. »

J'insistai. « Par exemple ! S'il avait seulement laissé tomber son chapeau, il aurait bien fallu le ramasser, alors... j'étais propre, moi, dans ce costume. »

Elle posa sur mes épaules ses bras ronds et vigoureux, et, baissant le ton, comme si elle m'eût dit : « Je t'adorrre », elle murmura : « Alorrrs, il ne se serait pas relevé. »

Je ne comprenais point :

« Pourquoi ça ? »

Elle cligna de l'œil avec malice, allongea sa main

vers la chaise où je venais de m'asseoir ; et son doigt
tendu, le pli de sa joue, ses lèvres entrouvertes, ses
dents pointues, claires et féroces, tout cela me montrait la petite hachette à fendre le bois, dont le tranchant aigu luisait.

Elle fit le geste de la prendre ; puis, m'attirant du
bras gauche tout contre elle, serrant sa hanche à la
mienne, du bras droit elle esquissa le mouvement qui
décapite un homme à genoux !....

Et voilà, mon cher, comment on comprend ici les
devoirs conjugaux, l'amour et l'hospitalité [9] !

LE LIT [1]

Par un torride après-midi du dernier été, le vaste hôtel des Ventes semblait endormi, et les commissaires-priseurs adjugeaient d'une voix mourante. Dans une salle du fond, au premier étage, un lot d'anciennes soieries d'église gisait en un coin.

C'étaient des chapes solennelles et de gracieuses chasubles où des guirlandes brodées s'enroulaient autour des lettres symboliques sur un fond de soie un peu jaunie, devenue crémeuse, de blanche qu'elle fut jadis.

Quelques revendeurs attendaient, deux ou trois hommes à barbes sales et une grosse femme ventrue, une de ces marchandes dites *à la toilette,* conseillères et protectrices d'amours prohibées, qui brocantent sur la chair humaine jeune et vieille autant que sur les jeunes et vieilles nippes [2].

Soudain, on mit en vente une mignonne chasuble Louis XV, jolie comme une robe de marquise, restée fraîche avec une procession de muguets autour de la croix, de longs iris bleus montant jusqu'aux pieds de l'emblème sacré et, dans les coins, des couronnes de roses. Quand je l'eus achetée, je m'aperçus qu'elle était demeurée vaguement odorante, comme pénétrée d'un reste d'encens, ou plutôt comme habitée encore par ces si légères et si douces senteurs d'autrefois qui semblent des souvenirs de parfums, l'âme des essences évaporées.

Quand je l'eus chez moi, j'en voulus couvrir une petite chaise de la même époque charmante ; et, la maniant pour prendre les mesures, je sentis sous mes doigts se froisser des papiers. Ayant fendu la doublure, quelques lettres tombèrent à mes pieds. Elles étaient jaunies ; et l'encre effacée semblait de la rouille. Une main fine avait tracé sur une face de la feuille pliée à la mode ancienne : « À monsieur, monsieur l'abbé d'Argencé ».

Les trois premières lettres fixaient simplement des rendez-vous. Et voici la quatrième :

« Mon ami, je suis malade, toute souffrante, et je ne quitte pas mon lit. La pluie bat mes vitres, et je reste chaudement, mollement rêveuse, dans la tiédeur des duvets. J'ai un livre, un livre que j'aime et qui me semble fait avec un peu de moi. Vous dirai-je lequel ? Non. Vous me gronderiez. Puis, quand j'ai lu, je songe, et je veux vous dire à quoi.

« On a mis derrière ma tête des oreillers qui me tiennent assise, et je vous écris sur ce mignon pupitre que j'ai reçu de vous.

« Etant depuis trois jours en mon lit, c'est à mon lit que je pense, et même dans le sommeil j'y médite encore.

« Le lit, mon ami, c'est toute notre vie. C'est là qu'on naît, c'est là qu'on aime, c'est là qu'on meurt.

« Si j'avais la plume de M. de Crébillon [3], j'écrirais l'histoire d'un lit. Et que d'aventures émouvantes, terribles, aussi que d'aventures gracieuses, aussi que d'autres attendrissantes ! Que d'enseignements n'en pourrait-on pas tirer, et de moralités pour tout le monde ?

« Vous connaissez mon lit, mon ami. Vous ne vous figurerez jamais que de choses j'y ai découvertes depuis trois jours, et comme je l'aime davantage. Il me semble habité, hanté, dirai-je, par un tas de gens que je ne soupçonnais point et qui cependant ont laissé quelque chose d'eux en cette couche.

« Oh ! comme je ne comprends pas ceux qui achètent des lits nouveaux, des lits sans mémoires. Le mien, le nôtre, si vieux, si usé et si spacieux, a dû contenir bien des existences, de la naissance au tombeau. Songez-y, mon ami ; songez à tout ; revoyez des vies entières entre ces quatre colonnes, sous ce tapis à personnages tendu sur nos têtes, qui a regardé tant de choses. Qu'a-t-il vu depuis trois siècles qu'il est là ?

« Voici une jeune femme étendue. De temps en temps elle pousse un soupir, puis elle gémit ; et les vieux parents l'entourent ; et voilà que d'elle sort un petit être miaulant comme un chat, et crispé, tout ridé. C'est un homme qui commence. Elle, la jeune mère, se sent douloureusement joyeuse ; elle étouffe de bonheur à ce premier cri, et tend les bras et suffoque et, autour, on pleure avec délices ; car ce petit morceau de créature vivante séparé d'elle, c'est la famille continuée, la prolongation du sang, du cœur et de l'âme des vieux qui regardent, tout tremblants.

« Puis voici que pour la première fois deux amants se trouvent chair à chair dans ce tabernacle de la vie. Ils tremblent, mais transportés d'allégresse, ils se sentent délicieusement l'un près de l'autre ; et, peu à peu, leurs bouches s'approchent. Ce baiser divin les confond, ce baiser, porte du ciel terrestre, ce baiser qui chante les délices humaines, qui les promet toutes, les annonce et les devance. Et leur lit s'émeut comme une mer soulevée, ploie et murmure, semble lui-même animé, joyeux, car sur lui le délirant mystère d'amour s'accomplit. Quoi de plus suave, de plus parfait en ce monde que ces étreintes faisant de deux êtres un seul, et donnant à chacun, dans le même moment, la même pensée, la même attente et la même joie éperdue qui descend en eux comme un feu dévorant et céleste ?

« Vous rappelez-vous ces vers que vous m'avez lus, l'autre année, dans quelque poète antique, je ne sais lequel, peut-être le doux Ronsard ?

> Et quand au lit nous serons
> Entrelacés, nous ferons
> Les lascifs, selon les guises
> Des amants qui librement

Pratiquent folâtrement
Sous les draps cent mignardises [4].

« Ces vers-là, je les voudrais avoir brodés en ce plafond de mon lit, d'où Pyrame et Thisbé me regardent
sans fin avec leurs yeux de tapisserie [5].

« Et songez à la mort, mon ami, à tous ceux qui ont
exhalé vers Dieu leur dernier souffle en ce lit. Car il
est aussi le tombeau des espérances finies, la porte qui
ferme tout après avoir été celle qui ouvre le monde.
Que de cris, que d'angoisses, de souffrances, de déses-
poirs épouvantables, de gémissements d'agonie, de
bras tendus vers les choses passées, d'appels aux bonheurs terminés à jamais ; que de convulsions, de râles,
de grimaces, de bouches tordues, d'yeux retournés,
dans ce lit, où je vous écris, depuis trois siècles qu'il
prête aux hommes son abri !

« Le lit, songez-y, c'est le symbole de la vie ; je me
suis aperçue de cela depuis trois jours. Rien n'est
excellent hors du lit.

« Le sommeil n'est-il pas encore un de nos instants
les meilleurs ?

« Mais c'est aussi là qu'on souffre ! Il est le refuge
des malades, un lieu de douleur aux corps épuisés.

« Le lit, c'est l'homme [6]. Notre Seigneur Jésus, pour
prouver qu'il n'avait rien d'humain, ne semble pas
avoir jamais eu besoin d'un lit. Il est né sur la paille et
mort sur la croix, laissant aux créatures comme nous
leur couche de mollesse et de repos.

« Que d'autres choses me sont encore venues ! mais
je n'ai le temps de vous les marquer, et puis me les
rappellerais-je toutes ? et puis je suis déjà tant fatiguée
que je vais retirer mes oreillers, m'étendre tout au long
et dormir quelque peu.

« Venez me voir demain à trois heures, peut-être
serai-je mieux et vous le pourrai-je montrer.

« Adieu, mon ami ; voici mes mains pour que vous
les baisiez ; et je vous tends aussi mes lèvres [7]. »

LE VERROU [1]

A Raoul Denisane [2].

Les quatre verres devant les dîneurs restaient à moitié pleins maintenant, ce qui indique généralement que les convives le sont tout à fait. On commençait à parler sans écouter les réponses, chacun ne s'occupant que de ce qui se passait en lui ; et les voix devenaient éclatantes, les gestes exubérants, les yeux allumés.

C'était un dîner de garçons, de vieux garçons endurcis. Ils avaient fondé ce repas régulier, une vingtaine d'années auparavant, en le baptisant : « le Célibat ». Ils étaient alors quatorze bien décidés à ne jamais prendre femme. Ils restaient quatre maintenant. Trois étaient morts, et les sept autres mariés.

Ces quatre-là tenaient bon ; et ils observaient scrupuleusement, autant qu'il était en leur pouvoir, les règles établies au début de cette curieuse association. Ils s'étaient juré, les mains dans les mains, de détourner de ce qu'on appelle le droit chemin toutes les femmes qu'ils pourraient, de préférence celle des amis, de préférence encore celle des amis les plus intimes. Aussi, dès que l'un d'eux quittait la société pour fonder une famille, il avait soin de se fâcher d'une façon définitive avec tous ses anciens compagnons.

Ils devaient, en outre, à chaque dîner, s'entre-confesser, se raconter avec tous les détails et les noms, et les renseignements les plus précis, leurs dernières aventures. D'où cette espèce de dicton devenu familier entre eux : « Mentir comme un célibataire. »

Ils professaient, en outre, le mépris le plus complet pour la Femme, qu'ils traitaient de « Bête à plaisir ». Ils citaient à tout instant Schopenhauer [3], leur dieu ; réclamaient le rétablissement des harems et des tours [4], avaient fait broder sur le linge de table qui servait au dîner du Célibat, ce précepte ancien : « *Mulier, perpetuus infans* [5] » et, au-dessous, le vers d'Alfred de Vigny :

La femme, enfant malade et douze fois impure [6] !

De sorte qu'à force de mépriser les femmes, ils ne pensaient qu'à elles, ne vivaient que pour elles, tendaient vers elles tous leurs efforts, tous leurs désirs.

Ceux d'entre eux qui s'étaient mariés, les appelaient vieux galantins, les plaisantaient et les craignaient.

C'était juste au moment de boire le champagne que devaient commencer les confidences au dîner du Célibat.

Ce jour-là, ces vieux, car ils étaient vieux à présent, et plus ils vieillissaient, plus ils racontaient de surprenantes bonnes fortunes, ces vieux furent intarissables. Chacun des quatre, depuis un mois, avait séduit au moins une femme par jour ; et quelles femmes ! les plus jeunes, les plus nobles, les plus riches, les plus belles !

Quand ils eurent terminé leurs récits, l'un d'eux, celui qui, ayant parlé le premier, avait dû, ensuite, écouter les autres, se leva. « Maintenant que nous avons fini de blaguer, dit-il, je me propose de vous raconter, non pas ma dernière, mais ma première aventure, j'entends la première aventure de ma vie, ma première chute (car c'est une chute) dans les bras d'une femme. Oh ! je ne vais pas vous narrer mon... comment dirai-je ?... mon tout premier début, non. Le premier fossé sauté (je dis fossé au figuré) n'a rien

d'intéressant. Il est généralement boueux, et on s'en
relève un peu sali avec une charmante illusion de
moins, un vague dégoût, une pointe de tristesse. Cette
réalité de l'amour, la première fois qu'on la touche,
répugne un peu ; on la rêvait tout autre, plus délicate,
plus fine. Il vous en reste une sensation morale et
physique d'écœurement comme lorsqu'on a mis la
main, par hasard, en des choses poisseuses, et qu'on
n'a pas d'eau pour se laver. On a beau frotter, ça
reste.

Oui, mais comme on s'y accoutume bien, et vite ! Je
te crois, qu'on s'y fait ! Cependant... cependant, pour
ma part, j'ai toujours regretté de n'avoir pas pu
donner de conseils au Créateur au moment où il a
organisé cette chose-là. Qu'est-ce que j'aurais imaginé, je ne le sais pas au juste ; mais je crois que je
l'aurais arrangée autrement. J'aurais cherché une combinaison plus convenable et plus poétique, oui, plus
poétique.

Je trouve que le bon Dieu s'est montré vraiment
trop... trop... naturaliste. Il a manqué de poésie dans
son invention.

Donc, ce que je veux vous raconter, c'est ma première femme du monde, la première femme du
monde que j'ai séduite. Pardon, je veux dire la première femme du monde qui m'a séduit. Car, au
début, c'est nous qui nous laissons prendre, tandis
que, plus tard... c'est la même chose.

C'était une amie de ma mère, une femme charmante d'ailleurs. Ces êtres-là, quand ils sont chastes,
c'est généralement par bêtise, et quand ils sont amoureux, ils sont enragés. On nous accuse de les corrom-
pre ! Ah bien, oui ! Avec elles, c'est toujours le lapin
qui commence, et jamais le chasseur. Oh ! elles n'ont
pas l'air d'y toucher, je le sais, mais elles y touchent ;
elles font de nous ce qu'elles veulent sans que cela
paraisse ; et puis elles nous accusent de les avoir per-
dues, déshonorées, avilies, que sais-je ?

Celle dont je parle nourrissait assurément une
furieuse envie de se faire avilir par moi. Elle avait

peut-être trente-cinq ans ; j'en comptais à peine vingt-deux. Je ne songeais pas plus à la séduire que je ne pensais à me faire trappiste. Or, un jour, comme je lui rendais visite, et que je considérais avec étonnement son costume, un peignoir du matin considérablement ouvert, ouvert comme une porte d'église quand on sonne la messe, elle me prit la main, la serra, vous savez, la serra comme elles serrent dans ces moments-là, et avec un soupir demi-pâmé, ces soupirs qui viennent d'en bas, elle me dit : « Oh ! ne me regardez pas comme ça, mon enfant. »

Je devins plus rouge qu'une tomate et plus timide encore que d'habitude, naturellement. J'avais bien envie de m'en aller, mais elle me tenait la main, et ferme. Elle la posa sur sa poitrine, une poitrine bien nourrie ; et elle me dit : « Tenez, sentez mon cœur, comme il bat. » Certes, il battait. Moi, je commençais à saisir, mais je ne savais comment m'y prendre, ni par où commencer. J'ai changé depuis.

Comme je demeurais toujours une main appuyée sur la grasse doublure de son cœur, et l'autre main tenant mon chapeau, et comme je continuais à la regarder avec un sourire confus, un sourire niais, un sourire de peur, elle se redressa soudain, et, d'une voix irritée : « Ah çà, que faites-vous, jeune homme, vous êtes indécent et malappris. » Je retirai ma main bien vite, je cessai de sourire, et je balbutiai des excuses, et je me levai, et je m'en allai abasourdi, la tête perdue.

Mais j'étais pris, je rêvai d'elle. Je la trouvais charmante, adorable ; je me figurai que je l'aimais, que je l'avais toujours aimée, je résolus d'être entreprenant, téméraire même !

Quand je la revis, elle eut pour moi un petit sourire en coulisse. Oh ! ce petit sourire, comme il me troubla. Et sa poignée de main fut longue, avec une insistance significative.

A partir de ce jour je lui fis la cour, paraît-il. Du moins elle m'affirma depuis que je l'avais séduite, captée, déshonorée, avec un rare machiavélisme, une

habileté consommée, une persévérance de mathémati-
cien, et des ruses d'Apache.

Mais une chose me troublait étrangement. En quel
lieu s'accomplirait mon triomphe ? J'habitais dans ma
famille, et ma famille, sur ce point, se montrait intran-
sigeante. Je n'avais pas l'audace nécessaire pour franchir, une femme au bras, une porte d'hôtel en plein
jour ; je ne savais à qui demander conseil.

Or, mon amie, en causant avec moi d'une façon
badine, m'affirma que tout jeune homme devait avoir
une chambre en ville. Nous habitions à Paris. Ce fut
un trait de lumière, j'eus une chambre ; elle y vint.

Elle y vint un jour de novembre. Cette visite que
j'aurais voulu différer me troubla beaucoup parce que
je n'avais pas de feu. Et je n'avais pas de feu parce que
ma cheminée fumait. La veille justement j'avais fait
une scène à mon propriétaire, un ancien commerçant,
et il m'avait promis de venir lui-même avec le fumiste,
avant deux jours, pour examiner attentivement les travaux à exécuter.

Dès qu'elle fut entrée, je lui déclarai : « Je n'ai pas
de feu, parce que ma cheminée fume. » Elle n'eut pas
l'air de m'écouter, elle balbutia : « Ça ne fait rien, j'en
ai... » Et comme je demeurais surpris, elle s'arrêta
toute confuse ; puis reprit : « Je ne sais plus ce que je
dis... je suis folle... je perds la tête... Qu'est-ce que je
fais, Seigneur ! Pourquoi suis-je venue, malheureuse !
Oh ! quelle honte ! quelle honte !... » Et elle s'abattit
en sanglotant dans mes bras.

Je crus à ses remords et je lui jurai que je la respec-
terais. Alors elle s'écroula à mes genoux en gémissant :
« Mais tu ne vois donc pas que je t'aime, que tu m'as
vaincue, affolée ! »

Aussitôt je crus opportun de commencer les appro-
ches. Mais elle tressaillit, se releva, s'enfuit jusque
dans une armoire pour se cacher, en criant : « Oh ! ne
me regardez pas, non, non. Ce jour me fait honte. Au
moins si tu ne me voyais pas, si nous étions dans
l'ombre, la nuit, tous les deux. Y songes-tu ? Quel
rêve ! Oh ! ce jour ! »

Je me précipitai sur la fenêtre, je fermai les contre-vents, je croisai les rideaux, je pendis un paletot sur un filet de lumière qui passait encore ; puis, les mains étendues pour ne pas tomber sur les chaises, le cœur palpitant, je la cherchai, je la trouvai.

Ce fut un nouveau voyage, à deux, à tâtons, les lèvres unies, vers l'autre coin où se trouvait mon alcôve. Nous n'allions pas droit, sans doute, car je rencontrai d'abord la cheminée, puis la commode, puis enfin ce que nous cherchions.

Alors j'oubliai tout dans une extase frénétique. Ce fut une heure de folie, d'emportement, de joie surhumaine ; puis, une délicieuse lassitude nous ayant envahis, nous nous endormîmes, aux bras l'un de l'autre.

Et je rêvai. Mais voilà que dans mon rêve il me sembla qu'on m'appelait, qu'on criait au secours ; puis je reçus un coup violent ; j'ouvris les yeux !...

Oh !... Le soleil couchant, rouge, magnifique, entrant tout entier par ma fenêtre grande ouverte, semblait nous regarder du bord de l'horizon, illuminait d'une lueur d'apothéose mon lit tumultueux, et, couchée dessus, une femme éperdue, qui hurlait, se débattait, se tortillait, s'agitait des pieds et des mains pour saisir un bout de drap, un coin de rideau, n'importe quoi, tandis que, debout au milieu de la chambre, effarés, côte à côte, mon propriétaire en redingote, flanqué du concierge et d'un fumiste noir comme un diable, nous contemplait avec des yeux stupides.

Je me dressai furieux, prêt à lui sauter au collet, et je criai : « Que faites-vous chez moi, nom de Dieu ! »

Le fumiste, pris d'un rire irrésistible, laissa tomber la plaque de tôle qu'il portait à la main. Le concierge semblait devenu fou ; et le propriétaire balbutia : « Mais, monsieur, c'était... c'était... pour la cheminée... la cheminée... » Je hurlai : « F...ichez le camp, nom de Dieu ! »

Alors il retira son chapeau d'un air confus et poli, et, s'en allant à reculons, murmura : « Pardon, monsieur, excusez-moi, si j'avais cru vous déranger, je ne serais pas venu. Le concierge m'avait affirmé que vous étiez sorti. Excusez-moi. » Et ils partirent.

Depuis ce temps-là, voyez-vous, je ne ferme jamais les fenêtres ; mais je pousse toujours les verrous.

LA ROUILLE [1]

Il n'avait eu, toute sa vie, qu'une inapaisable passion : la chasse. Il chassait tous les jours, du matin au soir, avec un emportement furieux. Il chassait hiver comme été, au printemps comme à l'automne, au marais, quand les règlements interdisaient la plaine et les bois ; il chassait au tiré, à courre, au chien d'arrêt, au chien courant, à l'affût, au miroir, au furet. Il ne parlait que de chasse, rêvait chasse, répétait sans cesse : « Doit-on être malheureux quand on n'aime pas la chasse ! »

Il avait maintenant cinquante ans sonnés, se portait bien, restait vert, bien que chauve, un peu gros mais vigoureux ; et il portait tout le dessous de la moustache rasé pour bien découvrir les lèvres et garder libre le tour de la bouche, afin de pouvoir sonner du cor plus facilement.

On ne le désignait dans la contrée que par son petit nom : M. Hector. Il s'appelait le baron Hector Gontran de Coutelier.

Il habitait, au milieu des bois, un petit manoir, dont il avait hérité ; et bien qu'il connût toute la noblesse du département et rencontrât tous ses représentants mâles dans les rendez-vous de chasse, il ne fréquentait assidûment qu'une famille : les Courville, des voisins aimables, alliés à sa race depuis des siècles.

Dans cette maison il était choyé, aimé, dorloté ; et il

disait : « Si je n'étais pas chasseur, je voudrais ne point
vous quitter. » M. de Courville était son ami et son
camarade depuis l'enfance. Gentilhomme agriculteur,
il vivait tranquille avec sa femme, sa fille et son
gendre, M. de Darnetot, qui ne faisait rien, sous prétexte d'études historiques.

Le baron de Coutelier allait souvent dîner chez ses
amis, surtout pour leur raconter ses coups de fusil. Il
avait de longues histoires de chiens et de furets dont il
parlait comme de personnages marquants qu'il aurait
beaucoup connus. Il dévoilait leurs pensées, leurs
intentions, les analysait, les expliquait : « Quand
Médor a vu que le râle le faisait courir ainsi, il s'est
dit : "Attends, mon gaillard, nous allons rire." Alors,
en me faisant signe de la tête d'aller me placer au coin
du champ de trèfle, il s'est mis à quêter de biais, à
grand bruit, en remuant les herbes pour pousser le
gibier dans l'angle où il ne pourrait plus échapper.
Tout est arrivé comme il l'avait prévu ; le râle, tout
d'un coup, s'est trouvé sur la lisière. Impossible d'aller
plus loin sans se découvrir. Il s'est dit : "Pincé, nom
d'un chien !" et s'est tapi. Médor alors tomba en arrêt
en me regardant ; je lui fais un signe, il force.
— Brrrou — le râle s'envole — j'épaule — pan ! — il
tombe ; et Médor, en le rapportant, remuait la queue
pour me dire : "Est-il joué, ce tour-là, monsieur Hector ?" »

Courville, Darnetot et les deux femmes riaient
follement de ces récits pittoresques où le baron mettait toute son âme. Il s'animait, remuait les bras, ges-
ticulait de tout le corps ; et quand il disait la mort
du gibier, il riait d'un rire formidable, et demandait
toujours comme conclusion : « Est-elle bonne, celle-
là ? »

Dès qu'on parlait d'autre chose, il n'écoutait plus et
s'asseyait tout seul à fredonner des fanfares. Aussi, dès
qu'un instant de silence se faisait entre deux phrases,
dans ces moments de brusques accalmies qui coupent
la rumeur des paroles, on entendait tout à coup un air
de chasse : « Ton ton, ton taine ton ton », que le baron

poussait en gonflant les joues comme s'il eût tenu son cor.

Il n'avait jamais vécu que pour la chasse et vieillissait sans s'en douter ni s'en apercevoir. Brusquement, il eut une attaque de rhumatisme et demeura deux mois au lit. Il faillit mourir de chagrin et d'ennui. Comme il n'avait pas de bonne, faisant préparer sa cuisine par un vieux serviteur, il n'obtenait ni cataplasmes chauds, ni petits soins, ni rien de ce qu'il faut aux souffrants. Son piqueur fut son garde-malade, et cet écuyer qui s'ennuyait au moins autant que son maître, dormait jour et nuit dans un fauteuil, pendant que le baron jurait et s'exaspérait entre ses draps.

Les dames de Courville venaient parfois le voir ; et c'étaient pour lui des heures de calme et de bien-être. Elles préparaient sa tisane, avaient soin du feu, lui servaient gentiment son déjeuner, sur le bord du lit ; et quand elles partaient il murmurait : « Sacrebleu ! vous devriez bien venir loger ici. » Et elles riaient de tout leur cœur.

Comme il allait mieux et recommençait à chasser au marais, il vint un soir dîner chez ses amis ; mais il n'avait plus son entrain ni sa gaieté. Une pensée incessante le torturait, la crainte d'être ressaisi par les douleurs avant l'ouverture. Au moment de prendre congé, alors que les femmes l'enveloppaient en un châle, lui nouaient un foulard au cou, et qu'il se laissait faire pour la première fois de sa vie, il murmura d'un ton désolé : « Si ça recommence, je suis un homme foutu. »

Lorsqu'il fut parti, Mme de Darnetot dit à sa mère : « Il faudrait marier le baron. »

Tout le monde leva les bras. Comment n'y avait-on pas encore songé ? On chercha toute la soirée parmi les veuves qu'on connaissait, et le choix s'arrêta sur une femme de quarante ans, encore jolie, assez riche, de belle humeur et bien portante, qui s'appelait Mme Berthe Vilers.

On l'invita à passer un mois au château. Elle
s'ennuyait. Elle vint. Elle était remuante et gaie ;
M. de Coutelier lui plut tout de suite. Elle s'en amusait comme d'un jouet vivant, et passait des heures
entières à l'interroger sournoisement sur les sentiments des lapins et les machinations des renards. Il
distinguait gravement les manières de voir différentes
des divers animaux, et leur prêtait des plans et des
raisonnements subtils comme aux hommes de sa
connaissance.

L'attention qu'elle lui donnait le ravit ; et, un soir,
pour lui témoigner son estime, il la pria de chasser, ce
qu'il n'avait encore jamais fait pour aucune femme.
L'invitation parut si drôle qu'elle accepta. Ce fut une
fête pour l'équiper ; tout le monde s'y mit, lui offrit
quelque chose ; et elle apparut vêtue en manière
d'amazone, avec des bottes, des culottes d'homme,
une jupe courte, une jaquette de velours trop étroite
pour la gorge, et une casquette de valet de chiens.

Le baron semblait ému comme s'il allait tirer son
premier coup de fusil. Il lui expliqua minutieusement
la direction du vent, les différents arrêts des chiens, la
façon de tirer les gibiers ; puis il la poussa dans un
champ, en la suivant pas à pas avec la sollicitude
d'une nourrice qui regarde son nourrisson marcher
pour la première fois.

Médor rencontra, rampa, s'arrêta, leva la patte. Le
baron, derrière son élève, tremblait comme une
feuille. Il balbutiait : « Attention, attention, des per...
des per... des perdrix. »

Il n'avait pas fini qu'un grand bruit s'envola de
terre, — brrr, brrr, brrr — et un régiment de gros
oiseaux monta dans l'air en battant des ailes.

Mme Vilers, éperdue, ferma les yeux, lâcha les deux
coups, recula d'un pas sous la secousse du fusil ; puis,
quand elle reprit son sang-froid, elle aperçut le baron
qui dansait comme un fou, et Médor rapportant deux
perdrix dans sa gueule.

A dater de ce jour, M. de Coutelier fut amoureux
d'elle.

Il disait en levant les yeux : « Quelle femme ! » et il venait tous les soirs maintenant pour causer chasse. Un jour, M. de Courville, qui le reconduisait et l'écoutait s'extasier sur sa nouvelle amie, lui demanda brusquement : « Pourquoi ne l'épousez-vous pas ? » Le baron resta saisi : « Moi ? moi ? l'épouser ?... mais... au fait... » Et il se tut. Puis serrant précipitamment la main de son compagnon, il murmura : « Au revoir, mon ami », et disparut à grands pas dans la nuit.

Il fut trois jours sans revenir. Quand il reparut, il était pâli par ses réflexions, et plus grave que de coutume. Ayant pris à part M. de Courville : « Vous avez eu là une fameuse idée. Tâchez de la préparer à m'accepter. Sacrebleu, une femme comme ça, on la dirait faite pour moi. Nous chasserons ensemble toute l'année. »

M. de Courville, certain qu'il ne serait pas refusé, répondit : « Faites votre demande tout de suite, mon cher. Voulez-vous que je m'en charge ? » Mais le baron se troubla soudain ; et balbutiant : « Non... non..., il faut d'abord que je fasse un petit voyage... un petit voyage... à Paris. Dès que je serai revenu, je vous répondrai définitivement. » On n'en put obtenir d'autres éclaircissements et il partit le lendemain.

Le voyage dura longtemps. Une semaine, deux semaines, trois semaines se passèrent, M. de Coutelier ne reparaissait pas. Les Courville, étonnés, inquiets, ne savaient que dire à leur amie qu'ils avaient prévenue de la démarche du baron. On envoyait tous les deux jours prendre chez lui de ses nouvelles ; aucun de ses serviteurs n'en avait reçu.

Or, un soir, comme Mme Vilers chantait en s'accompagnant au piano, une bonne vint, avec un grand mystère, chercher M. de Courville, en lui disant tout bas qu'un monsieur le demandait. C'était le baron, changé, vieilli, en costume de voyage. Dès qu'il vit son vieil ami, il lui saisit les mains, et, d'une voix un peu fatiguée : « J'arrive à l'instant, mon cher, et j'accours chez vous, je n'en puis plus. » Puis il hésita, visiblement embarrassé : « Je voulais vous dire... tout de suite... que cette... cette affaire... vous savez bien... est manquée. »

M. de Courville le regardait stupéfait : « Comment ? manquée ? Et pourquoi ? » — « Oh ! ne m'interrogez pas, je vous prie, ce serait trop pénible à dire, mais soyez sûr que j'agis en... en honnête homme. Je ne peux pas... Je n'ai pas le droit, vous entendez, pas le droit, d'épouser cette dame. J'attendrai qu'elle soit partie pour revenir chez vous ; il me serait trop douloureux de la revoir. Adieu. »

Et il s'enfuit.

Toute la famille délibéra, discuta, supposa mille choses. On conclut qu'un grand mystère était caché dans la vie du baron, qu'il avait peut-être des enfants naturels, une vieille liaison. Enfin l'affaire paraissait grave ; et pour ne point entrer en des complications difficiles, on prévint habilement Mme Vilers, qui s'en retourna veuve comme elle était venue.

Trois mois encore se passèrent. Un soir, comme il avait fortement dîné et qu'il titubait un peu, M. de Coutelier, en fumant sa pipe le soir avec M. de Courville, lui dit : « Si vous saviez comme je pense souvent à votre amie, vous auriez pitié de moi. »

L'autre, que la conduite du baron en cette circonstance avait un peu froissé, lui dit sa pensée vivement : « Sacrebleu, mon cher, quand on a des secrets dans son existence, on ne s'avance pas d'abord comme vous l'avez fait ; car, enfin, vous pouviez prévoir le motif de votre reculade, assurément. »

Le baron confus cessa de fumer.

« Oui et non. Enfin, je n'aurais pas cru ce qui est arrivé. »

M. de Courville, impatienté, reprit : « On doit tout prévoir. »

Mais M. de Coutelier, en sondant de l'œil les ténèbres pour être sûr qu'on ne les écoutait pas, reprit à voix basse :

« Je vois bien que je vous ai blessé et je vais tout

vous dire pour me faire excuser. Depuis vingt ans,
mon ami, je ne vis que pour la chasse. Je n'aime que
ça, vous le savez, je ne m'occupe que de ça. Aussi, au
moment de contracter des devoirs envers cette dame,
un scrupule, un scrupule de conscience m'est venu.
Depuis le temps que j'ai perdu l'habitude de... de... de
l'amour, enfin, je ne savais plus si je serais encore
capable de... de... vous savez bien... Songez donc ?
voici maintenant seize ans exactement que... que...
que... pour la dernière fois, vous comprenez. Dans ce
pays-ci, ce n'est pas facile de... de... vous y êtes. Et
puis j'avais autre chose à faire, j'aime mieux tirer un
coup de fusil. Bref, au moment de m'engager devant
le maire et le prêtre à... à... ce que vous savez, j'ai eu
peur. Je me suis dit : Bigre, mais si... si... j'allais rater.
Un honnête homme ne manque jamais à ses engage-
ments ; et je prenais là un engagement sacré vis-à-vis
de cette personne. Enfin, pour en avoir le cœur net, je
me suis promis d'aller passer huit jours à Paris.

Au bout de huit jours, rien, mais rien. Et ce n'est
pas faute d'avoir essayé. J'ai pris ce qu'il y avait de
mieux dans tous les genres. Je vous assure qu'elles ont
fait ce qu'elles ont pu... Oui... certainement elles n'ont
rien négligé... Mais que voulez-vous, elles se retiraient
toujours... bredouilles... bredouilles... bredouilles.

J'ai attendu alors quinze jours, trois semaines, espérant toujours. J'ai mangé dans les restaurants un tas de
choses poivrées, qui m'ont perdu l'estomac, et... et...
rien... toujours rien.

Vous comprenez que, dans ces circonstances,
devant cette constatation, je ne pouvais que... que...
que me retirer. Ce que j'ai fait. »

M. de Courville se tordait pour ne pas rire. Il serra
gravement les mains du baron en lui disant : « Je vous
plains », et le reconduisit jusqu'à mi-chemin de sa
demeure. Puis, lorsqu'il se trouva seul avec sa femme,
il lui dit tout, en suffoquant de gaieté. Mais Mme de
Courville ne riait point ; elle écoutait, très attentive, et
lorsque son mari eut achevé, elle répondit avec un
grand sérieux : « Le baron est un niais, mon cher ; il

avait peur, voilà tout. Je vais écrire à Berthe de
revenir, et bien vite. »

Et comme M. de Courville objectait le long et inutile essai de leur ami, elle reprit : « Bah ! quand on
aime sa femme, entendez-vous, cette chose-là...
revient toujours. »

Et M. de Courville ne répliqua rien, un peu confus
lui-même.

CLAIR DE LUNE [1]

Il portait bien son nom de bataille, l'abbé Marignan [2]. C'était un grand prêtre maigre, fanatique, d'âme toujours exaltée, mais droite. Toutes ses croyances étaient fixes, sans jamais d'oscillations. Il s'imaginait sincèrement connaître son Dieu, pénétrer ses desseins, ses volontés, ses intentions.

Quand il se promenait à grands pas dans l'allée de son petit presbytère de campagne, quelquefois une interrogation se dressait dans son esprit : « Pour quoi Dieu a-t-il fait cela ? » Et il cherchait obstinément, prenant en sa pensée la place de Dieu ; et il trouvait presque toujours. Ce n'est pas lui qui eût murmuré dans un élan de pieuse humilité : « Seigneur, vos desseins sont impénétrables ! » Il se disait : « Je suis le serviteur de Dieu, je dois connaître ses raisons d'agir, et les deviner si je ne les connais pas. »

Tout lui paraissait créé dans la nature avec une logique absolue et admirable. Les « Pourquoi » et les « Parce que » se balançaient toujours. Les aurores étaient faites pour rendre joyeux les réveils, les jours pour mûrir les moissons, les pluies pour les arroser, les soirs pour préparer au sommeil et les nuits sombres pour dormir.

Les quatre saisons correspondaient parfaitement à tous les besoins de l'agriculture ; et jamais le soupçon n'aurait pu venir au prêtre que la nature n'a point

d'intentions et que tout ce qui vit s'est plié, au
contraire, aux dures nécessités des époques, des cli-
mats et de la matière.

Mais il haïssait la femme, il la haïssait incons-
ciemment, et la méprisait par instinct. Il répétait souvent la parole du Christ : « Femme, qu'y a-t-il de
commun entre vous et moi [3] ? » et il ajoutait : « On
disait que Dieu lui-même se sentait mécontent de
cette œuvre-là. » La femme était bien pour lui
l'enfant douze fois impure dont parle le poète [4]. Elle
était le tentateur qui avait entraîné le premier homme
et qui continuait toujours son œuvre de damnation,
l'être faible, dangereux, mystérieusement troublant.
Et plus encore que leur corps de perdition, il haïssait
leur âme aimante.

Souvent il avait senti leur tendresse attachée à lui et,
bien qu'il se sût inattaquable, il s'exaspérait de ce
besoin d'aimer qui frémissait toujours en elles.

Dieu, à son avis, n'avait créé la femme que pour
tenter l'homme et l'éprouver. Il ne fallait approcher
d'elle qu'avec des précautions défensives, et les
craintes qu'on a des pièges. Elle était, en effet, toute
pareille à un piège avec ses bras tendus et ses lèvres
ouvertes vers l'homme.

Il n'avait d'indulgence que pour les religieuses que
leur vœu rendait inoffensives ; mais il les traitait dure-
ment quand même, parce qu'il la sentait toujours
vivante au fond de leur cœur enchaîné, de leur cœur
humilié, cette éternelle tendresse qui venait encore à
lui, bien qu'il fût un prêtre.

Il la sentait dans leurs regards plus mouillés de piété
que les regards des moines, dans leurs extases où leur
sexe se mêlait, dans leurs élans d'amour vers le Christ,
qui l'indignaient parce que c'était de l'amour de
femme, de l'amour charnel ; il la sentait, cette tendresse maudite, dans leur docilité même, dans la douceur de leur voix en lui parlant, dans leurs yeux
baissés, et dans leurs larmes résignées quand il les
reprenait avec rudesses.

Et il secouait sa soutane en sortant des portes du

couvent ; et il s'en allait en allongeant les jambes comme s'il avait fui devant un danger.

Il avait une nièce qui vivait avec sa mère dans une petite maison voisine. Il s'acharnait à en faire une sœur de charité.

Elle était jolie, écervelée et moqueuse. Quand l'abbé sermonnait, elle riait ; et quand il se fâchait contre elle, elle l'embrassait avec véhémence, le serrant contre son cœur, tandis qu'il cherchait involontairement à se dégager de cette étreinte qui lui faisait goûter cependant une joie douce, éveillant au fond de lui cette sensation de paternité qui sommeille en tout homme.

Souvent il lui parlait de Dieu, de son Dieu, en marchant à côté d'elle par les chemins des champs. Elle ne l'écoutait guère et regardait le ciel, les herbes, les fleurs, avec un bonheur de vivre qui se voyait dans ses yeux. Quelquefois, elle s'élançait pour attraper une bête volante, et s'écriait en la rapportant : « Regarde, mon oncle, comme elle est jolie ; j'ai envie de l'embrasser. » Et ce besoin « d'embrasser des mouches » ou des grains de lilas inquiétait, irritait, soulevait le prêtre, qui retrouvait encore là cette indéracinable tendresse qui germe toujours au cœur des femmes.

Puis, voilà qu'un jour l'épouse du sacristain, qui faisait le ménage de l'abbé Marignan, lui apprit avec précaution que sa nièce avait un amoureux.

Il en ressentit une émotion effroyable, et il demeura suffoqué, avec du savon plein la figure, car il était en train de se raser.

Quand il se retrouva en état de réfléchir et de parler, il s'écria : « Ce n'est pas vrai, vous mentez, Mélanie ! »

Mais la paysanne posa la main sur son cœur : « Que notre Seigneur me juge si je mens, monsieur le curé. J'vous dis qu'elle y va tous les soirs sitôt qu'votre sœur est couchée. Ils se r'trouvent le long de la rivière. Vous n'avez qu'à y aller voir entre dix heures et minuit. »

Il cessa de se gratter le menton, et il se mit à marcher violemment, comme il faisait toujours en ses heures de grave méditation. Quand il voulut recommencer à se barbifier[5], il se coupa trois fois depuis le nez jusqu'à l'oreille.

Tout le jour, il demeura muet, gonflé d'indignation et de colère. A sa fureur de prêtre, devant l'invincible amour, s'ajoutait une exaspération de père moral, de tuteur, de chargé d'âme, trompé, volé, joué par une enfant ; cette suffocation égoïste des parents à qui leur fille annonce qu'elle a fait, sans eux et malgré eux, choix d'un époux.

Après son dîner, il essaya de lire un peu, mais il ne put y parvenir ; et il s'exaspérait de plus en plus. Quand dix heures sonnèrent, il prit sa canne, un formidable bâton de chêne dont il se servait toujours en ses courses nocturnes, quand il allait voir quelque malade. Et il regarda en souriant l'énorme gourdin qu'il faisait tourner dans sa poigne solide de campagnard, en des moulinets menaçants. Puis, soudain, il le leva et, grinçant des dents, l'abattit sur une chaise dont le dossier fendu tomba sur le plancher.

Et il ouvrit sa porte pour sortir ; mais il s'arrêta sur le seuil, surpris par une splendeur de clair de lune, telle qu'on n'en voyait presque jamais.

Et comme il était doué d'un esprit exalté, un de ces esprits que devaient avoir les Pères de l'Eglise, ces poètes rêveurs, il se sentit soudain distrait, ému par la grandiose et sereine beauté de la nuit pâle.

Dans son petit jardin, tout baigné de douce lumière, ses arbres fruitiers, rangés en ligne, dessinaient en ombre sur l'allée leurs grêles membres de bois à peine vêtus de verdure ; tandis que le chèvrefeuille géant, grimpé sur le mur de sa maison, exhalait des souffles délicieux et comme sucrés, faisait flotter dans le soir tiède et clair une espèce d'âme parfumée.

Il se mit à respirer longuement, buvant de l'air comme les ivrognes boivent du vin, et il allait à pas lents, ravi, émerveillé, oubliant presque sa nièce.

Dès qu'il fut dans la campagne, il s'arrêta pour contempler toute la plaine inondée de cette lueur caressante, noyée dans ce charme tendre et languissant des nuits sereines. Les crapauds à tout instant jetaient par l'espace leur note courte et métallique ; et des rossignols lointains mêlaient leur musique égrenée qui fait rêver sans faire penser, leur musique légère et vibrante, faite pour les baisers, à la séduction du clair de lune.

L'abbé se remit à marcher, le cœur défaillant, sans qu'il sût pourquoi. Il se sentait comme affaibli, épuisé tout à coup ; il avait une envie de s'asseoir, de rester là, de contempler, d'admirer Dieu dans son œuvre.

Là-bas, suivant les ondulations de la petite rivière, une grande ligne de peupliers serpentait. Une buée fine, une vapeur blanche que les rayons de lune traversaient, argentaient, rendaient luisante, restait suspendue autour et au-dessus des berges, enveloppait tout le cours tortueux de l'eau d'une sorte de ouate légère et transparente.

Le prêtre encore une fois s'arrêta, pénétré jusqu'au fond de l'âme par un attendrissement grandissant, irrésistible.

Et un doute, une inquiétude vague l'envahissait ; il sentait naître en lui une de ces interrogations qu'il se posait parfois.

Pourquoi Dieu avait-il fait cela ? Puisque la nuit est destinée au sommeil, à l'inconscience, au repos, à l'oubli de tout, pourquoi la rendre plus charmante que le jour, plus douce que les aurores et que les soirs ; et pourquoi cet astre lent et séduisant, plus poétique que le soleil, et qui semble destiné, tant il est discret, à éclairer des choses trop délicates et mystérieuses pour la grande lumière, s'en venait-il faire si transparentes les ténèbres ?

Pourquoi le plus habile des oiseaux chanteurs ne se reposait-il pas comme les autres et se mettait-il à vocaliser dans l'ombre troublante ?

Pourquoi ce demi-voile jeté sur le monde ? Pourquoi ces frissons de cœur, cette émotion de l'âme, cet alanguissement de la chair ?

Pourquoi ce déploiement de séductions que les

hommes ne voyaient point, puisqu'ils étaient couchés
en leurs lits ? A qui étaient destinés ce spectacle
sublime, cette abondance de poésie jetée du ciel sur la
terre ?

Et l'abbé ne comprenait point.

Mais voilà que là-bas, sur le bord de la prairie, sous
la voûte des arbres trempés de brume luisante, deux
ombres apparurent qui marchaient côte à côte.

L'homme était plus grand et tenait par le cou son
amie, et, de temps en temps, l'embrassait sur le front.
Ils animèrent tout à coup ce paysage immobile qui les
enveloppait comme un cadre divin fait pour eux. Ils
semblaient, tous deux, un seul être, l'être à qui était
destinée cette nuit calme et silencieuse ; et ils s'en
venaient vers le prêtre comme une réponse vivante, la
réponse que son Maître jetait à son interrogation.

Il restait debout, le cœur battant, bouleversé ; et il
croyait voir quelque chose de biblique, comme les
amours de Ruth et de Booz, l'accomplissement d'une
volonté du Seigneur dans un de ces grands décors
dont parlent les livres saints [6]. En sa tête se mirent à
bourdonner les versets du Cantique des Cantiques, les
cris d'ardeur, les appels des corps, toute la chaude
poésie de ce poème brûlant de tendresse.

Et il se dit : « Dieu peut-être a fait ces nuits-là pour
voiler d'idéal les amours des hommes. »

Et il reculait devant le couple embrassé qui marchait toujours. C'était sa nièce pourtant ; mais il se
demandait maintenant s'il n'allait pas désobéir à Dieu.
Et Dieu ne permet-il point l'amour, puisqu'il
l'entoure visiblement d'une splendeur pareille ?

Et il s'enfuit, éperdu, presque honteux, comme s'il
eût pénétré dans un temple où il n'avait pas le droit
d'entrer.

LE BAISER [1]

Ma chère mignonne,

Donc, tu pleures du matin au soir et du soir au matin, parce que ton mari t'abandonne ; tu ne sais que faire, et tu implores un conseil de ta vieille tante que tu supposes apparemment bien experte. Je n'en sais pas si long que tu crois, et cependant je ne suis point sans doute tout à fait ignorante dans cet art d'aimer ou plutôt de se faire aimer, qui te manque un peu. Je puis bien, à mon âge, avouer cela.

Tu n'as pour lui, me dis-tu, que des attentions, que des douceurs, que des caresses, que des baisers. Le mal vient peut-être de là ; je crois que tu l'embrasses trop.

Ma chérie, nous avons aux mains le plus terrible pouvoir qui soit : l'amour. L'homme, doué de la force physique, l'exerce par la violence. La femme, douée du charme, domine par la caresse. C'est notre arme, arme redoutable, invincible, mais qu'il faut savoir manier.

Nous sommes, sache-le bien, les maîtresses de la terre. Raconter l'histoire de l'Amour depuis les origines du monde, ce serait raconter l'homme lui-même. Tout vient de là, les arts, les grands événements, les mœurs, les coutumes, les guerres, les bouleversements d'empires.

Dans la Bible, tu trouves Dalila, Judith ; dans la Fable, Omphale, Hélène ; dans l'Histoire, les Sabines, Cléopâtre et bien d'autres.

Donc, nous régnons, souveraines toutes-puissantes. Mais il nous faut, comme les rois, user d'une diplomatie délicate.

L'Amour, ma chère petite, est fait de finesses, d'imperceptibles sensations. Nous savons qu'il est fort comme la mort [2] ; mais il est aussi fragile que le verre. Le moindre choc le brise et notre domination s'écroule alors, sans que nous puissions la rééditier.

Nous avons la faculté de nous faire adorer, mais il nous manque une toute petite chose, le discernement des nuances dans la caresse, le flair subtil du TROP dans la manifestation de notre tendresse. Aux heures d'étreintes, nous perdons le sentiment des finesses, tandis que l'homme que nous dominons reste maître de lui, demeure capable de juger le ridicule de certains mots, le manque de justesse de certains gestes. Prends bien garde à cela, mignonne : c'est le défaut de notre cuirasse, c'est notre talon d'Achille.

Sais-tu d'où nous vient notre vraie puissance ? du baiser, du seul baiser ! Quand nous savons tendre et abandonner nos lèvres, nous pouvons devenir des reines.

Le baiser n'est qu'une préface, pourtant. Mais une préface charmante, plus délicieuse que l'œuvre elle-même ; une préface qu'on relit sans cesse, tandis qu'on ne peut pas toujours... relire le livre. Oui, la rencontre des bouches est la plus parfaite, la plus divine sensation qui soit donnée aux humains, la dernière, la suprême limite du bonheur. C'est dans le baiser, dans le seul baiser qu'on croit parfois sentir cette impossible union des âmes que nous poursuivons, cette confusion des cœurs défaillants.

Te rappelles-tu les vers de Sully Prudhomme :

> Les caresses ne sont que d'inquiets transports,
> Infructueux essais du pauvre Amour qui tente
> L'impossible union des âmes par le corps [3].

Une seule caresse donne cette sensation profonde, immatérielle des deux êtres ne faisant plus qu'un, c'est le baiser. Tout le délire violent de la complète possession ne vaut cette frémissante approche des bouches, ce premier contact humide et frais, puis cette attache immobile, éperdue et longue, si longue ! de l'une à l'autre.

Donc, ma belle, le baiser est notre arme la plus forte, mais il faut craindre de l'émousser. Sa valeur, ne l'oublie pas, est relative, purement conventionnelle. Elle change sans cesse suivant les circonstances, les dispositions du moment, l'état d'attente et d'extase de l'esprit.

Je vais m'appuyer sur un exemple.

Un autre poète, François Coppée, a fait un vers que nous avons toutes dans la mémoire, un vers que nous trouvons adorable, qui nous fait tressaillir jusqu'au cœur.

Après avoir décrit l'attente de l'amoureux dans une chambre fermée, par un soir d'hiver, ses inquiétudes, ses impatiences nerveuses, sa crainte horrible de ne pas LA voir venir, il raconte l'arrivée de la femme aimée qui entre enfin, toute pressée, essoufflée, apportant du froid dans ses jupes ; et il s'écrie :

> Oh ! les premiers baisers à travers la voilette [4] !

N'est-ce point là un vers d'un sentiment exquis, d'une observation délicate et charmante, d'une parfaite vérité ? Toutes celles qui ont couru au rendez-vous clandestin, que la passion a jetées dans les bras d'un homme, les connaissent bien ces délicieux premiers baisers à travers la voilette, et frémissent encore à leur souvenir. Et pourtant ils ne tirent leur charme que des circonstances du retard, de l'attente anxieuse ; mais, en vérité, au point de vue purement, ou, si tu préfères, impurement sensuel, ils sont détestables.

Réfléchis. Il fait froid dehors. La jeune femme a

marché vite ; la voilette est toute mouillée par son
souffle refroidi. Des gouttelettes d'eau brillent dans les
mailles de la dentelle noire. L'amant se précipite et
colle ses lèvres ardentes à cette vapeur de poumons
liquéfiée.

Le voile humide, qui déteint et porte la saveur
ignoble des colorations chimiques, pénètre dans la
bouche du jeune homme, mouille sa moustache. Il ne
goûte nullement aux lèvres de la bien-aimée, il ne
goûte qu'à la teinture de cette dentelle trempée
d'haleine froide.

Et pourtant, nous nous écrions toutes, comme le
poète :

Oh ! les premiers baisers à travers la voilette !

Donc, la valeur de cette caresse étant toute conventionnelle, il faut craindre de la déprécier.

Eh bien, ma chérie, je t'ai vue en plusieurs occasions
très maladroite. Tu n'es pas la seule, d'ailleurs ; la
plupart des femmes perdent leur autorité par l'abus seul
des baisers, des baisers intempestifs. Quand elles sentent leur mari ou leur amant un peu las, à ces heures
d'affaissement où le cœur a besoin de repos comme le
corps ; au lieu de comprendre ce qui se passe en lui, elles
s'acharnent en des caresses inopportunes, le lassent par
l'obstination des lèvres tendues, le fatiguent en l'étrei-
gnant sans rime ni raison.

Crois-en mon expérience. D'abord, n'embrasse
jamais ton mari en public, en wagon, au restaurant.
C'est du plus mauvais goût ; refoule ton envie. Il se
sentirait ridicule et t'en voudrait toujours.

Méfie-toi surtout des baisers inutiles prodigués dans
l'intimité. Tu en fais, j'en suis certaine, une effroyable
consommation.

Ainsi je t'ai vue un jour tout à fait choquante. Tu ne
te le rappelles pas sans doute.

Nous étions tous trois dans ton petit salon, et,
comme vous ne vous gêniez guère devant moi, ton

mari te tenait sur ses genoux et t'embrassait longuement la nuque, la bouche perdue dans les cheveux
frisés du cou. Soudain tu as crié :

« Ah ! le feu... » Vous n'y songiez guère ; il s'étei-
gnait. Quelques tisons assombris expirants rougis-
saient à peine le foyer.

Alors il s'est levé, s'élançant vers le coffre à bois où
il saisit deux bûches énormes qu'il rapportait à grand-
peine, quand tu es venue vers lui les lèvres men-
diantes, murmurant : « Embrasse-moi. » Il tourna la
tête avec effort en soutenant péniblement les souches.
Alors tu posas doucement, lentement, ta bouche sur
celle du malheureux qui demeura le col de travers, les
reins tordus, les bras rompus, tremblant de fatigue et
d'effort désespéré. Et tu éternisas ce baiser de supplice
sans voir et sans comprendre. Puis, quand tu le laissas
libre, tu te mis à murmurer d'un air fâché : « Comme
tu m'embrasses mal ! » — Parbleu, ma chère !

Oh ! prends garde à cela. Nous avons toutes cette
sotte manie, ce besoin inconscient et bête de nous
précipiter aux moments les plus mal choisis : quand il
porte un verre plein d'eau, quand il remet ses bottes,
quand il renoue sa cravate, quand il se trouve enfin
dans quelque posture pénible, et de l'immobiliser par
une gênante caresse qui le fait rester une minute avec
un geste commencé et le seul désir d'être débarrassé
de nous.

Surtout, ne juge pas insignifiante et mesquine cette
critique. L'amour est délicat, ma petite : un rien le
froisse ; tout dépend, sache-le, du tact de nos câline-
ries. Un baiser maladroit peut faire bien du mal.

Expérimente mes conseils.

Ta vieille tante.
COLETTE.

Pour copie :

MAUFRIGNEUSE.

LE REMPLAÇANT [1]

« Mme Bonderoi ?

— Oui, Mme Bonderoi.

— Pas possible ?

— Je — vous — le — dis.

— Mme Bonderoi, la vieille dame à bonnets de dentelle, la dévote, la sainte, l'honorable Mme Bonderoi dont les petits cheveux follets et faux ont l'air collés autour du crâne ?

— Elle-même.

— Oh ! voyons, vous êtes fou ?

— Je — vous — le — jure.

— Alors, dites-moi tous les détails ?

— Les voici. Du temps de M. Bonderoi, l'ancien notaire, Mme Bonderoi utilisait, dit-on, les clercs pour son service particulier. C'est une de ces respectables bourgeoises à vices secrets et à principes inflexibles, comme il en est beaucoup. Elle aimait les beaux garçons ; quoi de plus naturel ? N'aimons-nous pas les belles filles ?

Une fois que le père Bonderoi fut mort, la veuve se mit à vivre en rentière paisible et irréprochable. Elle fréquentait assidûment l'église, parlait dédaigneusement du prochain, et ne laissait rien à dire sur elle.

Puis elle vieillit, elle devint la petite bonne femme que vous connaissez, pincée, surie, mauvaise.

Or, voici l'aventure invraisemblable arrivée jeudi dernier.

Mon ami Jean d'Anglemare est, vous le savez, capitaine aux dragons, caserné dans le faubourg de la Rivette.

En arrivant au quartier, l'autre matin, il apprit que deux hommes de sa compagnie s'étaient flanqué une abominable tripotée. L'honneur militaire a des lois sévères. Un duel eut lieu. Après l'affaire, les soldats se réconcilièrent ; et, interrogés par leur officier, lui racontèrent le sujet de la querelle. Ils s'étaient battus pour Mme Bonderoi.

— Oh !

— Oui, mon ami, pour Mme Bonderoi !

Mais je laisse la parole au cavalier Siballe :

« Voilà l'affaire, mon cap'taine. Ya z'environ dix-huit mois, je me promenais sur le Cours, entre six et sept heures du soir, quand une particulière m'aborda.

Elle me dit, comme si elle m'avait demandé son chemin : « Militaire, voulez-vous gagner honnêtement dix francs par semaine ? »

Je lui répondis sincèrement : « A vot'service, madame. »

Alors ell'me dit : « Venez me trouver demain, à midi. Je suis Mme Bonderoi, 6, rue de la Tranchée.

— J'n'y manquerai pas, madame, soyez tranquille. »

Puis, ell'me quitta d'un air content en ajoutant : « Je vous remercie bien, militaire.

— C'est moi qui vous remercie, madame. »

Ça ne laissa pas d'me taquiner jusqu'au lendemain.

A midi, je sonnais chez elle.

Ell' vint m'ouvrir elle-même. Elle avait un tas de petits rubans sur la tête.

« Dépêchons-nous, dit-elle, parce que ma bonne pourrait rentrer. »

Je répondis : « Je veux bien me dépêcher. Qu'est-ce qu'il faut faire ? »

Alors, elle se mit à rire et riposta : « Tu ne comprends pas, gros malin ? »

Je n'y étais plus, mon cap'taine, parole d'honneur.

Ell' vint s'asseoir tout près de moi, et me dit : « Si tu répètes un mot de tout ça, je te ferai mettre en prison. Jure que tu seras muet. »

Je lui jurai ce qu'ell'voulut. Mais je ne comprenais toujours pas. J'en avais la sueur au front. Alors je retirai mon casque oùsqu'était mon mouchoir. Elle le prit, mon mouchoir, et m'essuya les cheveux des tempes. Puis v'là qu'ell'm'embrasse et qu'ell'me souffle dans l'oreille :

« Alors, tu veux bien ? »

Je répondis : « Je veux bien ce que vous voudrez, madame, puisque je suis venu pour ça. »

Alors ell'se fit comprendre ouvertement par des manifestations. Quand j'vis de quoi il s'agissait, je posai mon casque sur une chaise ; et je lui montrai que dans les dragons on ne recule jamais, mon cap'taine.

Ce n'est pas que ça me disait beaucoup, car la particulière n'était pas dans sa primeur. Mais y ne faut pas se montrer trop regardant dans le métier, vu que les picaillons sont rares. Et puis on a de la famille qu'il faut soutenir. Je me disais : « Y aura cent sous pour le père, là-dessus. »

Quand la corvée a été faite, mon cap'taine, je me suis mis en position de me retirer. Elle aurait bien voulu que je ne parte pas sitôt. Mais je lui dis : « Chacun son dû, madame. Un p'tit verre ça coûte deux sous, et deux p'tits verres, ça coûte quatre sous. »

Ell' compris bien le raisonnement et me mit un p'tit napoléon de dix balles au fond de la main. Ça ne m'allait guère, c'te monnaie-là, parce que ça vous coule dans la poche, et quand les pantalons ne sont pas bien cousus, on la retrouve dans ses bottes, ou bien on ne la retrouve pas.

Alors que je regardais ce pain à cacheter jaune en me disant ça, ell' me contemple ; et puis ell' devient rouge, et ell' se trompe sur ma physionomie, et ell' me demande :

« Est-ce que tu trouves que c'est pas assez ? »

Je lui réponds :

« Ce n'est pas précisément ça, madame, mais, si ça ne vous faisait rien, j'aimerais mieux deux pièces de cent sous. »

Ell' me les donna et je m'éloignai.

Or, voilà dix-huit mois que ça dure, mon cap'taine. J'y vas tous les mardis, le soir, quand vous consentez à me donner permission. Elle aime mieux ça, parce que sa bonne est couchée.

Or donc, la semaine dernière je me trouvai indisposé ; et il me fallut tâter de l'infirmerie. Le mardi arrive, pas moyen de sortir ; et je me mangeais les sangs par rapport aux dix balles dont je me trouve accoutumé.

Je me dis : « Si personne y va, je suis rasé ; qu'elle prendra pour sûr un artilleur. » Et ça me révolutionnait.

Alors, je fais demander Paumelle, que nous sommes pays ; et je lui dis la chose : « Y aura cent sous pour toi, cent sous pour moi, c'est convenu. »

Y consent, et le v'là parti. J'y avais donné les renseignements. Y frappe ; ell' ouvre ; ell' le fait entrer ; ell' l'y regarde pas la tête et s'aperçoit point qu' c'est pas le même.

Vous comprenez, mon cap'taine, un dragon et un dragon, quand ils ont le casque, ça se ressemble.

Mais soudain, elle découvre la transformation, et ell' demande d'un air de colère :

« Qu'est-ce que vous êtes ? Qu'est-ce que vous voulez ? Je ne vous connais pas, moi ? »

Alors Paumelle s'explique. Il démontre que je suis indisposé et il expose que je l'ai envoyé pour remplaçant.

Elle le regarde, lui fait aussi jurer le secret, et puis elle l'accepte, comme bien vous pensez, vu que Paumelle n'est pas mal aussi de sa personne.

Mais quand ce limier-là fut revenu, mon cap'taine, il ne voulait plus me donner mes cent sous. Si ça avait été pour moi, j'aurais rien dit, mais c'était pour le père ; et là-dessus, pas de blague.

Je lui dis :

« T'es pas délicat dans tes procédés, pour un dragon ; que tu déconsidères l'uniforme. »

Il a levé la main, mon cap'taine, en disant que c'te
corvée-là, ça valait plus du double.

Chacun son jugement, pas vrai ? Fallait point qu'il
accepte. J'y ai mis mon poing dans le nez. Vous avez
connaissance du reste. »

Le capitaine d'Anglemare riait aux larmes en me
disant l'histoire. Mais il m'a fait aussi jurer le secret
qu'il avait garanti aux deux soldats. Surtout, n'allez
pas me trahir ; gardez ça pour vous, vous me le pro-
mettez ?

— Oh ! ne craignez rien. Mais comment tout cela
s'est-il arrangé en définitive ?

— Comment ? Je vous le donne en mille !... La
mère Bonderoi garde ses deux dragons, en leur réser-
vant chacun leur jour. De cette façon, tout le monde
est content.

— Oh ! elle est bien bonne, bien bonne !

— Et les vieux parents ont du pain sur la planche.
La morale est satisfaite. »

LA TOUX [1]

A Armand Sylvestre [2].

Mon cher confrère et ami,

J'ai un petit conte pour vous, un petit conte anodin. J'espère qu'il vous plaira si j'arrive à le bien dire, aussi bien que celle de qui je le tiens.

La tâche n'est point facile, car mon amie est une femme d'esprit infini et de parole libre. Je n'ai pas les mêmes ressources. Je ne peux, comme elle, donner cette gaieté folle aux choses que je conte ; et, réduit à la nécessité de ne pas employer des mots trop caractéristiques, je me déclare impuissant à trouver, comme vous, les délicats synonymes.

Mon amie, qui est en outre une femme de théâtre de grand talent, ne m'a point autorisé à rendre publique son histoire.

Je m'empresse donc de réserver ses droits d'auteur pour le cas où elle voudrait, un jour ou l'autre, écrire elle-même cette aventure. Elle le ferait mieux que moi, je n'en doute pas. Etant plus experte sur le sujet, elle retrouverait en outre mille détails amusants que je ne peux inventer.

Mais voyez dans quel embarras je tombe. Il me faudrais, dès le premier mot, trouver un terme équivalent, et je le voudrais génial. La *Toux* n'est pas mon affaire. Pour être compris, j'ai besoin au moins d'un commentaire ou d'une périphrase à la façon de l'abbé Delille [3] :

La toux dont il s'agit ne vient point de la gorge.

Elle dormait (mon amie) aux côtés d'un homme aimé. C'était pendant la nuit, bien entendu.

Cet homme, elle le connaissait peu, ou plutôt depuis peu. Ces choses arrivent quelquefois dans le monde du théâtre principalement. Laissons les bourgeoises s'en étonner. Quant à dormir aux côtés d'un homme qu'importe qu'on le connaisse peu ou beaucoup, cela ne modifie guère la manière d'agir dans le secret du lit. Si j'étais femme je préférerais, je crois, les nouveaux amis. Ils doivent être plus aimables, sous tous les rapports, que les habitués.

On a, dans ce qu'on appelle le monde comme il faut, une manière de voir différente et qui n'est point la mienne. Je le regrette pour les femmes de ce monde ; mais je me demande si la manière de voir modifie sensiblement la manière d'agir ?...

Donc elle dormait aux côtés d'un nouvel ami. C'est là une chose délicate et difficile à l'excès. Avec un vieux compagnon on prend ses aises, on ne se gêne pas, on peut se retourner à sa guise, lancer des coups de pied, envahir les trois quarts du matelas, tirer toute la couverture et se rouler dedans, ronfler, grogner, tousser (je dis tousser faute de mieux) ou éternuer (que pensez-vous d'éternuer comme synonyme ?).

Mais pour en arriver là, il faut au moins six mois d'intimité. Et je parle des gens qui sont d'un naturel familier. Les autres gardent toujours certaines réserves, que j'approuve pour ma part. Mais nous n'avons peut-être pas la même manière de sentir sur cette matière.

Quand il s'agit d'une nouvelle connaissance qu'on peut supposer sentimentale, il faut assurément prendre quelques précautions pour ne point incommoder son voisin de lit, et pour garder un certain prestige, de poésie [4] et une certaine autorité.

Elle dormait. Mais soudain une douleur, intérieure, lancinante, voyageuse, la parcourut. Cela commença dans le creux de l'estomac et se mit à rouler en descendant vers... vers... vers les gorges inférieures avec un bruit discret de tonnerre intestinal.

L'homme, l'ami nouveau, gisait, tranquille, sur le dos, les yeux fermés. Elle le regarda de coin, inquiète, hésitante.

Vous êtes-vous trouvé, confrère, dans une salle de première, avec un rhume dans la poitrine ? Toute la salle anxieuse halète au milieu d'un silence complet ; mais vous n'écoutez plus rien, vous attendez éperdu, un moment de rumeur pour tousser. Ce sont tout le long de votre gosier des chatouillements, des picotements épouvantables. Enfin vous n'y tenez plus. Tant pis pour les voisins. Vous toussez. — Toute la salle crie : « A la porte. »

Elle se trouvait dans le même cas, travaillée, torturée par une envie folle de tousser. (Quand je dis tousser, j'entends bien que vous transposez.)

Il semblait dormir ; il respirait avec calme. Certes il dormait.

Elle se dit : « Je prendrai mes précautions. Je tâcherai de souffler seulement, tout doucement, pour ne le point réveiller. » Et elle fit comme ceux qui cachent leur bouche sous leur main et s'efforcent de dégager, sans bruit, leur gorge en expectorant de l'air avec adresse.

Soit qu'elle s'y prît mal, soit que la démangeaison fût trop forte, elle toussa.

Aussitôt elle perdit la tête. S'il avait entendu, quelle honte ! Et quel danger ! Oh ! s'il ne dormait point, par hasard ? Comment le savoir ? Elle le regarda fixement, et, à la lueur de la veilleuse, elle crut voir sourire son visage aux yeux fermés. Mais s'il riait,... il ne dormait donc pas,... et, s'il ne dormait pas... ?

Elle tenta avec sa bouche, la vraie, de produire un bruit semblable, pour... dérouter son compagnon.

Cela ne ressemblait guère.

Mais dormait-il ?

Elle se retourna, s'agita, le poussa, pour savoir avec certitude.

Il ne remua point.

Alors elle se mit à chantonner.

Le monsieur ne bougeait pas.

Perdant la tête, elle l'appela « Ernest ».

Il ne fit pas un mouvement, mais il répondit aussitôt : « Qu'est-ce que tu veux ? »

Elle eut une palpitation de cœur. Il ne dormait pas ; il n'avait jamais dormi !...

Elle demanda :

« Tu ne dors donc pas ? »

Il murmura avec résignation :

« Tu le vois bien. »

Elle ne savait plus que dire, affolée. Elle reprit enfin.

« Tu n'as rien entendu ? »

Il répondit, toujours immobile :

« Non. »

Elle se sentait venir une envie folle de le gifler, et, s'asseyant dans le lit :

« Cependant il m'a semblé ?...

— Quoi ?

— Qu'on marchait dans la maison. »

Il sourit. Certes, cette fois elle l'avait vu sourire, et il dit :

« Fiche-moi donc la paix, voilà une demi-heure que tu m'embêtes. »

Elle tressaillit.

« Moi ?... C'est un peu fort. Je viens de me réveiller. Alors tu n'as rien entendu ?

— Si.

— Ah ! enfin, tu as entendu quelque chose ! Quoi ?

— On a... toussé ! »

Elle fit un bond et s'écria, exaspérée.

« On a toussé ! Où ça ? Qui est-ce qui a toussé ? Mais, tu es fou ? Réponds donc ? »

Il commençait à s'impatienter.

« Voyons, est-ce fini cette scie-là ? Tu sais bien que c'est toi. »

Cette fois, elle s'indigna, hurlant : « Moi ? — Moi ?
— Moi ? — J'ai toussé ? Moi ? J'ai toussé ! Ah ! vous
m'insultez, vous m'outragez, vous me méprisez. Eh
bien, adieu ! Je ne reste pas auprès d'un homme qui
me traite ainsi. »

Et elle fit un mouvement énergique pour sortir du
lit.

Il reprit d'une voix fatiguée, voulant la paix à tout
prix :

« Voyons, reste tranquille. C'est moi qui ai toussé. »

Mais elle eut un sursaut de colère nouvelle.

« Comment ? vous avez... toussé dans mon lit !... à
mes côtés... pendant que je dormais ? Et vous
l'avouez. Mais vous êtes ignoble. Et vous croyez que je
reste avec les hommes qui... toussent auprès de moi...
Mais pour qui me prenez-vous donc ? »

Et elle se leva sur le lit tout debout, essayant
d'enjamber pour s'en aller.

Il la prit tranquillement par les pieds et la fit s'étaler
près de lui, et il riait, moqueur et gai :

« Voyons, Rose, tiens-toi tranquille, à la fin. Tu as
toussé. Car c'est toi. Je ne me plains pas, je ne me
fâche pas ; je suis content même. Mais, recouche-toi,
sacrebleu. »

Cette fois, elle lui échappa d'un bond et sauta dans
la chambre ; et elle cherchait éperdument ses vêtements, en répétant : « Et vous croyez que je vais rester
auprès d'un homme qui permet à une femme de...
tousser dans son lit. Mais vous êtes ignoble, mon
cher. »

Alors il se leva, et, d'abord, la gifla. Puis, comme
elle se débattait, il la cribla de taloches ; et, la prenant
ensuite à pleins bras, il la jeta à toute volée dans le lit.

Et comme elle restait étendue, inerte et pleurant
contre le mur, il se recoucha près d'elle, puis, lui tournant le dos à son tour, il toussa..., il toussa par quin-
tes..., avec des silences et des reprises. Parfois, il
demandait : « en as-tu assez », et, comme elle ne
répondait pas, il recommençait.

Tout à coup, elle se mit à rire, mais à rire comme

une folle, criant : « Qu'il est drôle, ah ! qu'il est drôle ! »

Et elle le saisit brusquement dans ses bras, collant sa bouche à la sienne, lui murmurant entre les lèvres : « Je t'aime, mon chat. »

Et ils ne dormirent plus... jusqu'au matin.

★

Telle est mon histoire, mon cher Silvestre. Pardonnez-moi cette incursion sur votre domaine. Voilà encore un mot impropre. Ce n'est pas « domaine » qu'il faudrait dire. Vous m'amusez si souvent que je n'ai pu résister au désir de me risquer un peu sur vos derrières.

Mais la gloire vous restera de nous avoir ouvert, toute large, cette voie.

.

UNE SURPRISE [1]

Nous avons été élevés, mon frère et moi, par notre oncle l'abbé Loisel, « le curé Loisel » comme nous disions. Nos parents étant morts pendant notre petite enfance, l'abbé nous prit au presbytère et nous garda.

Il desservait depuis dix-huit ans la commune de Join-le-Sault, non loin d'Yvetot [2]. C'était un petit village, planté au beau milieu de ce plateau du pays de Caux, semé de fermes qui dressent çà et là leurs carrés d'arbres dans les champs.

La commune, en dehors des chaumes disséminés par la plaine, ne comptait que six maisons alignées des deux côtés de la grande route, avec l'église à un bout du pays et la mairie neuve à l'autre bout.

Nous avons passé notre enfance, mon frère et moi, à jouer dans le cimetière. Comme il était à l'abri du vent, mon oncle nous y donnait nos leçons, assis tous trois sur la seule tombe de pierre, celle du précédent curé dont la famille, riche, l'avait fait enterrer somptueusement.

L'abbé Loisel, pour exercer notre mémoire, nous faisait apprendre par cœur les noms des morts peints sur les croix de bois noir ; et, afin d'exercer en même temps notre discernement, il nous faisait commencer cette étrange récitation tantôt par un bout du champ funèbre, tantôt par l'autre bout, tantôt par le milieu, indiquant soudain une sépulture déterminée :

« Voyons, celle du troisième rang, dont la croix penche à gauche. » Quand se présentait un enterrement, nous avions hâte de connaître ce qu'on peindrait sur le symbole de bois, et nous allions même souvent chez le menuisier pour lire l'épitaphe, avant qu'elle fût placée sur la tombe. Mon oncle demandait : « Savez-vous la nouvelle ? » Nous répondions tous deux ensemble : « Oui, mon oncle », et nous nous mettions aussitôt à bredouiller : « Ici repose Joséphine, Rosalie, Gertrude Malaudain, veuve de Théodore Magloire Césaire, décédée à l'âge de soixante-deux ans, regrettée de sa famille, bonne fille, bonne épouse et bonne mère. Son âme est au céleste séjour. »

Mon oncle était un grand curé osseux, carré d'idées comme de corps. Son âme elle-même semblait dure et précise, ainsi qu'une réponse de catéchisme. Il nous parlait souvent de Dieu avec une voix tonnante. Il prononçait ce mot violemment comme s'il eût tiré un coup de pistolet. Son Dieu, d'ailleurs, n'était pas « le bon Dieu », mais « Dieu » tout court. Il devait songer à lui comme un maraudeur songe au gendarme, un prisonnier au juge d'instruction.

Il nous éleva rudement, mon frère et moi, nous apprenant à trembler plus qu'à aimer.

Quand nous eûmes l'un quatorze ans et l'autre quinze, il nous mit en pension, à prix réduit, à l'institution ecclésiastique d'Yvetot. C'était un grand bâtiment triste, peuplé de curés et d'élèves presque tous destinés au sacerdoce. Je n'y puis songer encore sans des frissons de tristesse. On sentait la prière là-dedans comme on sent le poisson au marché, un jour de marée. Oh ! le triste collège, avec ses éternelles cérémonies religieuses, la messe froide de chaque matin, les méditations, les récitations d'évangile, les lectures pieuses aux repas ! Oh ! le vieux et triste temps passé dans ces murs cloîtrés où l'on n'entendait parler de rien que de *Dieu,* du Dieu à détonation de mon oncle.

Nous vivions là dans la piété étroite, ruminante et forcée, et aussi dans une saleté vraiment méritante, car je me rappelle qu'on ne faisait laver les pieds aux

enfants que trois fois l'an, la veille des vacances.
Quant aux bains, on les ignorait tout aussi complètement que le nom de M. Victor Hugo. Nos maîtres
devaient les tenir en grand mépris.

Je sortis de là bachelier, la même année que mon
frère, et, munis de quelques sous, nous nous
éveillâmes tous les deux un matin dans Paris,
employés à dix-huit cent francs dans les administra-
tions publiques, grâce à la protection de Mgr de
Rouen.

★

Pendant quelque temps encore nous demeurâmes
bien sages, mon frère et moi, habitant ensemble le
petit logement que nous avions loué, pareils à des
oiseaux de nuit qu'on tire de leur trou pour les jeter en
plein soleil, étourdis, effarés.

Mais peu à peu l'air de Paris, les camarades, les
théâtres nous eurent légèrement dégourdis. Des désirs
nouveaux, étrangers aux joies célestes, commencèrent
à pénétrer en nous, et ma foi, un soir, le même soir,
après de longues hésitations, de grandes inquiétudes
et des peurs de soldat à la première bataille, nous nous
sommes laissé... comment dirai-je... laissé séduire par
deux petites voisines, deux amies employées dans le
même magasin, et qui habitaient le même logis.

Or, il arriva bientôt qu'un échange eut lieu entre les
deux ménages, un partage. Mon frère prit l'appartement
des deux fillettes et garda l'une d'elles. Je
m'emparai de l'autre, qui vint chez moi. La mienne
s'appelait Louise ; elle avait peut-être vingt-deux ans.
C'était une bonne fille fraîche, gaie, ronde de partout,
très ronde même de quelque part. Elle s'installa chez
moi en petite femme qui prend possession d'un
homme et de tout ce qui dépend de cet homme. Elle
organisa, rangea, fit la cuisine, régla les dépenses avec
économie, et me procura, en outre, beaucoup d'agré-
ments nouveaux pour moi.

Mon frère était, de son côté, très content. Nous

dînions tous les quatre, un jour chez l'un, un jour chez l'autre, sans un nuage dans l'âme ni un souci au cœur.

De temps en temps je recevais une lettre de mon oncle qui me croyait toujours logé avec mon frère, et qui me donnait des nouvelles du pays, de sa bonne, des morts récentes, de la terre, des récoltes, mêlées à beaucoup de conseils sur les dangers de la vie et les turpitudes du monde.

Ces lettres arrivaient le matin par le courrier de huit heures. Le concierge les glissait sous la porte en donnant un coup de balai dans le mur pour prévenir. Louise se levait, allait ramasser l'enveloppe de papier bleu, et s'asseyait au bord du lit pour me lire les « épitres du curé Loisel », comme elle disait aussi.

Pendant six mois nous fûmes heureux.

★

Or, une nuit, vers une heure du matin, un violent coup de sonnette nous fit tressaillir en même temps, car nous ne dormions pas, mais pas du tout à ce moment-là. Louise dit : « Qu'est-ce que ça peut être ? » Je répondis : « Je n'en sais rien. On se trompe sans doute d'étage. » Et nous ne bougions plus, bien que... enfin nous demeurions serrés l'un contre l'autre, l'oreille tendue, très énervés.

Et soudain un second coup de sonnette, puis un troisième, puis un quatrième emplirent de vacarme le petit logement, nous firent nous dresser et nous asseoir en même temps, dans notre lit. On ne se trompait pas ; c'était bien à nous qu'on en voulait. Je passai vite un pantalon, je mis mes savates et courus à la porte du vestibule, craignant un malheur. Mais, avant d'ouvrir, je demandai : « Qui est là ? Que me veut-on ? »

Une voix, une grosse voix, celle de mon oncle, répondit : « C'est moi, Jean, ouvre vite, nom d'un petit bonhomme, je n'ai pas envie de coucher dans l'escalier. »

Je me sentis devenir fou. Mais que faire ? Je courus à la chambre, et d'une voix haletante, je dis à Louise : « C'est mon oncle, cache-toi. » Puis, je revins, j'ouvris la porte du dehors ; et le curé Loisel faillit me renverser avec sa valise en tapisserie.

Il cria : « Qu'est-ce que tu faisais donc, galopin, pour ne pas m'ouvrir ? »

Je répondis en balbutiant : « Je dormais, mon oncle. »

Il reprit : « Tu dormais, bon, mais ensuite, quand tu m'as parlé, là, derrière la porte. »

Je bégayais : « J'avais laissé ma clef dans la poche de ma culotte, mon oncle. » Puis, pour éviter d'autres explications, je lui sautai au cou, l'embrassant avec violence.

Il s'adoucit, s'expliqua : « Me voici pour quatre jours, garnement. J'ai voulu jeter un coup d'œil sur cet enfer de Paris pour me donner une idée de l'autre. » Et il rit d'un rire de tempête, puis reprit :

« Tu vas me loger où tu voudras. Nous retirerons un matelas de ton lit. Mais où es ton frère ? Il dort ? Va donc l'éveiller ! »

Je perdais la tête ; enfin je murmurai : « Jacques n'est pas rentré : ils ont un gros travail supplémentaire, cette nuit, au bureau. »

Mon oncle, sans défiance, se frotta les mains en demandant :

« Alors, ça va, la besogne ? »

Et il se dirigea vers la porte de ma chambre. Je lui sautai presque au collet. « Non... non..., par ici, mon oncle. » Une idée m'avait illuminé ; j'ajoutai : « Vous devez avoir faim, après ce voyage, venez donc manger un morceau. »

Il sourit.

« Ça, c'est vrai que j'ai faim. Je casserais bien une petite croûte. » Et je le poussai dans la salle.

On avait justement dîné chez nous, ce jour-là, l'armoire était bien garnie. J'en tirai d'abord un morceau de bœuf en daube que le curé attaqua gaillardement. Je l'excitais à manger, lui versant à boire, lui

rappelant des souvenirs de bons repas normands pour
activer son appétit.

Quand il eut fini, il repoussa son assiette devant lui
en déclarant : « Voilà, c'est fait, j'ai mon compte »,
mais j'avais mes réserves ; je connaissais le faible du
bonhomme, et je rapportai un pâté de volaille, une
salade de pommes de terre, un pot de crème et du vin
fin qu'on n'avait pas achevé.

Il faillit tomber à la renverse et s'écria : « Nom d'un
petit bonhomme, quel garde-manger ! »

Et il reprit son assiette, en se rapprochant de la
table. La nuit s'avançait, il mangeait toujours ; et je
cherchais un moyen de me tirer d'affaire, sans en
découvrir un seul qui me parût pratique.

Enfin, mon oncle se leva. Je me sentais défaillir. Je
voulus le retenir encore : « Allons, mon oncle, un verre
d'eau-de-vie ; c'est de la vieille ; elle est bonne. » Mais
il déclara : « Non, cette fois, j'ai mon compte. Voyons
ton logement. »

On ne résistait pas à mon oncle, je le savais ; et des
frissons me couraient dans le dos ! Qu'allait-il arriver ?
Quelle scène ? Quel scandale ? Quelles violences peut-
être ?

Je le suivais avec une envie folle d'ouvrir la fenêtre
et de me jeter dans la rue. Je le suivais stupidement
sans oser dire un mot pour le retenir ; je le suivais me
sentant perdu, prêt à m'évanouir d'angoisse, espérant
cependant je ne sais quel hasard.

Il entra dans ma chambre. Une suprême espérance
me fit bondir le cœur. La brave fille avait fermé les rideaux
du lit ; et pas un chiffon de femme ne traînait. Les robes,
les collerettes, les manchettes, les bas fins, les bottines,
les gants, la broche, les bagues, tout avait disparu.

Je balbutiai : « Nous n'allons pas nous coucher
maintenant, mon oncle, voici le jour. »

Le curé Loisel répondit : « Tu es bon, toi, mais je
dormirai fort bien une heure ou deux. »

Et il s'approcha du lit sa bougie à la main. J'attendais, haletant, éperdu. D'un seul coup, il ouvrit les
rideaux !... Il faisait chaud (c'était en juin) ; nous

avions retiré toutes les couvertures, et il ne restait que le drap que Louise, affolée, avait tiré sur sa tête. Pour mieux se cacher sans doute elle s'était roulée en boule, et on voyait... on voyait... ses contours collés contre la toile...

Je sentis que j'allais tomber à la renverse.

Mon oncle se tourna vers moi riant jusqu'aux oreilles, si bien que je faillis fondre de stupéfaction.

Il s'écria : « Ah ! ah ! mon farceur, tu n'as pas voulu éveiller ton frère. Eh bien, tu vas voir comment je le réveille, moi. »

Et je vis sa main, sa grosse main de paysan qui se levait ; et, pendant qu'il étouffait de rire, elle retomba avec un bruit formidable sur... sur les contours exposés devant lui.

Il y eut un cri terrible dans le lit ; et puis une tempête furieuse sous le drap. Ça remuait, remuait, s'agitait, frétillait. Elle ne pouvait plus se dégager, tout enroulée là-dedans.

Enfin une jambe apparut par un bout, un bras par l'autre, puis la tête, puis toute la poitrine, nue et secouée ; et Louise, furieuse, s'assit en nous regardant avec des yeux brillants comme des lanternes.

Mon oncle, muet, s'éloignait à reculons, la bouche ouverte comme s'il avait vu le diable, et soufflant comme un bœuf.

Je jugeai la situation trop grave pour l'affronter, et je me sauvai follement.

★

Je ne revins que deux jours plus tard. Louise était partie en laissant la clef au concierge. Je ne l'ai jamais revue.

Quant à mon oncle ? Il m'a déshérité en faveur de mon frère qui, prévenu par ma maîtresse, a juré qu'il s'était séparé de moi à la suite de mes débordements dont il ne pouvait rester témoin.

Je ne me marierai jamais, les femmes sont trop dangereuses.

LA FENÊTRE [1]

Je fis la connaissance de Mme de Jadelle à Paris, cet hiver. Elle me plut infiniment tout de suite. Vous la connaissez d'ailleurs autant que moi..., non... pardon... presque autant que moi... Vous savez comme elle est fantasque et poétique en même temps. Libre d'allures et de cœur impressionnable, volontaire, émancipée, hardie, entreprenante, audacieuse, enfin au-dessus de tout préjugé, et, malgré cela, sentimentale, vite froissée, tendre et pudique.

Elle était veuve, j'adore les veuves, par paresse. Je cherchais alors à me marier, je lui fis la cour. Plus je la connaissais, plus elle me plaisait ; et je crus le moment venu de risquer ma demande. J'étais amoureux d'elle et j'allais le devenir trop. Quand on se marie, il ne faut pas trop aimer sa femme, parce qu'alors on fait des bêtises ; on se trouble, on devient en même temps niais et brutal. Il faut se dominer encore. Si on perd la tête le premier soir, on risque fort de l'avoir boisée un an plus tard.

Donc, un jour, je me présentai chez elle avec des gants clairs et je lui dis : « Madame, j'ai le bonheur de vous aimer et je viens vous demander si je puis avoir quelque espoir de vous plaire, en y mettant tous mes soins, et de vous donner mon nom. »

Elle me répondit tranquillement : « Comme vous y allez, monsieur ! J'ignore absolument si vous me plairez tôt ou tard ; mais je ne demande pas mieux que d'en faire l'épreuve. Comme homme, je ne vous trouve pas mal. Reste à savoir ce que vous êtes comme cœur, comme caractère et comme habitudes. La plupart des mariages deviennent orageux ou criminels, parce qu'on ne se connaît pas assez en s'accouplant. Il suffit d'un rien, d'une manie enracinée, d'une opinion tenace sur un point quelconque de morale, de religion ou de n'importe quoi, d'un geste qui déplaît, d'un tic, d'un tout petit défaut ou même d'une qualité désagréable pour faire deux ennemis irréconciliables, acharnés et enchaînés l'un à l'autre jusqu'à la mort, des deux fiancés les plus tendres et les plus passionnés.

« Je ne me marierai pas, monsieur, sans connaître à fond, dans les coins et replis de l'âme, l'homme dont je partagerai l'existence. Je le veux étudier à loisir, de tout près, pendant des mois.

« Voici donc ce que je vous propose. Vous allez venir passer l'été chez moi, dans ma propriété de Lauville et nous verrons là, tranquillement, si nous sommes faits pour vivre côte à côte...

« Je vous vois rire ! Vous avez une mauvaise pensée. Oh ! monsieur, si je n'étais pas sûre de moi, je ne vous ferais point cette proposition. J'ai pour l'amour, tel que vous le comprenez, vous autres hommes, un tel mépris et un tel dégoût qu'une chute est impossible pour moi. Acceptez-vous ? »

Je lui baisai la main.

— Quand partons-nous, madame ?

— Le 10 mai. C'est entendu ?

— C'est entendu.

Un mois plus tard, je m'installais chez elle. C'était vraiment une singulière femme. Du matin au soir, elle m'étudiait. Comme elle adore les chevaux, nous passions chaque jour des heures à nous promener par les bois, en parlant de tout, car elle cherchait à pénétrer mes plus intimes pensées autant qu'elle s'efforçait d'observer jusqu'à mes moindres mouvements.

Quant à moi, je devenais follement amoureux et je ne m'inquiétais nullement de l'accord de nos caractères. Je m'aperçus bientôt que mon sommeil lui-même était soumis à une surveillance. Quelqu'un couchait dans une petite chambre à côté de la mienne, où l'on n'entrait que fort tard et avec des précautions infinies. Cet espionnage de tous les instants finit par m'impatienter. Je voulus hâter le dénouement, et je devins, un soir, entreprenant. Elle me reçut de telle façon que je m'abstins de toute tentative nouvelle ; mais un violent désir m'envahit de lui faire payer, d'une façon quelconque, le régime policier auquel j'étais soumis, et je m'avisai d'un moyen.

Vous connaissez Césarine, sa femme de chambre, une jolie fille de Granville, où toutes les femmes sont belles, mais aussi blonde que sa maîtresse est brune.

Donc un après-midi j'attirai la soubrette dans ma chambre, je lui mis cent francs dans la main et je lui dis :

— Ma chère enfant, je ne veux te demander rien de vilain, mais je désire faire envers ta maîtresse ce qu'elle fait envers moi.

La petite bonne souriait d'un air sournois. Je repris :

— On me surveille jour et nuit, je le sais. On me regarde manger, boire, m'habiller, me raser et mettre mes chaussettes, je le sais.

La fillette articula : — Dame, monsieur..., puis se tut. Je continuai :

— Tu couches dans la chambre à côté pour écouter si je souffle ou si je rêve tout haut, ne le nie pas !...

Elle se mit à rire tout à fait et prononça :

— Dame, monsieur..., puis se tut encore.

Je m'animai : — Eh bien, tu comprends, ma fille, qu'il n'est pas juste qu'on sache tout sur mon compte et que je ne sache rien sur celui de la personne qui sera ma femme. Je l'aime de toute mon âme. Elle a le visage, le cœur, l'esprit que je rêvais, je suis le plus heureux des hommes sous ce rapport ; cependant il y a des choses que je voudrais bien savoir...

Césarine se décida à enfoncer dans sa poche mon

billet de banque. Je compris que le marché était conclu.

— Ecoute, ma fille, nous autres hommes, nous tenons beaucoup à certains... à certains... détails... physiques, qui n'empêchent pas une femme d'être charmante, mais qui peuvent changer son prix à nos yeux. Je ne te demande pas de me dire du mal de ta maîtresse, ni même de m'avouer ses défauts secrets si elle en a. Réponds seulement avec franchise aux quatre ou cinq questions que je vais te poser. Tu connais Mme de Jadelle comme toi-même, puisque tu l'habilles et que tu la déshabilles tous les jours. Eh bien, voyons, dis-moi cela. Est-elle aussi grasse qu'elle en a l'air ?

La petite bonne ne répondit pas.

Je repris :

— Voyons, mon enfant, tu n'ignores pas qu'il y a des femmes qui se mettent du coton, tu sais, du coton là où, là où... enfin du coton là où on nourrit les petits enfants, et aussi là où on s'assoit. Dis-moi, met-elle du coton ?

Césarine avait baissé les yeux. Elle prononça timidement :

— Demandez toujours, monsieur, je répondrai tout à la fois.

— Eh bien, ma fille, il y a aussi des femmes qui ont les genoux rentrés, si bien qu'ils s'entre-frottent à chaque pas qu'elles font. Il y en a d'autres qui les ont écartés, ce qui leur fait des jambes pareilles aux arches d'un pont. On voit le paysage au milieu. C'est très joli des deux façons. Dis-moi comment sont les jambes de ta maîtresse ?

La petite bonne ne répondit pas.

Je continuai :

— Il y en a qui ont la poitrine si belle qu'elle forme un gros pli dessous. Il y en a qui ont des gros bras avec une taille mince. Il y en a qui sont très fortes par devant et pas du tout par derrière ; d'autres qui sont très fortes par derrière et pas du tout par devant. Tout cela est très joli, très joli ; mais je voudrais bien savoir

comment est faite ta maîtresse. Dis-le-moi franchement et je te donnerai encore beaucoup d'argent...

Césarine me regarda au fond des yeux et répondit
en riant de tout son cœur :

— Monsieur, à part qu'elle est noire, madame est
faite tout comme moi. Puis elle s'enfuit.

J'étais joué.

Cette fois, je me trouvai ridicule et je résolus de me
venger au moins de cette bonne impertinente.

Une heure plus tard, j'entrai avec précaution dans
la petite chambre, d'où elle m'écoutait dormir, et je
dévissai les verrous.

Elle arriva vers minuit à son poste d'observation. Je
la suivis aussitôt. En m'apercevant, elle voulut crier ;
mais je lui fermai la bouche avec ma main et je me
convainquis, sans trop d'efforts, que, si elle n'avait pas
menti, Mme de Jadelle devait être très bien faite.

Je pris même grand goût à cette constatation qui,
d'ailleurs poussée un peu loin, ne semblait plus
déplaire à Césarine.

C'était, ma foi, un ravissant échantillon de la race
bas-normande, forte et fine en même temps. Il lui manquait peut-être certaines délicatesses de soins
qu'aurait méprisées Henri IV. Je les lui révélai bien
vite, et comme j'adore les parfums, je lui fis cadeau, le
soir même, d'un flacon de lavande ambrée.

Nous fûmes bientôt plus liés même que je n'aurais
cru, presque amis. Elle devint une maîtresse exquise,
naturellement spirituelle, et rouée à plaisir. C'eût été,
à Paris, une courtisane de grand mérite.

Les douceurs qu'elle me procura me permirent
d'attendre sans impatience la fin de l'épreuve de
Mme de Jadelle. Je devins d'un caractère incomparable, souple, docile, complaisant.

Quant à ma fiancée, elle me trouvait sans doute
délicieux, et je compris, à certains signes, que j'allais
bientôt être agréé. J'étais certes le plus heureux
homme du monde, attendant tranquillement le baiser
légal d'une femme que j'aimais dans les bras d'une
jeune et belle fille pour qui j'avais de la tendresse.

C'est ici, madame, qu'il faut vous tourner un peu ; j'arrive à l'endroit délicat.

Mme de Jadelle, un soir, comme nous revenions de notre promenade à cheval, se plaignit vivement que ses palefreniers n'eussent point pour la bête qu'elle montait certaines précautions exigées par elle. Elle répéta même plusieurs fois : « Qu'ils prennent garde, qu'ils prennent garde, j'ai un moyen de les surprendre. »

Je passai une nuit calme, dans mon lit. Je m'éveillai tôt, plein d'ardeur et d'entrain. Et je m'habillai.

J'avais l'habitude d'aller chaque matin fumer une cigarette sur une tourelle du château où montait un escalier en limaçon, éclairé par une grande fenêtre à la hauteur du premier étage.

Je m'avançais sans bruit, les pieds en mes pantoufles de maroquin aux semelles ouatées, pour gravir les premières marches, quand j'aperçus Césarine, penchée à la fenêtre, regardant au dehors.

Je n'aperçus pas Césarine tout entière, mais seulement une moitié de Césarine, la seconde moitié d'elle ; j'aimais autant cette moitié-là. De Mme de Jadelle j'eusse préféré peut-être la première. Elle était charmante ainsi, si ronde, vêtue à peine d'un petit jupon blanc, cette moitié qui s'offrait à moi.

Je m'approchai si doucement que la jeune fille n'entendit rien. Je me mis à genoux ; je pris avec mille précautions les deux bords du fin jupon, et, brusquement, je relevai. Je la reconnus aussitôt, pleine, fraîche, grasse et douce, la face secrète de ma maîtresse, et j'y jetai, pardon, madame, j'y jetai un tendre baiser, un baiser d'amant qui peut tout oser.

Je fus surpris. Cela sentait la verveine ! Mais je n'eus pas le temps d'y réfléchir. Je reçus un grand coup, ou plutôt une poussée dans la figure qui faillit me briser le nez. J'entendis un cri qui me fit dresser les cheveux. La personne s'était retournée — c'était Mme de Jadelle !

Elle battit l'air de ses mains comme une femme qui perd connaissance ; elle haleta quelques secondes, fit le geste de me cravacher, puis s'enfuit.

Dix minutes plus tard, Césarine, stupéfaite, m'apportait une lettre ; je lus : « Mme de Jadelle espère que M. de Brives la débarrassera immédiatement de sa présence. »

Je partis.

Eh bien, je ne suis point encore consolé. J'ai tenté de tous les moyens et de toutes les explications pour me faire pardonner cette méprise. Toutes mes démarches ont échoué.

Depuis ce moment, voyez-vous, j'ai dans... dans le cœur un goût de verveine qui me donne un désir immodéré de sentir encore ce bouquet-là [2].

LES CARESSES [1]

Non, mon ami, n'y songez plus. Ce que vous me demandez me révolte et me dégoûte. On dirait que Dieu, car je crois à Dieu, moi, a voulu gâter tout ce qu'il a fait de bon en y joignant quelque chose d'horrible. Il nous avait donné l'amour, la plus douce chose qui soit au monde, mais, trouvant cela trop beau et trop pur pour nous, il a imaginé les sens, les sens ignobles, sales, révoltants, brutaux, les sens qu'il a façonnés comme par dérision et qu'il a mêlés aux ordures du corps, qu'il a conçus [2] de telle sorte que nous n'y pouvons songer sans rougir, que nous n'en pouvons parler qu'à voix basse. Leur acte affreux est enveloppé de honte. Il se cache, révolte l'âme, blesse les yeux, et, honni par la morale, poursuivi par la loi, il se commet dans l'ombre, comme s'il était criminel.

Ne me parlez jamais de cela, jamais !

Je ne sais point si je vous aime, mais je sais que je me plais près de vous, que votre regard m'est doux et que votre voix me caresse le cœur. Du jour où vous auriez obtenu de ma faiblesse ce que vous désirez, vous me deviendriez odieux. Le lien délicat qui nous attache l'un à l'autre serait brisé. Il y aurait entre nous un abîme d'infamie.

Restons ce que nous sommes. Et... aimez-moi si vous voulez, je le permets.

Votre amie,
GENEVIÈVE.

Madame, voulez-vous me permettre à mon tour de vous parler brutalement, sans ménagements galants, comme je parlerais à un ami qui voudrait prononcer des vœux éternels ?

Moi non plus je ne sais pas si je vous aime. Je ne le saurais vraiment qu'après cette chose qui vous révolte tant.

Avez-vous oublié les vers de Musset :

Je me souviens encor de ces spasmes terribles,
De ces baisers muets, de ces muscles ardents,
De cet être absorbé, blême, et serrant les dents.
S'ils ne sont pas divins, ces moments sont horribles [3].

Cette sensation d'horreur et d'insurmontable dégoût, nous l'éprouvons aussi quand, emportés par l'impétuosité du sang, nous nous laissons aller aux accouplements d'aventure. Mais quand une femme est pour nous l'être d'élection, de charme constant, de séduction infinie que vous êtes pour moi, la caresse devient le plus ardent, le plus complet et le plus infini des bonheurs.

La caresse, madame, c'est l'épreuve de l'amour. Quand notre ardeur s'éteint après l'étreinte, nous nous étions trompés. Quand elle grandit, nous vous aimons.

Un philosophe [4], qui ne pratiquait point ces doctrines, nous a mis en garde contre ce piège de la nature. La nature veut des êtres, dit-il, et pour nous contraindre à les créer, elle [5] a mis ce double appas de l'amour et de la volupté, auprès du piège. Et il ajoute : Dès que nous nous sommes laissé prendre, dès que l'affolement d'un instant est passé, une tristesse immense nous saisit, car nous comprenons la ruse qui nous a trompés, nous voyons, nous sentons, nous touchons la raison secrète et voilée qui nous a poussés malgré nous.

Cela est vrai souvent, très souvent. Alors nous nous relevons écœurés. La nature nous a vaincus, nous a jetés, à son gré, dans des bras qui s'ouvraient parce qu'elle veut que les bras s'ouvrent.

Oui, je sais les baisers froids et violents sur des lèvres inconnues, les regards fixes et ardents en des yeux qu'on n'a jamais vus et qu'on ne verra plus jamais, et tout ce que je ne peux pas dire, tout ce qui nous laisse à l'âme une amère mélancolie.

Mais, quand cette sorte de nuage d'affection, qu'on appelle l'amour, a enveloppé deux êtres, quand ils ont pensé l'un à l'autre longtemps, toujours, quand le souvenir pendant l'éloignement veille sans cesse, le jour, la nuit, apportant à l'âme les traits du visage, et le sourire, et le son de la voix ; quand on a été obsédé, possédé par la forme absente et toujours visible, dites, n'est-il pas naturel que les bras s'ouvrent enfin, que les lèvres s'unissent, et que les corps se mêlent ?

N'avez-vous jamais eu le désir du baiser ? Dites-moi si les lèvres n'appellent pas les lèvres, et si le regard clair, qui semble couler dans les veines, ne soulève pas des ardeurs furieuses, irrésistibles.

Certes, c'est là le piège, le piège immonde, dites-vous ? Qu'importe, je le sais, j'y tombe, et je l'aime ! La nature nous donne la caresse pour nous cacher sa ruse, pour nous forcer, malgré nous, à éterniser les générations. Eh bien, volons-lui la caresse, faisons-la nôtre, raffinons-la, changeons-la, idéalisons-la, si vous voulez. Trompons, à notre tour, la Nature, cette trompeuse. Faisons plus qu'elle n'a voulu, plus qu'elle n'a pu ou osé nous apprendre. Que la caresse soit comme une matière précieuse sortie brute de la terre, prenons-la et travaillons-la et perfectionnons-la sans souci des desseins premiers, de la Volonté dissimulée de ce que vous appelez Dieu. Et comme c'est la pensée qui poétise tout, poétisons-la, madame, jusque dans ses brutalités terribles, dans nos plus impures combinaisons, jusque dans ses plus monstrueuses inventions.

Aimons la caresse savoureuse comme le vin qui grise, comme le fruit mûr qui parfume la bouche, comme tout ce qui pénètre notre corps de bonheur. Aimons la chair parce qu'elle est belle, parce qu'elle est blanche et ferme, et ronde, et douce, et délicieuse sous la lèvre et sous les mains.

Quand les artistes ont cherché la forme la plus rare
et la plus pure pour les coupes où l'art devait boire
l'ivresse, ils ont choisi la courbe des seins, dont la fleur
ressemble à celle des roses.

Or, j'ai lu dans un livre érudit, qui s'appelle le *Dictionnaire des Sciences médicales,* cette définition de la
gorge des femmes, qu'on dirait imaginée par
M. Joseph Prudhomme devenu docteur en médecine :

« Le sein peut être considéré chez la femme comme
un objet en même temps d'utilité et d'agrément [6]. »

Supprimons, si vous voulez, l'utilité et ne gardons
que l'agrément. Aurait-il cette forme adorable qui
appelle irrésistiblement la caresse s'il n'était destiné
qu'à nourrir les enfants ?

Oui, madame, laissons les moralistes nous prêcher
la pudeur, et les médecins la prudence ; laissons les
poètes, ces trompeurs toujours trompés eux-mêmes,
chanter l'union chaste des âmes et le bonheur immatériel ; laissons les femmes laides à leurs devoirs et les
hommes raisonnables à leurs besognes inutiles ; laissons les doctrinaires à leurs doctrines, les prêtres à
leurs commandements, et nous, aimons avant tout la
caresse qui grise, affole, énerve, épuise, ranime, est
plus douce que les parfums, plus légère que la brise,
plus aiguë que les blessures, rapide et dévorante, qui
fait prier, qui fait pleurer, qui fait gémir, qui fait crier,
qui fait commettre tous les crimes et tous les actes de
courage !

Aimons-la, non pas tranquille, normale, légale ;
mais violente, furieuse, immodérée ! Recherchons-la
comme on recherche l'or et le diamant, car elle vaut
plus, étant inestimable et passagère ! Poursuivons-la
sans cesse, mourons pour elle et par elle !

Et si vous voulez, madame, que je vous dise une
vérité que vous ne trouverez, je crois, en aucun livre,
— les seules femmes heureuses sur cette terre sont
celles à qui nulle caresse ne manque. Elles vivent, celles-là, sans soucis, sans pensées torturantes, sans autre
désir que celui du baiser prochain qui sera délicieux et
apaisant comme le dernier baiser.

Les autres, celles pour qui les caresses sont mesurées, ou incomplètes, ou rares, vivent harcelées par mille inquiétudes misérables, par des désirs d'argent ou de vanité, par tous les événements qui deviennent des chagrins.

Mais les femmes caressées à satiété n'ont besoin de rien, ne désirent rien, ne regrettent rien. Elles rêvent tranquilles et souriantes, effleurées à peine par ce qui serait pour les autres d'irréparables catastrophes, car la caresse remplace tout, guérit de tout, console de tout !

Et j'aurais encore tant de chose à dire !...

HENRY.

Ces deux lettres, écrites sur du papier japonais en paille de riz, ont été trouvées dans un petit portefeuille en cuir de Russie, sous un prie-Dieu de la Madeleine, hier dimanche, après la messe d'une heure, par

MAUFRIGNEUSE.

LA FARCE [1]

Mémoires d'un farceur

Nous vivons dans un siècle où les farceurs ont des allures de croque-morts et se nomment : politiciens. On ne fait plus chez nous la vraie farce, la bonne farce, la farce joyeuse, saine et simple de nos pères. Et, pourtant, quoi de plus amusant et de plus drôle que la farce ? Quoi de plus amusant que de mystifier des âmes crédules, que de bafouer des niais, de duper les plus malins, de faire tomber les plus retors en des pièges inoffensifs et comiques ? Quoi de plus délicieux que de se moquer des gens avec talent, de les forcer à rire eux-mêmes de leur naïveté, ou bien, quand ils se fâchent, de se venger par une nouvelle farce ?

Oh ! j'en ai fait, j'en ai fait, des farces dans mon existence. Et on m'en a fait aussi, morbleu ! et de bien bonnes. Oui, j'en ai fait, de désopilantes et de terribles. Une de mes victimes est morte des suites. Ce ne fut une perte pour personne. Je dirai cela un jour ; mais j'aurai grand mal à le faire avec retenue, car ma farce n'était pas convenable, mais pas du tout, pas du tout. Elle eut lieu dans un petit village des environs de Paris. Tous les témoins pleurent encore de rire à ce souvenir, bien que le mystifié en soit mort. Paix à son âme !

J'en veux aujourd'hui raconter deux, la dernière que j'ai subie et la première que j'ai infligée.

Commençons par la dernière, car je la trouve moins amusante, vu que j'en fus victime.

J'allais chasser, à l'automne, chez des amis, en un château de Picardie. Mes amis étaient des farceurs, bien entendu. Je ne veux pas connaître d'autres gens.

Quand j'arrivai on me fit une réception princière qui me mit en défiance. On tira des coups de fusil ; on m'embrassa, on me cajola comme si on attendait de moi de grands plaisirs ; je me dis : « Attention, vieux furet, on prépare quelque chose. »

Pendant le dîner la gaîté fut excessive, trop grande. Je pensais : « Voilà des gens qui s'amusent double, et sans raison apparente. Il faut qu'ils aient dans l'esprit l'attente de quelque bon tour. C'est à moi qu'on le destine assurément. Attention. »

Pendant toute la soirée on rit avec exagération. Je sentais dans l'air une farce, comme le chien sent le gibier... Mais quoi ? J'étais en éveil, en inquiétude. Je ne laissais passer ni un mot, ni une intention, ni un geste. Tout me semblait suspect, jusqu'à la figure des domestiques.

L'heure de se coucher sonna, et voilà qu'on se mit à me reconduire à ma chambre en procession. Pourquoi ? On me cria bonsoir. J'entrai, je fermai ma porte, et je demeurai debout, sans faire un pas, ma bougie à la main.

J'entendais rire et chuchoter dans le corridor. On m'épiait sans doute. Et j'inspectais de l'œil les murs, les meubles, le plafond, les tentures, le parquet. Je n'aperçus rien de suspect. J'entendis marcher derrière ma porte. On venait assurément regarder à la serrure.

Une idée me vint : « Ma lumière va peut-être s'éteindre tout à coup et me laisser dans l'obscurité. » Alors j'allumai toutes les bougies de la cheminée. Puis je regardai encore autour de moi sans rien découvrir. J'avançai à petits pas faisant le tour de l'appartement.

— Rien. — J'inspectai tous les objets l'un après l'autre. — Rien. — Je m'approchai de la fenêtre. Les auvents, de gros auvents en bois plein, étaient demeurés ouverts. Je les fermai avec soin, puis je tirai les rideaux, d'énormes rideaux de velours, et je plaçai une chaise devant afin de n'avoir rien à craindre du dehors.

Alors je m'assis avec précaution. Le fauteuil était solide. Je n'osais pas me coucher. Cependant le temps marchait. Et je finis par reconnaître que j'étais fort ridicule. Si on m'espionnait, comme je le supposais, on devait, en attendant le succès de la mystification préparée, rire énormément de ma terreur.

Je résolus donc de me coucher. Mais le lit m'était particulièrement suspect. Je tirai sur les rideaux. Ils semblaient tenir. Là était le danger pourtant. J'allais peut-être recevoir une douche glacée du ciel de lit, ou bien, à peine étendu, m'enfoncer sous terre avec mon sommier. Je cherchais en ma mémoire tous les souvenirs de farces accomplies. Et je ne voulais pas être pris. Ah ! mais non ! Ah ! mais non !

Alors je m'avisai soudain d'une précaution que je jugeai souveraine. Je saisis délicatement le bord du matelas, et je le tirai vers moi avec douceur. Il vint, suivi du drap et des couvertures. Je traînai tous ces objets au beau milieu de la chambre, en face la porte d'entrée. Je refis là mon lit le mieux que je pus loin de la couche suspecte et de l'alcôve inquiétante. Puis, j'éteignis toutes les lumières, et je revins à tâtons me glisser dans mes draps.

Je demeurai au moins encore une heure éveillé, tressaillant au moindre bruit. Tout semblait calme dans le château. Je m'endormis.

J'ai dû dormir longtemps, et d'un profond sommeil ; mais soudain je fus éveillé en sursaut par la chute d'un corps pesant abattu sur le mien ; et, en même temps, je reçus sur la figure, sur le cou, sur la poitrine un liquide brûlant qui me fit pousser un hurlement de douleur. Et un bruit épouvantable comme si un buffet chargé de vaisselle se fût écroulé m'entra dans les oreilles.

J'étouffais sous la masse tombée sur moi, et qui ne remuait plus. Je tendis les mains, cherchai à reconnaître la nature de cet objet. Je rencontrai une figure, un nez, des favoris. Alors, de toute ma force, je lançai un coup de poing dans ce visage. Mais je reçus immédiatement une grêle de gifles qui me firent sortir, d'un bond, de mes draps trempés, et me sauver, en chemise, dans le corridor, dont j'apercevais la porte ouverte.

O stupeur ! il faisait grand jour. On accourut au bruit et on trouva, étendu sur mon lit, le valet de chambre éperdu qui, m'apportant le thé du matin, avait rencontré sur sa route ma couche improvisée, et m'était tombé sur le ventre en me versant, bien malgré lui, mon déjeuner sur la figure.

Les précautions prises de bien fermer les auvents et de me coucher au milieu de ma chambre m'avaient seules fait la farce redoutée.

Ah ! on a ri, ce jour-là !

★

L'autre farce que je veux dire date de ma première jeunesse. J'avais quinze ans et je venais passer chaque vacance chez mes parents, toujours dans un château, toujours en Picardie.

Nous avions souvent en visite une vieille dame d'Amiens, insupportable, méchante, hargneuse, grondeuse, mauvaise et vindicative. Elle m'avait pris en haine, je ne sais pourquoi, et elle ne cessait de rapporter contre moi, tournant en mal mes moindres paroles et mes moindres actions. Oh ! la vieille chipie !

Elle s'appelait Mme Dufour, portait une perruque du plus beau noir, bien qu'elle fût âgée d'au moins soixante ans, et posait là-dessus de petits bonnets ridicules à rubans roses. On la respectait parce qu'elle était riche. Moi, je la détestais du fond du cœur et je résolus de me venger de ses mauvais procédés.

Je venais de terminer ma classe de seconde et j'avais été frappé particulièrement, dans le cours de chimie, par les propriétés d'un corps qui s'appelle le phosphure de chaux, et qui, jeté dans l'eau, s'enflamme,

détonne et dégage des couronnes de vapeur blanche
d'une odeur infecte. J'avais chipé, pour m'amuser
pendant les vacances, quelques poignées de cette
matière assez semblable à l'œil à ce qu'on nomme
communément du cristau [2].

J'avais un cousin du même âge que moi. Je lui com-
muniquai mon projet. Il fut effrayé de mon audace.

Donc, un soir, pendant que toute la famille se tenait
encore au salon, je pénétrai furtivement dans la
chambre de madame Dufour, et je m'emparai (pardon, mesdames) d'un récipient de forme ronde qu'on
cache ordinairement non loin de la tête du lit. Je
m'assurai qu'il était parfaitement sec et je déposai
dans le fond une poignée, une grosse poignée, de
phosphure de chaux.

Puis j'allai me cacher dans le grenier, attendant
l'heure. Bientôt un bruit de voix et de pas m'annonça
qu'on montait dans les appartements ; puis le silence
se fit. Alors, je descendis nu-pieds, retenant mon
souffle, et j'allai placer mon œil à la serrure de mon
ennemie.

Elle rangeait avec soin ses petites affaires. Puis elle
ôta peu à peu ses hardes, endossa un grand peignoir
blanc qui semblait collé sur ses os. Elle prit un verre,
l'emplit d'eau, et enfonçant une main dans sa bouche
comme si elle eût voulu s'arracher la langue, elle en fit
sortir quelque chose de rose et de blanc qu'elle déposa
aussitôt dans l'eau. J'eus peur comme si je venais
d'assister à quelque mystère honteux et terrible. Ce
n'était que son râtelier.

Puis elle enleva sa perruque brune et apparut avec
un petit crâne poudré de quelques cheveux blancs, si
comique que je faillis, cette fois, éclater de rire derrière ma porte. Puis elle fit sa prière, se releva,
s'approcha de mon instrument de vengeance, le
déposa par terre au milieu de la chambre, et, se baissant, le recouvrit entièrement de son peignoir.

J'attendais, le cœur palpitant. Elle était tranquille,
contente, heureuse. J'attendais... heureux aussi, moi,
comme on l'est quand on se venge.

J'entendis d'abord un très léger bruit, un clapotement, puis aussitôt une série de détonations sourdes comme une fusillade lointaine.

Il se passa, en une seconde, sur le visage de Mme Dufour, quelque chose d'affreux et de surprenant. Ses yeux s'ouvrirent, se fermèrent, se rouvrirent, puis elle se leva tout à coup avec une souplesse dont je ne l'aurais pas crue capable, et elle regarda...

L'objet blanc crépitait, détonait, plein de flammes rapides et flottantes comme le feu grégeois des anciens. Et une fumée épaisse s'en élevait, montant vers le plafond, une fumée mystérieuse, effrayante comme un sortilège.

Que dut-elle penser, la pauvre femme ? Crut-elle à une ruse du Diable ? A une maladie épouvantable ? Crut-elle que ce feu, sorti d'elle, allait lui ronger les entrailles, jaillir comme d'une gueule de volcan ou la faire éclater comme un canon trop chargé ?

Elle demeurait debout, folle d'épouvante, le regard tendu sur le phénomène. Puis tout à coup elle poussa un cri comme je n'en ai jamais entendu et s'abattit sur le dos.

Je me sauvai et je m'enfonçai dans mon lit et je fermai les yeux avec force comme pour me prouver à moi-même que je n'avais rien fait, rien vu, que je n'avais pas quitté ma chambre.

Je me disais : « Elle est morte ! Je l'ai tuée ! » Et j'écoutais anxieusement les rumeurs de la maison.

On allait ; on venait ; on parlait ; puis, j'entendis qu'on riait ; puis, je reçus une pluie de calottes envoyées par la main paternelle.

Le lendemain, Mme Dufour était fort pâle. Elle buvait de l'eau à tout moment. Peut-être, malgré les assurances du médecin, essayait-elle d'éteindre l'incendie qu'elle croyait enfermé dans son flanc.

Depuis ce jour, quand on parle devant elle de maladie, elle pousse un profond soupir, et murmure : « Oh ! madame, si vous saviez ? Il y a des maladies si singulières... »

Elle n'en dit jamais davantage.

LA PATRONNE [1]

Au docteur Baraduc [2].

J'habitais alors, dit Georges Kervelen, une maison meublée, rue des Saints-Pères.

Quand mes parents décidèrent que j'irais faire mon droit à Paris, de longues discussions eurent lieu pour régler toutes choses. Le chiffre de ma pension avait été d'abord fixé à deux mille cinq cents francs, mais ma pauvre mère fut prise d'une peur qu'elle exposa à mon père : « S'il allait dépenser mal tout son argent et ne pas prendre une nourriture suffisante, sa santé en souffrirait beaucoup. Ces jeunes gens sont capables de tout. »

Alors il fut décidé qu'on me chercherait une pension, une pension modeste et confortable, et que ma famille en payerait directement le prix, chaque mois.

Je n'avais jamais quitté Quimper. Je désirais tout ce qu'on désire à mon âge et j'étais disposé à vivre joyeusement, de toutes les façons.

Des voisins, à qui on demanda conseil, indiquèrent une compatriote, Mme Kergaran, qui prenait des pensionnaires. Mon père donc traita par lettres avec cette personne respectable, chez qui j'arrivai, un soir, accompagné d'une malle.

Mme Kergaran avait quarante ans environ. Elle était forte, très forte, parlait d'une voix de capitaine instructeur et décidait toutes les questions d'un mot net et définitif. Sa demeure, tout étroite, n'ayant qu'une seule ouverture sur la rue, à chaque étage, avait l'air d'une échelle de fenêtres, ou bien encore d'une tranche de maison en sandwich entre deux autres.

La patronne habitait au premier avec sa bonne ; on faisait la cuisine et on prenait les repas au second ; quatre pensionnaires bretons logeaient au troisième et au quatrième. J'eus les deux pièces du cinquième.

Un petit escalier noir, tournant comme un tire-bouchon, conduisait à ces deux mansardes. Tout le jour, sans s'arrêter, Mme Kergaran montait et descendait cette spirale, occupée dans ce logis en tiroir comme un capitaine à son bord. Elle entrait dix fois de suite dans chaque appartement, surveillait tout avec un étonnant fracas de paroles, regardait si les lits étaient bien faits, si les habits étaient bien brossés, si le service ne laissait rien à désirer. Enfin, elle soignait ses pensionnaires comme une mère, mieux qu'une mère.

J'eus bientôt fait la connaissance de mes quatre compatriotes. Deux étudiaient la médecine, et les deux autres faisaient leur droit, mais tous subissaient le joug despotique de la patronne. Ils avaient peur d'elle comme un maraudeur a peur du garde champêtre.

Quant à moi, je me sentis tout de suite des désirs d'indépendance, car je suis un révolté par nature. Je déclarai d'abord que je voulais rentrer à l'heure qui me plairait, car Mme Kergaran avait fixé minuit comme dernière limite. A cette prétention, elle planta sur moi ses yeux clairs pendant quelques secondes, puis elle déclara :

« Ce n'est pas possible. Je ne peux tolérer qu'on réveille Annette toute la nuit. Vous n'avez rien à faire dehors passé certaine heure. »

Je répondis avec fermeté : « D'après la loi, madame, vous êtes obligée de m'ouvrir à toute heure. Si vous le refusez, je le ferai constater par des sergents de ville et j'irai coucher à l'hôtel à vos frais, comme c'est mon

droit. Vous serez donc contrainte de m'ouvrir ou de
me renvoyer. La porte ou l'adieu. Choisissez. »

Je lui riais au nez en posant ces conditions. Après
une première stupeur, elle voulut parlementer, mais je
me montrai intraitable et elle céda. Nous convînmes
que j'aurais un passe-partout, mais à la condition for-
melle que tout le monde l'ignorerait.

Mon énergie fit sur elle une impression salutaire et
elle me traita désormais avec une faveur marquée. Elle
avait des attentions, des petits soins, des délicatesses
pour moi, et même une certaine tendresse brusque qui
ne me déplaisait point. Quelquefois, dans mes heures
de gaieté, je l'embrassais par surprise, rien que pour la
forte gifle qu'elle me lançait aussitôt. Quand j'arrivais
à baisser la tête assez vite, sa main partie passait par-
dessus moi avec la rapidité d'une balle, et je riais
comme un fou en me sauvant, tandis qu'elle criait :
« Ah ! la canaille ! je vous revaudrai ça. »

Nous étions devenus une paire d'amis.

Mais voilà que je fis connaissance, sur le trottoir,
d'une fillette employée dans un magasin.

Vous savez ce que sont ces amourettes de Paris. Un
jour, comme on allait à l'école, on rencontre une
jeune personne en cheveux qui se promène au bras
d'une amie avant de rentrer au travail. On échange un
regard, et on sent en soi cette petite secousse que vous
donne l'œil de certaines femmes. C'est là une des
choses charmantes de la vie, ces rapides sympathies
physiques que fait éclore une rencontre, cette légère et
délicate séduction qu'on subit tout à coup au frôle-
ment d'un être né pour vous plaire et pour être aimé
de vous. Il sera aimé peu ou beaucoup, qu'importe ? Il
est dans sa nature de répondre au secret désir d'amour
de la vôtre. Dès la première fois que vous apercevez ce
visage, cette bouche, ces cheveux, ce sourire, vous
sentez leur charme entrer en vous avec une joie douce
et délicieuse, vous sentez une sorte de bien-être heureux vous pénétrer, et l'éveil subit d'une tendresse

encore confuse qui vous pousse vers cette femme
inconnue. Il semble qu'il y ait en elle un appel auquel
vous répondez, une attirance qui vous sollicite ; il
semble qu'on la connaît depuis longtemps, qu'on l'a
déjà vue, qu'on sait ce qu'elle pense.

Le lendemain, à la même heure, on repasse par la
même rue. On la revoit. Puis on revient le jour suivant, et encore le jour suivant. On se parle enfin. Et
l'amourette suit son cours, régulier comme une
maladie.

Donc, au bout de trois semaines, j'en étais avec
Emma à la période qui précède la chute. La chute
même aurait eu lieu plus tôt si j'avais su en quel
endroit la provoquer. Mon amie vivait en famille et
refusait avec une énergie singulière de franchir le seuil
d'un hôtel meublé. Je me creusais la tête pour trouver
un moyen, une ruse, une occasion. Enfin, je pris un
parti désespéré et je me décidai à la faire monter chez
moi, un soir, vers onze heures, sous prétexte d'une
tasse de thé. Mme Kergaran se couchait tous les jours
à dix heures. Je pourrais donc rentrer sans bruit au
moyen de mon passe-partout, sans éveiller aucune
attention. Nous redescendrions de la même manière
au bout d'une heure ou deux.

Emma accepta mon invitation après s'être fait un
peu prier.

Je passai une mauvaise journée. Je n'étais point
tranquille. Je craignais des complications, une catastrophe, quelque épouvantable scandale. Le soir vint.
Je sortis et j'entrai dans une brasserie où j'absorbai
deux tasses de café et quatre ou cinq petits verres pour
me donner du courage. Puis j'allai faire un tour sur le
boulevard Saint-Michel. J'entendis sonner dix heures,
dix heures et demie. Et je me dirigeai, à pas lents, vers
le lieu de notre rendez-vous. Elle m'attendait déjà.
Elle prit mon bras avec une allure câline et nous voilà
partis, tout doucement, vers ma demeure. A mesure
que j'approchais de la porte, mon angoisse allait crois-
sant. Je pensais : « Pourvu que Mme Kergaran soit
couchée. »

Je dis à Emma deux ou trois fois : « Surtout, ne faites point de bruit dans l'escalier. »

Elle se mit à rire : « Vous avez donc bien peur d'être entendu.

— Non, mais je ne veux pas réveiller mon voisin qui est gravement malade. »

Voici la rue des Saints-Pères. J'approche de mon logis avec cette appréhension qu'on a en se rendant chez un dentiste. Toutes les fenêtres sont sombres. On dort sans doute. Je respire. J'ouvre la porte avec des précautions de voleur. Je fais entrer ma compagne, puis je referme, et je monte l'escalier sur la pointe des pieds en retenant mon souffle et en allumant des allumettes-bougies pour que la jeune fille ne fasse point quelque faux pas.

En passant devant la chambre de la patronne je sens que mon cœur bat à coups précipités. Enfin, nous voici au second étage, puis au troisième, puis au cinquième. J'entre chez moi. Victoire !

Cependant, je n'osai parler qu'à voix basse et j'ôtai mes bottines pour ne faire aucun bruit. Le thé, préparé sur une lampe à esprit-de-vin [3], fut bu sur le coin de ma commode. Puis je devins pressant... pressant..., et peu à peu, comme dans un jeu, j'enlevais un à un les vêtements de mon amie, qui cédait en résistant, rouge, confuse, retardant toujours l'instant fatal et charmant.

Elle n'avait plus, ma foi, qu'un court jupon blanc quand ma porte s'ouvrit d'un seul coup, et Mme Kergaran parut, une bougie à la main, exactement dans le même costume qu'Emma.

J'avais fait un bond loin d'elle et je restais debout, effaré, regardant les deux femmes qui se dévisageaient. Qu'allait-il se passer ?

La patronne prononça d'un ton hautain que je ne lui connaissais pas : « Je ne veux pas de filles dans ma maison, monsieur Kervelen. »

Je balbutiai : « Mais, madame Kergaran, mademoiselle n'est que mon amie. Elle venait prendre une tasse de thé. »

La grosse femme reprit : « On ne se met pas en chemise pour prendre une tasse de thé. Vous allez faire partir toute de suite cette personne. »

Emma, consternée, commençait à pleurer en se cachant la figure dans sa jupe. Moi, je perdais la tête, ne sachant que faire ni que dire. La patronne ajouta avec une irrésistible autorité : « Aidez mademoiselle à se rhabiller et reconduisez-la tout de suite. »

Je n'avais pas autre chose à faire, assurément, et je ramassai la robe tombée en rond, comme un ballon crevé, sur le parquet, puis je la passai sur la tête de la fillette, et je m'efforçai de l'agrafer, de l'ajuster, avec une peine infinie. Elle m'aidait, en pleurant toujours, affolée, se hâtant, faisant toutes sortes d'erreurs, ne sachant plus retrouver les cordons ni les boutonnières ; et Mme Kergaran impassible, debout, sa bougie à la main, nous éclairait dans une pose sévère de justicier.

Emma maintenant précipitait ses mouvements, se couvrait éperdument, nouait, épinglait, laçait, rattachait avec furie, harcelée par un impérieux besoin de fuir ; et sans même boutonner ses bottines, elle passa en courant devant la patronne et s'élança dans l'escalier. Je la suivais en savates, à moitié dévêtu moi-même, répétant : « Mademoiselle, écoutez, mademoiselle. »

Je sentais bien qu'il fallait lui dire quelque chose, mais je ne trouvais rien. Je la rattrapai juste à la porte de la rue, et je voulus lui prendre le bras, mais elle me repoussa violemment, balbutiant d'une voix basse et nerveuse : « Laissez-moi... laissez-moi, ne me touchez pas. »

Et elle se sauva dans la rue en refermant la porte derrière elle.

Je me retournai. Mme Kergaran était restée au haut du premier étage, et je remontai les marches à pas lents, m'attendant à tout, et prêt à tout.

La chambre de la patronne était ouverte, elle m'y fit entrer en prononçant d'un ton sévère : « J'ai à vous parler, monsieur Kervelen. »

Je passai devant elle en baissant la tête. Elle posa sa bougie sur la cheminée puis, croisant ses bras sur sa puissante poitrine que couvrait mal une fine camisole blanche :

« Ah çà, monsieur Kervelen, vous prenez donc ma maison pour une maison publique ! »

Je n'étais pas fier. Je murmurai : « Mais non, madame Kergaran. Il ne faut pas vous fâcher, voyons, vous savez bien ce que c'est qu'un jeune homme. »

Elle répondit : « Je sais que je ne veux pas de créatures chez moi, entendez-vous. Je sais que je ferai respecter mon toit, et la réputation de ma maison, entendez-vous ? Je sais... »

Elle parla pendant vingt minutes au moins, accumulant les raisons sur les indignations, m'accablant sous l'honorabilité de sa *maison* [4], me lardant de reproches mordants.

Moi (l'homme est singulier animal), au lieu de l'écouter, je la regardais. Je n'entendais plus un mot, mais plus un mot. Elle avait une poitrine superbe, la gaillarde, ferme, blanche et grasse, un peu grosse peut-être, mais tentante à faire passer des frissons dans le dos. Je ne me serais jamais douté vraiment qu'il y eût de pareilles choses sous la robe de laine de la patronne. Elle semblait rajeunie de dix ans, en déshabillé. Et voilà que je me sentais tout drôle, tout... Comment dirai-je ?... tout remué. Je retrouvais brusquement devant elle ma situation... interrompue un quart d'heure plus tôt dans ma chambre.

Et, derrière elle, là-bas, dans l'alcôve, je regardais son lit. Il était entrouvert, écrasé, montrant, par le trou creusé dans les draps, la pesée du corps qui s'était couché là. Et je pensais qu'il devait faire très bon et très chaud là-dedans, plus chaud que dans un autre lit. Pourquoi plus chaud ? Je n'en sais rien, sans doute à cause de l'opulence des chairs qui s'y étaient reposées.

Quoi de plus troublant et de plus charmant qu'un lit défait ? Celui-là me grisait, de loin, me faisait courir des frémissements sur la peau.

Elle parlait toujours, mais doucement maintenant, elle parlait en amie rude et bienveillante qui ne demande plus qu'à pardonner.

Je balbutiai : « Voyons... voyons... madame Kergaran... voyons... » Et comme elle s'était tue pour attendre ma réponse, je la saisis dans mes deux bras et je me mis à l'embrasser, mais à l'embrasser, comme un affamé, comme un homme qui attend ça depuis longtemps.

Elle se débattait, tournait la tête, sans se fâcher trop fort, répétant machinalement selon son habitude : « Oh ! la canaille... la canaille... la ca... »

Elle ne put pas achever le mot, je l'avais enlevée d'un effort, et je l'emportais, serrée contre moi. On est rudement vigoureux, allez, en certains moments !

Je rencontrai le bord du lit, et je tombai dessus sans la lâcher...

Il y faisait en effet fort bon et fort chaud, dans son lit.

Une heure plus tard, la bougie s'étant éteinte, la patronne se leva pour allumer l'autre. Et comme elle revenait se glisser à mon côté, enfonçant sous les draps sa jambe ronde et forte, elle prononça d'une voix câline, satisfaite, reconnaissante peut-être : « Oh !... la canaille !... la canaille !... »

LES SŒURS RONDOLI [1]

A Georges de Porto-Riche [2].

I

— Non, dit Pierre Jouvenet, je ne connais pas l'Italie, et pourtant j'ai tenté deux fois d'y pénétrer, mais je me suis trouvé arrêté à la frontière de telle sorte qu'il m'a toujours été impossible de m'avancer plus loin [3]. Et pourtant ces deux tentatives m'ont donné une idée charmante des mœurs de ce beau pays. Il me reste à connaître les villes, les musées, les chefs-d'œuvre dont cette terre est peuplée. J'essaierai de nouveau, au premier jour, de m'aventurer sur ce territoire infranchissable.

— Vous ne comprenez pas ? — Je m'explique.

C'est en 1874 que le désir me vint de voir Venise, Florence, Rome et Naples. Ce goût me prit vers le 15 juin, alors que la sève violente du printemps vous met au cœur des ardeurs de voyage et d'amour.

Je ne suis pas voyageur cependant. Changer de place me paraît une action inutile et fatigante. Les nuits en chemin de fer, le sommeil secoué des wagons avec des douleurs dans la tête et des courbatures dans les membres, les réveils éreintés dans cette boîte roulante, cette sensation de crasse sur la peau, ces saletés volantes qui vous poudrent les yeux et le poil, ce

parfum de charbon dont on se nourrit, ces dîners exé-
crables dans le courant d'air des buffets sont, à mon
avis, de détestables commencements pour une partie
de plaisir.

Après cette introduction du *Rapide* [4], nous avons les
tristesses de l'hôtel, du grand hôtel plein de monde et
si vide, la chambre inconnue, navrante, le lit suspect !
— Je tiens à mon lit plus qu'à tout. Il est le sanctuaire
de la vie. On lui livre nue sa chair fatiguée pour qu'il
la ranime et la repose dans la blancheur des draps et
dans la chaleur des duvets.

C'est là que nous trouvons les plus douces heures
de l'existence, les heures d'amour et de sommeil. Le
lit est sacré. Il doit être respecté, vénéré, par nous, et
aimé, comme ce que nous avons de meilleur et de plus
doux sur la terre.

Je ne puis soulever le drap d'un lit d'hôtel sans un
frisson de dégoût. Qu'a-t-on fait là-dedans, l'autre
nuit ? Quels gens malpropres, répugnants ont dormi
sur ces matelas ? Et je pense à tous les êtres affreux
qu'on coudoie chaque jour, aux vilains bossus, aux
chairs bourgeonneuses, aux mains noires qui font
songer aux pieds et au reste. Je pense à ceux dont la
rencontre vous jette au nez des odeurs écœurantes
d'ail ou d'humanité. Je pense aux difformes, aux
purulents, aux sueurs des malades, à toutes les lai-
deurs et à toutes les saletés de l'homme.

Tout cela a passé dans ce lit où je vais dormir. J'ai
mal au cœur en glissant mon pied dedans.

Et les dîners d'hôtel, les longs dîners de table d'hôte
au milieu de toutes ces personnes assommantes ou
grotesques ; et les affreux dîners solitaires à la petite
table du restaurant en face d'une pauvre bougie
coiffée d'un abat-jour.

Et les soirs navrants dans la cité ignorée ? Connaissez-vous rien de plus lamentable que la nuit qui tombe
sur une ville étrangère ? On va devant soi au milieu
d'un mouvement, d'une agitation qui semblent sur-
prenants comme ceux de songes. On regarde ces
figures qu'on n'a jamais vues, qu'on ne reverra jamais,

on écoute ces voix parler de choses qui vous sont indifférentes, en une langue qu'on ne comprend même point. On éprouve la sensation atroce de l'être perdu. On a le cœur serré, les jambes molles, l'âme affaissée. On marche comme si on fuyait, on marche pour ne pas rentrer dans l'hôtel où on se trouverait plus perdu encore parce qu'on y est chez soi, dans le chez soi payé de tout le monde, et on finit par tomber sur la chaise d'un café illuminé, dont les dorures et les lumières vous accablent mille fois plus que les ombres de la rue. Alors, devant le bock baveux apporté par un garçon qui court, on se sent si abominablement seul qu'une sorte de folie vous saisit, un besoin de partir, d'aller autre part, n'importe où, pour ne pas rester là, devant cette table de marbre et sous ce lustre éclatant. Et on s'aperçoit soudain qu'on est vraiment et toujours et partout seul au monde, mais que dans les lieux connus, les coudoiements familiers vous donnent seulement l'illusion de la fraternité humaine. C'est en ces heures d'abandon, de noir isolement dans les cités lointaines qu'on pense largement, clairement et profondément. C'est alors qu'on voit bien toute la vie d'un seul coup d'œil en dehors de l'optique d'espérance éternelle, en dehors de la tromperie des habitudes prises et de l'attente du bonheur toujours rêvé.

C'est en allant loin qu'on comprend bien comme tout est proche et court et vide ; c'est en cherchant l'inconnu qu'on s'aperçoit bien comme tout est médiocre et vite fini ; c'est en parcourant la terre qu'on voit bien comme elle est petite et sans cesse à peu près pareille.

Oh ! les soirées sombres de marche au hasard par des rues ignorées, je les connais. J'ai plus peur d'elles que de tout.

Aussi comme je ne voulais pour rien partir seul en ce voyage d'Italie, je décidai à m'accompagner mon ami Paul Pavilly.

Vous connaissez Paul. Pour lui, le monde, la vie, c'est la femme. Il y a beaucoup d'hommes de cette race-là. L'existence lui apparaît poétisée, illuminée par la présence des femmes. La terre n'est habitable que parce qu'elles y sont ; le soleil est brillant et chaud parce qu'il les éclaire. L'air est doux à respirer parce qu'il glisse sur leur peau et fait voltiger les courts cheveux de leurs tempes. La lune est charmante parce qu'elle leur donne à rêver et qu'elle prête à l'amour un charme langoureux. Certes tous les actes de Paul ont les femmes pour mobiles ; toutes ses pensées vont vers elles, ainsi que tous ses efforts et toutes ses espérances.

Un poète a flétri cette espèce d'hommes :

Je déteste surtout le barde à l'œil humide
Qui regarde une étoile en murmurant un nom,
Et pour qui la nature immense serait vide
S'il ne portait en croupe ou Lisette ou Ninon.

Ces gens-là sont charmants qui se donnent la peine,
Afin qu'on s'intéresse à ce pauvre univers,
D'attacher des jupons aux arbres de la plaine
Et la cornette blanche au front des coteaux verts.

Certe ils n'ont pas compris tes musiques divines,
Eternelle nature aux frémissantes voix,
Ceux qui ne vont pas seuls par les creuses ravines
Et rêvent d'une femme au bruit que font les bois [5] !

Quand je parlai à Paul de l'Italie, il refusa d'abord absolument de quitter Paris, mais je me mis à lui raconter des aventures de voyage, je lui dis comme les Italiennes passent pour charmantes ; je lui fis espérer des plaisirs raffinés, à Naples, grâce à une recommandation que j'avais pour un certain signore Michel Amoroso dont les relations sont fort utiles aux voyageurs ; et il se laissa tenter.

II

Nous prîmes le *Rapide* un jeudi soir, le 26 juin. On ne va guère dans le Midi à cette époque [6] ; nous étions seuls dans le wagon, et de mauvaise humeur tous les deux, ennuyés de quitter Paris, déplorant d'avoir cédé

à cette idée de voyage, regrettant Marly si frais, la
Seine si belle, les berges si douces, les bonnes journées
de flâne dans une barque, les bonnes soirées de som-
nolence sur la rive, en attendant la nuit qui tombe.

Paul se cala dans son coin, et déclara, dès que le
train se fut mis en route : « C'est stupide d'aller
là-bas. »

Comme il était trop tard pour qu'il changeât d'avis,
je répliquai : « Il ne fallait pas venir. »

Il ne répondit point. Mais une envie de rire me prit
en le regardant, tant il avait l'air furieux. Il ressemble
certainement à un écureuil. Chacun de nous d'ailleurs
garde dans les traits, sous la ligne humaine, un type
d'animal, comme la marque de sa race primitive.
Combien de gens ont des gueules de bouledogue [7],
des têtes de bouc, de lapin, de renard, de cheval, de
bœuf ! Paul est un écureuil devenu homme. Il a les
yeux vifs de cette bête, son poil roux, son nez pointu,
son corps petit, fin, souple et remuant, et puis une
mystérieuse ressemblance dans l'allure générale. Que
sais-je ? une similitude de gestes, de mouvements, de
tenue qu'on dirait être du souvenir.

Enfin nous nous endormîmes tous les deux de ce
sommeil bruissant de chemin de fer que coupent
d'horribles crampes dans les bras et dans le cou et les
arrêts brusques du train.

Le réveil eut lieu comme nous filions le long du
Rhône. Et bientôt le cri continu des cigales entrant
par la portière, ce cri qui semble la voix de la terre
chaude, le chant de la Provence, nous jeta dans la
figure, dans la poitrine, dans l'âme la gaie sensation du Midi, la saveur du sol brûlé, de la patrie
pierreuse et claire de l'olivier trapu au feuillage vert-
de-gris.

Comme le train s'arrêtait encore, un employé se mit
à courir le long du convoi en lançant un *Valence*
sonore, un vrai *Valence,* avec l'accent, avec tout
l'accent, un *Valence* enfin qui nous fit passer de nouveau dans le corps ce goût de Provence que nous avait
déjà donné la note grinçante des cigales.

Jusqu'à Marseille, rien de nouveau.

Nous descendîmes au buffet pour déjeuner.

Quand nous remontâmes dans notre wagon, une femme y était installée.

Paul me jeta un coup d'œil ravi ; et, d'un geste machinal il frisa sa courte moustache, puis, soulevant un peu sa coiffure, il glissa, comme un peigne, ses cinq doigts ouverts dans ses cheveux fort dérangés par cette nuit de voyage. Puis il s'assit en face de l'inconnue.

Chaque fois que je me trouve, soit en route, soit dans le monde, devant un visage nouveau j'ai l'obsession de deviner quelle âme, quelle intelligence, quel caractère se cachent derrière ces traits.

C'était une jeune femme, toute jeune et jolie, une fille du Midi assurément. Elle avait des yeux superbes, d'admirables cheveux noirs, ondulés, un peu crêpelés, tellement touffus, vigoureux et longs qu'ils semblaient lourds, qu'ils donnaient rien qu'à les voir la sensation de leur poids sur la tête. Vêtue avec élégance et un certain mauvais goût méridional, elle semblait un peu commune. Les traits réguliers de sa face n'avaient point cette grâce, ce fini des races élégantes, cette délicatesse légère que les fils d'aristocrates reçoivent en naissant et qui est comme la marque héréditaire d'un sang moins épais.

Elle portait des bracelets trop larges pour être en or, des boucles d'oreilles ornées de pierres transparentes trop grosses pour être des diamants ; et elle avait dans toute sa personne un je-ne-sais-quoi de peuple. On devinait qu'elle devait parler trop fort, crier en toute occasion avec des gestes exubérants.

Le train partit.

Elle demeurait immobile à sa place, les yeux fixés devant elle dans une pose renfrognée de femme furieuse. Elle n'avait pas même jeté un regard sur nous.

Paul se mit à causer avec moi, disant des choses apprêtées pour produire de l'effet, étalant une devanture de conversation pour attirer l'intérêt comme les

marchands étalent en montre leur objets de choix
pour éveiller le désir.

Mais elle semblait ne pas entendre.

« Toulon ! dix minutes d'arrêt ! Buffet ! » cria
l'employé.

Paul me fit signe de descendre, et, sitôt sur le quai :
« Dis-moi qui ça peut bien être ? »

Je me mis à rire : « Je ne sais pas, moi. Ça m'est
bien égal. »

Il était fort allumé : « Elle est rudement jolie et
fraîche, la gaillarde. Quels yeux ! Mais elle n'a pas l'air
content. Elle doit avoir des embêtements ; elle ne fait
attention à rien. »

Je murmurai : « Tu perds tes frais. »

Mais il se fâcha : « Je ne fais pas de frais, mon cher ;
je trouve cette femme très jolie, voilà tout. — Si on
pouvait lui parler ? Mais que lui dire ? Voyons, tu n'as
pas une idée toi ? Tu ne soupçonnes pas qui ça peut
être ?

— Ma foi, non. Cependant je pencherais pour une
cabotine qui rejoint sa troupe après une fuite amoureuse. »

Il eut l'air froissé, comme si je lui avais dit quelque
chose de blessant, et il reprit : « À quoi vois-tu ça ?
Moi je lui trouve au contraire l'air très comme il
faut. »

Je répondis : « Regarde les bracelets, mon cher, et
les boucles d'oreilles, et la toilette. Je ne serais pas
étonné non plus que ce fût une danseuse, ou peut-être
même une écuyère, mais plutôt une danseuse. Elle a
dans toute sa personne quelque chose qui sent le
théâtre. »

Cette idée le gênait décidément : « Elle est trop
jeune, mon cher, elle a à peine vingt ans.

— Mais, mon bon, il y a bien des choses qu'on
peut faire avant vingt ans, la danse et la déclamation
sont de celles-là, sans compter d'autres encore qu'elle
pratique peut-être uniquement. »

« Les voyageurs pour l'express de Nice, Vintimille,
en voiture ! » criait l'employé.

Il fallait remonter. Notre voisine mangeait une orange. Décidément, elle n'était pas d'allure distinguée. Elle avait ouvert son mouchoir sur ses genoux ; et sa manière d'arracher la peau dorée, d'ouvrir la bouche pour saisir les quartiers entre ses lèvres, de cracher les pépins par la portière, révélaient toute une éducation commune d'habitudes et de gestes.

Elle semblait d'ailleurs plus grinchue que jamais, et elle avalait rapidement son fruit avec un air de fureur tout à fait drôle.

Paul la dévorait du regard, cherchant ce qu'il fallait faire pour éveiller son attention, pour remuer sa curiosité. Et il se remit à causer avec moi, donnant jour à une procession d'idées distinguées, citant familièrement des noms connus. Elle ne prenait nullement garde à ses efforts.

On passa Fréjus, Saint-Raphaël. Le train courait dans ce jardin, dans ce paradis des roses, dans ce bois d'orangers et de citronniers épanouis qui portent en même temps leurs bouquets blancs et leurs fruits d'or, dans ce royaume des parfums, dans cette patrie des fleurs, sur ce rivage admirable qui va de Marseille à Gênes.

C'est en juin qu'il faut suivre cette côte où poussent, libres, sauvages, par les étroits vallons, sur les pentes des collines, toutes les fleurs les plus belles. Et toujours on revoit des roses, des champs, des plaines, des haies, des bosquets de roses. Elles grimpent aux murs, s'ouvrent sur les toits, escaladent [8] les arbres, éclatent dans les feuillages, blanches, rouges, jaunes, petites ou énormes, maigres avec une robe unie et simple, ou charnues, en lourde et brillante toilette.

Et leur souffle puissant, leur souffle continu épaissit l'air, le rend savoureux et alanguissant. Et la senteur plus pénétrante encore des orangers ouverts semble sucrer ce qu'on respire, en faire une friandise pour l'odorat.

La grande côte aux rochers bruns s'étend baignée par la Méditerranée immobile. Le pesant soleil d'été

tombe en nappe de feu sur les montagnes, sur
les longues berges de sable, sur la mer d'un bleu dur
et figé. Le train va toujours, entre dans les tunnels
pour traverser les caps, glisse sur les ondulations
des collines, passe au-dessus de l'eau sur des corni-
ches droites comme des murs ; et une douce, une
vague odeur salée, une odeur d'algues qui sèchent se
mêle parfois à la grande et troublante odeur des
fleurs.

Mais Paul ne voyait rien, ne regardait rien, ne
sentait rien. La voyageuse avait pris toute son attention.

A Cannes, ayant encore à me parler, il me fit signe
de descendre de nouveau.

A peine sortis du wagon, il me prit le bras.

« Tu sais qu'elle est ravissante. Regarde ses yeux. Et
ses cheveux, mon cher, je n'en ai jamais vu de
pareils ! »

Je lui dis : « Allons, calme-toi ; ou bien, attaque si tu
as des intentions. Elle ne m'a pas l'air imprenable,
bien qu'elle paraisse un peu grognon. »

Il reprit : « Est-ce que tu ne pourrais pas lui parler,
toi ? Moi, je ne trouve rien. Je suis d'une timidité stupide au début. Je n'ai jamais su aborder une femme
dans la rue. Je les suis, je tourne autour, je
m'approche, et jamais je ne découvre la phrase nécessaire. Une seule fois j'ai fait une tentative de conversation. Comme je voyais de la façon la plus évidente
qu'on attendait mes ouvertures, et comme il fallait
absolument dire quelque chose, je balbutiai : "Vous
allez bien, madame ?" Elle me rit au nez, et je me suis
sauvé. »

Je promis à Paul d'employer toute mon adresse
pour amener une conversation, et, lorsque nous
eûmes repris nos places, je demandai gracieusement à
notre voisine : « Est-ce que la fumée de tabac vous
gêne, madame ? »

Elle répondit : « Non capisco [9]. »

C'était une Italienne ! Une folle envie de rire me
saisit. Paul ne sachant pas un mot de cette langue, je

devais lui servir d'interprète. J'allais commencer mon rôle. Je prononçai, alors, en italien :

« Je vous demandais, madame, si la fumée du tabac vous gêne le moins du monde ? »

Elle me jeta d'un air furieux : « Che mi fa ! »

Elle n'avait pas tourné la tête ni levé les yeux sur moi, et je demeurai fort perplexe, ne sachant si je devais prendre ce « qu'est-ce que ça me fait ? » pour une autorisation, pour un refus, pour une vraie marque d'indifférence ou pour un simple : « Laissez-moi tranquille. »

Je repris : « Madame, si l'odeur vous gêne le moins du monde... ? »

Elle répondit alors : « Mica [10] » avec une intonation qui équivalait à : « Fichez-moi la paix ! » C'était cependant une permission, et je dis à Paul : « Tu peux fumer. » Il me regardait avec ces yeux étonnés qu'on a quand on cherche à comprendre des gens qui parlent devant vous une langue étrangère. Et il demanda d'un air tout à fait drôle :

« Qu'est-ce que tu lui as dit ?

— Je lui ai demandé si nous pouvions fumer.

— Elle ne sait donc pas le français ?

— Pas un mot.

— Qu'a-t-elle répondu ?

— Qu'elle nous autorisait à faire tout ce qui nous plairait. »

Et j'allumai mon cigare.

Paul reprit : « C'est tout ce qu'elle a dit ?

— Mon cher, si tu avais compté ses paroles, tu aurais remarqué qu'elle en a prononcé juste six, dont deux pour me faire comprendre qu'elle n'entendait pas le français. Il en reste donc quatre. Or, en quatre mots, on ne peut vraiment exprimer une quantité de choses. »

Paul semblait tout à fait malheureux, désappointé, désorienté.

Mais soudain l'Italienne me demanda de ce même ton mécontent qui lui paraissait naturel : « Savez-vous à quelle heure nous arrivons à Gênes ? »

Je répondis : « A onze heures du soir, madame. »
Puis, après une minute de silence, je repris : « Nous
allons également à Gênes, mon ami et moi, et si nous
pouvions, pendant le trajet, vous être bons à quelque
chose, croyez que nous en serions très heureux. »

Comme elle ne répondait pas, j'insistai : « Vous êtes
seule, et si vous aviez besoin de nos services... » Elle
articula un nouveau « mica » si dur que je me tus
brusquement.

Paul demanda :

« Qu'est-ce qu'elle a dit ?

— Elle a dit qu'elle te trouvait charmant. »

Mais il n'était pas en humeur de plaisanterie ; et il
me pria sèchement de ne point me moquer de lui.
Alors, je traduisis et la question de la jeune femme et
ma proposition galante si vertement repoussée.

Il était vraiment agité comme un écureuil en cage. Il
dit : « Si nous pouvions savoir à quel hôtel elle descend, nous irions au même. Tâche donc de l'interroger adroitement, de faire naître une nouvelle occasion de lui parler. »

Ce n'était vraiment pas facile et je ne savais
qu'inventer, désireux moi-même de faire connaissance
avec cette personne difficile.

On passa Nice, Monaco, Menton, et le train
s'arrêta à la frontière pour la visite des bagages.

Bien que j'aie en horreur les gens mal élevés qui
déjeunent et dînent dans les wagons, j'allai acheter
tout un chargement de provisions pour tenter un
effort suprême sur la gourmandise de notre compagne. Je sentais bien que cette fille-là devait être, en
temps ordinaire, d'abord aisé. Une contrariété quelconque la rendait irritable, mais il suffisait peut-
être d'un rien, d'une envie éveillée, d'un mot, d'une
offre bien faite pour la dérider, la décider et la
conquérir.

On repartit. Nous étions toujours seuls tous les
trois. J'étalai mes vivres sur la banquette, je découpai
le poulet, je disposai élégamment les tranches de
jambon sur un papier, puis j'arrangeai avec soin tout

près de la jeune femme notre dessert : fraises, prunes, cerises, gâteaux et sucreries.

Quand elle vit que nous nous mettions à manger, elle tira à son tour d'un petit sac un morceau de chocolat et deux croissants et elle commença à croquer de ses belles dents aiguës le pain croustillant et la tablette.

Paul me dit à mi-voix :

« Invite-la donc !

— C'est bien mon intention, mon cher, mais le début n'est pas facile. »

Cependant elle regardait parfois du côté de nos provisions et je sentis bien qu'elle aurait encore faim une fois finis ses deux croissants. Je la laissai donc terminer son dîner frugal. Puis je lui demandai :

« Vous seriez tout à fait gracieuse, madame, si vous vouliez accepter un de ces fruits ? »

Elle répondit encore : « mica ! » mais d'une voix moins méchante que dans le jour, et j'insistai : « Alors, voulez-vous me permettre de vous offrir un peu de vin. Je vois que vous n'avez rien bu. C'est du vin de votre pays, du vin d'Italie, et puisque nous sommes maintenant chez vous, il nous serait fort agréable de voir une jolie bouche italienne accepter l'offre des Français, ses voisins. »

Elle faisait « non » de la tête, doucement, avec la volonté de refuser, et avec le désir d'accepter, et elle prononça encore « mica », mais un « mica » presque poli. Je pris la petite bouteille vêtue de paille à la mode italienne ; j'emplis un verre et je le lui présentai.

« Buvez, lui dis-je, ce sera notre bienvenue dans votre patrie. »

Elle prit le verre d'un air mécontent et le vida d'un seul trait, en femme que la soif torture, puis elle me le rendit sans dire merci.

Alors, je lui présentai les cerises : « Prenez, madame, je vous en prie. Vous voyez bien que vous nous faites grand plaisir. »

Elle regardait de son coin tous les fruits étalés à côté d'elle et elle prononça si vite que j'avais grand-peine à entendre : « A me non piacciono ne le ciliegie ne le susine ; amo soltanto le fragole. »

« Qu'est-ce qu'elle dit ? demanda Paul aussitôt.

— Elle dit qu'elle n'aime ni les cerises ni les prunes, mais seulement les fraises. »

Et je posai sur ses genoux le journal plein de fraises des bois. Elle se mit aussitôt à les manger très vite, les saisissant du bout des doigts et les lançant, d'un peu loin, dans sa bouche qui s'ouvrait pour les recevoir d'une façon coquette et charmante.

Quand elle eut achevé le petit tas rouge que nous avions vu en quelques minutes diminuer, fondre, disparaître sous le mouvement vif de ses mains, je lui demandai : « Et maintenant, qu'est-ce que je peux vous offrir ? »

Elle répondit : « Je veux bien un peu de poulet. »

Et elle dévora certes la moitié de la volaille qu'elle dépeçait à grands coups de mâchoire avec des allures de carnivore. Puis elle se décida à prendre des cerises, qu'elle n'aimait pas, puis des prunes, puis des gâteaux, puis elle dit : « C'est assez », et elle se blottit dans son coin.

Je commençais à m'amuser beaucoup, et je voulus la faire manger encore, multipliant pour la décider, les compliments et les offres. Mais elle redevint tout à coup furieuse et me jeta par la figure un « mica » répété si terrible que je ne me hasardai plus à troubler sa digestion.

Je me tournai vers mon ami : « Mon pauvre Paul, je crois que nous en sommes pour nos frais. »

La nuit venait, une chaude nuit d'été qui descendait lentement, étendait ses ombres tièdes sur la terre brûlante et lasse. Au loin, de place en place, par la mer, des feux s'allumaient sur les caps, au sommet des promontoires, et des étoiles aussi commençaient à paraître à l'horizon obscurci, et je les confondais parfois avec les phares.

Le parfum des orangers devenait plus pénétrant ; on le respirait avec ivresse, en élargissant les poumons pour le boire profondément. Quelque chose de doux, de délicieux, de divin semblait flotter dans l'air embaumé.

Et tout d'un coup, j'aperçus sous les arbres, le long de la voie, dans l'ombre toute noire maintenant, quelque chose comme une pluie d'étoiles. On eût dit des gouttes de lumière sautillant, voletant, jouant et courant dans les feuilles, des petits astres tombés du ciel pour faire une partie sur la terre. C'étaient des lucioles, ces mouches ardentes dansant dans l'air parfumé un étrange ballet de feu.

Une d'elles, par hasard, entra dans notre wagon et se mit à vagabonder jetant sa lueur intermittente, éteinte aussitôt qu'allumée. Je couvris de son voile bleu notre quinquet et je regardais la mouche fantastique aller, venir, selon les caprices de son vol enflammé. Elle se posa, tout à coup, dans les cheveux noirs de notre voisine assoupie après dîner. Et Paul demeurait en extase, les yeux fixés sur ce point brillant qui scintillait, comme un bijou vivant sur le front de la femme endormie.

L'Italienne se réveilla vers dix heures trois quarts, portant toujours dans sa coiffure la petite bête allumée. Je dis, en la voyant remuer : « Nous arrivons à Gênes, madame. » Elle murmura, sans me répondre, comme obsédée par une pensée fixe et gênante : « Qu'est-ce que je vais faire maintenant ? »

Puis, tout d'un coup, elle me demanda :

« Voulez-vous que je vienne avec vous ? »

Je demeurai tellement stupéfait que je ne comprenais pas.

« Comment, avec nous ? Que voulez-vous dire ? »

Elle répéta, d'un air de plus en plus furieux :

« Voulez-vous que j'aille avec vous tout de suite ?

— Je veux bien, moi ; mais où désirez-vous aller ? Où voulez-vous que je vous conduise ? »

Elle haussa les épaules avec indifférence souveraine.

« Où vous voudrez ! Ça m'est égal. »

Elle répéta deux fois : « Che mi fa ? »

« Mais, c'est que nous allons à l'hôtel ? »

Elle dit du ton le plus méprisant : « Eh bien ! allons à l'hôtel. »

Je me tournai vers Paul, et je prononçai :

« Elle demande si nous voulons qu'elle vienne avec nous. »

La surprise affolée de mon ami me fit reprendre mon sang-froid. Il balbutia :

« Avec nous ? Où ça ? Pourquoi ? Comment ?

— Je n'en sais rien, moi ? Elle vient de me faire cette étrange proposition du ton le plus irrité. J'ai répondu que nous allions à l'hôtel ; elle a répliqué : "Eh bien, allons à l'hôtel !" Elle ne doit pas avoir le sou. C'est égal, elle a une singulière manière de faire connaissance. »

Paul, agité et frémissant, s'écria : « Mais certes oui, je veux bien, dis-lui que nous l'emmenons où il lui plaira. » Puis il hésita une seconde et reprit d'une voix inquiète : « Seulement il faudrait savoir avec qui elle vient ? Est-ce avec toi ou avec moi ? »

Je me tournai vers l'Italienne qui ne semblait même pas nous écouter, retombée dans sa complète insouciance, et je lui dis : « Nous serons très heureux, madame, de vous emmener avec nous. Seulement mon ami désirerait savoir si c'est mon bras ou le sien que vous voulez prendre comme appui ? »

Elle ouvrit sur moi ses grands yeux noirs et répondit avec une vague surprise : « Che mi fa ? »

Je m'expliquai : « On appelle en Italie, je crois, l'ami qui prend soin de tous les désirs d'une femme, qui s'occupe de toutes ses volontés et satisfait tous ses caprices, un *patito* [11]. Lequel de nous deux voulez-vous pour votre patito ? »

Elle répondit sans hésiter : « Vous ! »

Je me retournai vers Paul : « C'est moi qu'elle choisit, mon cher, tu n'as pas de chance. »

Il déclara, d'un air rageur : « Tant mieux pour toi. »

Puis, après avoir réfléchi quelques minutes : « Est-ce que tu tiens à emmener cette grue-là ? Elle va nous faire rater notre voyage. Que veux-tu que nous fassions de cette femme qui a l'air de je ne sais quoi ? On ne va seulement pas nous recevoir dans un hôtel comme il faut ! »

Mais je commençais justement à trouver l'Italienne beaucoup mieux que je ne l'avais jugée d'abord ; et je tenais, oui, je tenais à l'emmener maintenant. J'étais même ravi de cette pensée, et je sentais déjà ces petits frissons d'attente que la perspective d'une nuit d'amour vous fait passer dans les veines.

Je répondis : « Mon cher, nous avons accepté. Il est trop tard pour reculer. Tu as été le premier à me conseiller de répondre : Oui. »

Il grommela : « C'est stupide ! Enfin, fais comme tu voudras. »

Le train sifflait, ralentissait ; on arriva.

Je descendis du wagon, puis je tendis la main à ma nouvelle compagne. Elle sauta lestement à terre, et je lui offris mon bras qu'elle eut l'air de prendre avec répugnance. Une fois les bagages reconnus et réclamés, nous voilà partis à travers la ville. Paul marchait en silence, d'un pas nerveux.

Je lui dis : « Dans quel hôtel allons-nous descendre ? Il est peut-être difficile d'aller à la *Cité de Paris* avec une femme, surtout avec cette Italienne. »

Paul m'interrompit : « Oui, avec une Italienne qui a plutôt l'air d'une fille que d'une duchesse. Enfin, cela ne me regarde pas. Agis à ton gré ! »

Je demeurais perplexe. J'avais écrit à la *Cité de Paris* pour retenir notre appartement... et maintenant... je ne savais plus à quoi me décider.

Deux commissionnaires nous suivaient avec les malles. Je repris : « Tu devrais bien aller en avant. Tu dirais que nous arrivons. Tu laisserais, en outre, entendre au patron que je suis avec une... amie, et que nous désirons un appartement tout à fait séparé pour nous trois, afin de ne pas nous mêler aux autres voyageurs. Il comprendra, et nous nous déciderons d'après sa réponse. »

Mais Paul grommela : « Merci, ces commissions et ce rôle ne me vont guère. Je ne suis pas venu ici pour préparer tes appartements et tes plaisirs. »

Mais j'insistai : « Voyons, mon cher, ne te fâche pas. Il vaut mieux assurément descendre dans un bon hôtel que dans un mauvais, et ce n'est pas bien difficile d'aller demander au patron trois chambres séparées, avec salle à manger. »

J'appuyai sur trois, ce qui le décida.

Il prit donc les devants et je le vis entrer sous la grande porte d'un bel hôtel pendant que je demeurais de l'autre côté de la rue, traînant mon Italienne muette, et suivi pas à pas par les porteurs de colis.

Paul enfin revint, avec un visage aussi maussade que celui de ma compagne : « C'est fait, dit-il, on nous accepte ; mais il n'y a que deux chambres. Tu t'arrangeras comme tu pourras. »

Et je le suivis, honteux d'entrer en cette compagnie suspecte.

Nous avions deux chambres en effet, séparées par un petit salon. Je priai qu'on nous apportât un souper froid, puis je me tournai, un peu perplexe, vers l'Italienne.

« Nous n'avons pu nous procurer que deux chambres, madame, vous choisirez celle que vous voudrez. »

Elle répondit par un éternel : « Che mi fa ? » Alors je pris, par terre, sa petite caisse de bois noir, une vraie malle de domestique, et je la portai dans l'appartement de droite que je choisis pour elle... pour nous. Une main française avait écrit sur un carré de papier collé : « Mademoiselle Francesca Rondoli, Gênes. »

Je demandai : « Vous vous appelez Francesca ? »

Elle fit « oui » de la tête, sans répondre.

Je repris : « Nous allons souper tout à l'heure. En attendant, vous avez peut-être envie de faire votre toilette ? »

Elle répondit par un « mica », mot aussi fréquent dans sa bouche que le « che mi fa ». J'insistai : « Après un voyage en chemin de fer, il est si agréable de se nettoyer. »

Puis je pensai qu'elle n'avait peut-être pas les objets

indispensables à une femme, car elle me paraissait assurément dans une situation singulière, comme au sortir de quelque aventure désagréable, et j'apportai mon nécessaire.

J'atteignis tous les petits instruments de propreté qu'il contenait : une brosse à ongles, une brosse à dents neuve — car j'en emporte toujours avec moi un assortiment —, mes ciseaux, mes limes, des éponges. Je débouchai un flacon d'eau de Cologne, un flacon d'eau de lavande ambrée, un petit flacon de newmownhay [12], pour lui laisser le choix. J'ouvris ma boîte à poudre de riz où baignait la houppe légère. Je plaçai une de mes serviettes fines à cheval sur le pot à eau et je posai un savon vierge auprès de la cuvette.

Elle suivait mes mouvements de son œil large et fâché, sans paraître étonnée ni satisfaite de mes soins.

Je lui dis : « Voilà tout ce qu'il vous faut, je vous préviendrai quand le souper sera prêt. »

Et je rentrai dans le salon. Paul avait pris possession de l'autre chambre et s'était enfermé dedans, je restai donc seul à attendre.

Un garçon allait et venait, apportant les assiettes, les verres. Il mit la table lentement, puis posa dessus un poulet froid et m'annonça que j'étais servi.

Je frappai doucement à la porte de Mlle Rondoli. Elle cria : « Entrez. » J'entrai. Une suffocante odeur de parfumerie me saisit, cette odeur violente, épaisse, des boutiques de coiffeurs.

L'Italienne était assise sur sa malle dans une pose de songeuse mécontente ou de bonne renvoyée. J'appréciai d'un coup d'œil ce qu'elle entendait par faire sa toilette. La serviette était restée pliée sur le pot à eau toujours plein. Le savon intact et sec demeurait auprès de la cuvette vide ; mais on eût dit que la jeune femme avait bu la moitié des flacons d'essence. L'eau de Cologne cependant avait été ménagée ; il ne manquait environ qu'un tiers de la bouteille ; elle avait fait, par compensation, une surprenante consommation d'eau de lavande ambrée et de newmownhay. Un nuage de poudre de riz, un vague brouillard blanc semblait encore flotter dans l'air, tant elle s'en était barbouillé le visage et le cou. Elle en portait une sorte de neige dans les cils, dans les sourcils et sur les tempes, tandis que ses joues en étaient plâtrées et qu'on en voyait des couches profondes dans tous les creux de son visage, sur les ailes du nez, dans la fossette du menton, aux coins des yeux.

Quand elle se leva, elle répandit une odeur si violente que j'eus une sensation de migraine.

Et on se mit à table pour souper. Paul était devenu d'une humeur exécrable. Je n'en pouvais tirer que des paroles de blâme, des appréciations irritées ou des compliments désagréables.

Mlle Francesca mangeait comme un gouffre. Dès qu'elle eut achevé son repas, elle s'assoupit sur le canapé. Cependant, je voyais venir avec inquiétude l'heure décisive de la répartition des logements. Je me résolus à brusquer les choses, et m'asseyant auprès de l'Italienne, je lui baisai la main avec galanterie.

Elle entrouvrit ses yeux fatigués, me jeta entre ses paupières soulevées un regard endormi et toujours mécontent.

Je lui dis : « Puisque nous n'avons que deux chambres, voulez-vous me permettre d'aller avec vous dans la vôtre ? »

Elle répondit : « Faites comme vous voudrez. Ça m'est égal. — Che mi fa ? »

Cette indifférence me blessa : « Alors, ça ne vous est pas désagréable que j'aille avec vous ?

— Ça m'est égal, faites comme vous voudrez.

— Voulez-vous vous coucher tout de suite ?

— Oui, je veux bien ; j'ai sommeil. »

Elle se leva, bâilla, tendit la main à Paul qui la prit d'un air furieux, et je l'éclairai dans notre appartement.

Mais une inquiétude me hantait : « Voici, lui dis-je de nouveau, tout ce qu'il vous faut. »

Et j'eus soin de verser moi-même la moitié du pot à eau dans la cuvette et de placer la serviette près du savon.

Puis je retournai vers Paul. Il déclara dès que je fus rentré : « Tu as amené là un joli chameau ! » Je répliquai en riant : « Mon cher, ne dis pas de mal des raisins trop verts. »

Il reprit, avec une méchanceté sournoise :

« Tu verras s'il t'en cuira, mon bon. »

Je tressaillis, et cette peur harcelante qui nous poursuit après les amours suspectes, cette peur qui nous gâte les rencontres charmantes, les caresses imprévues, tous les baisers cueillis à l'aventure, me saisit. Je fis le brave cependant : « Allons donc, cette fille-là n'est pas une rouleuse. »

Mais il me tenait, le gredin ! Il avait vu sur mon visage passer l'ombre de mon inquiétude : « Avec ça que tu la connais ? Je te trouve surprenant ! Tu cueilles dans un wagon une Italienne qui voyage seule ; elle t'offre avec un cynisme vraiment singulier d'aller coucher avec toi dans le premier hôtel venu. Tu l'emmènes. Et tu prétends que ce n'est pas une fille ! Et tu te persuades que tu ne cours pas plus de danger ce soir que si tu allais passer la nuit dans le lit d'une... d'une femme atteinte de petite vérole. »

Et il riait de son rire mauvais et vexé. Je m'assis, torturé d'angoisse. Qu'allais-je faire ? Car il avait raison. Et un combat terrible se livrait en moi entre la crainte et le désir.

Il reprit : « Fais ce que tu voudras, je t'aurai prévenu ; tu ne te plaindras point des suites. »

Mais je vis dans son œil une gaieté si ironique, un tel plaisir de vengeance ; il se moquait si gaillardement de moi que je n'hésitai plus. Je lui tendis la main. « Bonsoir, lui dis-je.

A vaincre sans péril, on triomphe sans gloire [13].

« Et, ma foi, mon cher, la victoire vaut le danger. »

Et j'entrai d'un pas ferme dans la chambre de Francesca.

Je demeurai sur la porte, surpris, émerveillé. Elle dormait déjà, toute nue, sur le lit. Le sommeil l'avait surprise comme elle venait de se dévêtir ; et elle reposait dans la pose charmante de la grande femme du Titien [14].

Elle semblait s'être couchée par lassitude, pour ôter ses bas, car ils étaient restés sur le drap ; puis elle avait pensé à quelque chose, sans doute à quelque chose d'agréable, car elle avait attendu un peu avant de se relever, pour laisser s'achever sa rêverie, puis, fermant doucement les yeux, elle avait perdu connaissance. Une chemise de nuit, brodée au col, achetée toute faite dans un magasin de confection, luxe de débutante, gisait sur une chaise.

Elle était charmante, jeune, ferme et fraîche.

Quoi de plus joli qu'une femme endormie ? Ce corps, dont tous les contours sont doux, dont toutes les courbes séduisent, dont toutes les molles saillies troublent le cœur, semble fait pour l'immobilité du lit. Cette ligne onduleuse qui se creuse au flanc, se soulève à la hanche, puis descend la pente légère et gracieuse de la jambe pour finir si coquettement au bout du pied ne se dessine vraiment avec tout son charme exquis, qu'allongée sur les draps d'une couche.

J'allais oublier, en une seconde, les conseils prudents de mon camarade ; mais soudain, m'étant tourné vers la toilette, je vis toutes choses dans l'état où je les avais laissées ; et je m'assis, tout à fait anxieux, torturé par l'irrésolution.

Certes, je suis resté là longtemps, fort longtemps, une heure peut-être, sans me décider à rien, ni à l'audace ni à la fuite. La retraite d'ailleurs m'était impossible, et il me fallait soit passer la nuit sur un siège, soit me coucher à mon tour, à mes risques et périls.

Quant à dormir ici ou là, je n'y devais pas songer, j'avais la tête trop agitée, et les yeux trop occupés.

Je remuais sans cesse, vibrant, enfiévré, mal à l'aise, énervé à l'excès. Puis je me fis un raisonnement de capitulard : « Ça ne m'engage à rien de me coucher. Je serai toujours mieux, pour me reposer, sur un matelas que sur une chaise. »

Et je me déshabillai lentement ; puis, passant par-dessus la dormeuse, je m'étendis contre la muraille, en offrant le dos à la tentation.

Et je demeurai encore longtemps, fort longtemps sans dormir.

Mais tout à coup, ma voisine se réveilla. Elle ouvrit des yeux étonnés et toujours mécontents, puis s'étant aperçue qu'elle était nue, elle se leva et passa tranquillement sa chemise de nuit, avec autant d'indifférence que si je n'avais pas été là.

Alors... ma foi... je profitai de la circonstance sans qu'elle parût d'ailleurs s'en soucier le moins du monde. Et elle se rendormit placidement, la tête posée sur son bras droit.

Et je me mis à méditer sur l'imprudence et la faiblesse humaines. Puis je m'assoupis enfin.

Elle s'habilla de bonne heure, en femme habituée aux travaux du matin. Le mouvement qu'elle fit en se levant m'éveilla ; et je la guettai entre mes paupières à demi closes.

Elle allait, venait, sans se presser, comme étonnée de n'avoir rien à faire. Puis elle se décida à se rapprocher de la table de toilette et elle vida, en une minute, tout ce qui restait de parfums dans les flacons. Elle usa aussi de l'eau, il est vrai, mais peu.

Puis quand elle se fut complètement vêtue, elle se rassit sur sa malle, et, un genou dans ses mains, elle demeura songeuse.

Je fis alors semblant de l'apercevoir et je dis : « Bonjour, Francesca. »

Elle grommela, sans paraître plus gracieuse que la veille : « Bonjour. »

Je demandai : « Avez-vous bien dormi ? »

Elle fit oui de la tête sans répondre ; et sautant à terre, je m'avançai pour l'embrasser.

Elle me tendit son visage d'un mouvement ennuyé
d'enfant qu'on caresse malgré lui. Je la pris alors tendrement dans mes bras (le vin étant tiré, j'eus été bien
sot de n'en plus boire) et je posai lentement mes lèvres
sur ses grands yeux fâchés qu'elle fermait, avec ennui,
sous mes baisers, sur ses joues claires, sur ses lèvres
charnues qu'elle détournait.

Je lui dis : « Vous n'aimez donc pas qu'on vous
embrasse ? »

Elle répondit : « Mica. »

Je m'assis sur la malle à côté d'elle, et passant mon
bras sous le sien : « Mica ! mica ! mica ! pour tout. Je
ne vous appellerai plus que Mlle Mica. »

Pour la première fois, je crus voir sur sa bouche une
ombre de sourire, mais il passa si vite que j'ai bien pu
me tromper.

« Mais si vous répondez toujours "mica" je ne saurai
plus quoi tenter pour vous plaire. Voyons,
aujourd'hui, qu'est-ce que nous allons faire ? »

Elle hésita comme si une apparence de désir eût
traversé sa tête, puis elle prononça nonchalamment :
« Ça m'est égal, ce que vous voudrez.

— Eh bien, mademoiselle Mica, nous prendrons
une voiture et nous irons nous promener. »

Elle murmura : « Comme vous voudrez. »

Paul nous attendait dans la salle à manger avec la
mine ennuyée des tiers dans les affaires d'amour.
J'affectai une figure ravie et je lui serrai la main avec
une énergie pleine d'aveux triomphants.

Il demanda : « Qu'est-ce que tu comptes faire ? »

Je répondis : « Mais nous allons d'abord parcourir
un peu la ville, puis nous pourrons prendre une voiture pour voir quelque coin des environs. »

Le déjeuner fut silencieux, puis on partit, par les
rues, pour la visite des musées. Je traînai à mon bras
Francesca de palais en palais. Nous parcourûmes le
palais Spinola, le palais Doria, le palais Marcello
Durazzo, le palais Rouge et le palais Blanc [15]. Elle ne
regardait rien ou bien levait parfois sur les chefs-
d'œuvre son œil las et nonchalant. Paul, exaspéré,

nous suivait en grommelant des choses désagréables. Puis une voiture nous promena par la campagne, muets tous les trois.

Puis on rentra pour dîner.

Et le lendemain ce fut la même chose, et le lendemain encore.

Paul, le troisième jour, me dit : « Tu sais, je te lâche, moi, je ne vais pas rester trois semaines à te regarder faire l'amour avec cette grue-là ! »

Je demeurais fort perplexe, fort gêné, car, à ma grande surprise, je m'étais attaché à Francesca d'une façon singulière. L'homme est faible et bête, entraînable pour un rien, et lâche toutes les fois que ses sens sont excités ou domptés. Je tenais à cette fille que je ne connaissais point, à cette fille taciturne et toujours mécontente. J'aimais sa figure grogneuse, la moue de sa bouche, l'ennui de son regard ; j'aimais ses gestes fatigués, ses consentements méprisants, jusqu'à l'indifférence de sa caresse. Un lien secret, ce lien mystérieux de l'amour bestial, cette attache secrète de la possession qui ne rassasie pas, me retenait près d'elle. Je le dis à Paul, tout franchement. Il me traita d'imbécile, puis me dit : « Eh bien, emmène-la. »

Mais elle refusa obstinément de quitter Gênes, sans vouloir expliquer pourquoi. J'employai les prières, les raisonnements, les promesses ; rien n'y fit.

Et je restai.

Paul déclara qu'il allait partir tout seul. Il fit même sa malle, mais il resta également.

Et quinze jours se passèrent encore.

Francesca, toujours silencieuse et d'humeur irritée, vivait à mon côté plutôt qu'avec moi, répondant à tous mes désirs, à toutes mes demandes, à toutes mes propositions par son éternel « che mi fa » ou par son non moins éternel « mica ».

Mon ami ne dérageait plus. A toutes ses colères, je répondais : « Tu peux t'en aller si tu t'ennuies. Je ne te retiens pas. »

Alors il m'injuriait, m'accablait de reproches,

s'écriait : « Mais où veux-tu que j'aille maintenant ? Nous pouvions disposer de trois semaines, et voilà quinze jours passés ! Ce n'est pas à présent que je peux continuer ce voyage ! Et puis, comme si j'allais partir tout seul pour Venise, Florence et Rome ! Mais tu me le paieras, et plus que tu ne penses. On ne fait pas venir un homme de Paris pour l'enfermer dans un hôtel de Gênes avec une rouleuse italienne ! »

Je lui disais tranquillement : « Eh bien, retourne à Paris, alors. » Et il vociférait : « C'est ce que je vais faire, et pas plus tard que demain. »

Mais le lendemain il restait comme la veille, toujours furieux et jurant.

On nous connaissait maintenant par les rues, où nous errions du matin au soir, par les rues étroites et sans trottoirs de cette ville qui ressemble à un immense labyrinthe de pierre, percé de corridors pareils à des souterrains. Nous allions dans ces passages où soufflent de furieux courants d'air, dans ces traverses resserrées entre des murailles si hautes que l'on voit à peine le ciel. Des Français parfois se retournaient, étonnés de reconnaître des compatriotes en compagnie de cette fille ennuyée aux toilettes voyantes, dont l'allure vraiment semblait singulière, déplacée entre nous, compromettante.

Elle allait appuyée à mon bras, ne regardant rien. Pourquoi restait-elle avec moi, avec nous, qui paraissions lui donner si peu d'agrément ? Qui était-elle ? D'où venait-elle ? Que faisait-elle ? Avait-elle un projet, une idée ? Ou bien vivait-elle, à l'aventure, de rencontres et de hasards ? Je cherchais en vain à la comprendre, à la pénétrer, à l'expliquer. Plus je la connaissais, plus elle m'étonnait, m'apparaissait comme une énigme. Certes, elle n'était point une drôlesse, faisant profession de l'amour. Elle me paraissait plutôt quelque fille de pauvres gens, séduite, emmenée, puis lâchée, et perdue maintenant. Mais que comptait-elle devenir ? Qu'attendait-elle ? car elle ne semblait nullement s'efforcer de me conquérir ou de tirer de moi quelque profit bien réel.

J'essayai de l'interroger, de lui parler de son enfance, de sa famille. Elle ne me répondit pas. Et je demeurais avec elle, le cœur libre et la chair tenaillée, nullement las de la tenir en mes bras, cette femelle hargneuse et superbe, accouplé comme une bête, pris par les sens ou plutôt séduit, vaincu par une sorte de charme sensuel, un charme jeune, sain, puissant qui se dégageait d'elle, de sa peau savoureuse, des lignes robustes de son corps.

Huit jours encore s'écoulèrent. Le terme de mon voyage approchait, car je devais être rentré à Paris le 11 juillet. Paul, maintenant, prenait à peu près son parti de l'aventure, tout en m'injuriant toujours. Quant à moi, j'inventais des plaisirs, des distractions, des promenades pour amuser ma maîtresse et mon ami ; je me donnais un mal infini.

Un jour, je leur proposai une excursion à Santa Margarita [16]. La petite ville charmante, au milieu de jardins, se cache au pied d'une côte qui s'avance au loin dans la mer jusqu'au village de Portofino. Nous suivions tous trois l'admirable route qui court le long de la montagne. Francesca soudain me dit : « Demain, je ne pourrai pas me promener avec vous. J'irai voir des parents. »

Puis elle se tut. Je ne l'interrogeai pas, sûr qu'elle ne me répondrait point.

Elle se leva, en effet, le lendemain, de très bonne heure. Puis, comme je restais couché, elle s'assit sur le pied de mon lit, et prononça, d'un air gêné, contrarié, hésitant : « Si je ne suis pas revenue ce soir, est-ce que vous viendrez me chercher ? »

Je répondis : « Mais oui, certainement. Où faut-il aller ? »

Elle m'expliqua : « Vous irez dans la rue Victor-Emmanuel, puis vous prendrez le passage Falcone et la traverse Saint-Raphaël, vous entrerez dans la maison du marchand de mobilier, dans la cour, tout au fond, dans le bâtiment qui est à droite, et vous demanderez Mme Rondoli. C'est là. »

Et elle partit. Je demeurai fort surpris.

En me voyant seul, Paul, stupéfait, balbutia : « Où donc est Francesca ? » Et je lui racontai ce qui venait de se passer.

Il s'écria : « Eh bien, mon cher, profite de l'occasion et filons. Aussi bien voilà notre temps fini. Deux jours de plus ou de moins ne changent rien. En route, en route, fais ta malle. En route ! »

Je refusai : « Mais non, mon cher, je ne puis vraiment lâcher cette fille d'une pareille façon, après être resté près de trois semaines avec elle. Il faut que je lui dise adieu, que je lui fasse accepter quelque chose ; non, je me conduirais là comme un saligaud. »

Mais il ne voulait rien entendre, il me pressait, me harcelait. Cependant, je ne cédai pas.

Je ne sortis point de la journée, attendant le retour de Francesca. Elle ne revint point.

Le soir, au dîner, Paul triomphait : « C'est elle qui t'a lâché, mon cher. Ça, c'est drôle, c'est bien drôle. »

J'étais étonné, je l'avoue, et un peu vexé. Il me riait au nez, me raillait : « Le moyen n'est pas mauvais, d'ailleurs, bien que primitif. "Attendez-moi, je reviens." Est-ce que tu vas l'attendre longtemps ? Qui sait ? Tu auras peut-être la naïveté d'aller la chercher à l'adresse indiquée : "Mme Rondoli, s'il vous plaît ? — Ce n'est pas ici, monsieur." Je parie que tu as envie d'y aller ? »

Je protestai : « Mais non, mon cher, et je t'assure que si elle n'est pas revenue demain matin, je pars à huit heures par l'express. Je serai resté vingt-quatre heures. C'est assez ; ma conscience sera tranquille. »

Je passai toute la soirée dans l'inquiétude, un peu triste, un peu nerveux. J'avais vraiment au cœur quelque chose pour elle. A minuit je me couchai. Je dormis à peine.

J'étais debout à six heures. Je réveillai Paul, je fis ma malle, et nous prenions ensemble, deux heures plus tard, le train pour la France.

III

Or, il arriva que l'année suivante, juste à la même époque, je fus saisi, comme on l'est par une fièvre périodique, d'un nouveau désir de voir l'Italie. Je me décidai tout de suite à entreprendre ce voyage, car la visite de Florence, Venise et Rome fait partie assurément de l'éducation d'un homme bien élevé. Cela donne d'ailleurs dans le monde une multitude de sujets de conversation et permet de débiter des banalités artistiques qui semblent toujours profondes.

Je partis seul cette fois, et j'arrivai à Gênes à la même heure que l'année précédente, mais sans aucune aventure de voyage. J'allai coucher au même hôtel ; et j'eus par hasard la même chambre !

Mais à peine entré dans ce lit, voilà que le souvenir de Francesca, qui, depuis la veille d'ailleurs flottait vaguement dans ma pensée, me hanta avec une persistance étrange.

Connaissez-vous cette obsession d'une femme, longtemps après, quand on retourne aux lieux où on l'a aimée et possédée ?

C'est là une des sensations les plus violentes et les plus pénibles que je connaisse. Il semble qu'on va la voir entrer, sourire, ouvrir les bras. Son image, fuyante et précise, est devant vous, passe, revient et disparaît. Elle vous torture comme un cauchemar, vous tient, vous emplit le cœur, vous émeut les sens par sa présence irréelle. L'œil l'aperçoit ; l'odeur de son parfum vous poursuit ; on a sur les lèvres le goût de ses baisers, et la caresse de sa chair sur la peau. On est seul cependant, on le sait, on souffre du trouble singulier de ce fantôme évoqué. Et une tristesse lourde, navrante vous enveloppe. Il semble qu'on vient d'être abandonné pour toujours. Tous les objets prennent une signification désolante, jettent à l'âme, au cœur, une impression horrible d'isolement, de délaissement. Oh ! ne revoyez jamais la ville, la maison, la chambre, le bois, le jardin, le banc où vous avez tenu dans vos bras une femme aimée !

Enfin, pendant toute la nuit, je fus poursuivi par le souvenir de Francesca ; et, peu à peu, le désir de la revoir entrait en moi, un désir confus d'abord, puis plus vif, puis aigu, brûlant. Et je me décidai à passer à Gênes la journée du lendemain, pour tâcher de la retrouver. Si je n'y parvenais point, je prendrais le train du soir.

Donc, le matin venu, je me mis à sa recherche. Je me rappelais parfaitement le renseignement qu'elle m'avait donné en me quittant : Rue Victor-Emmanuel, — passage Falcone, — traverse Saint-Raphaël, — maison du marchand de mobilier, — au fond de la cour, le bâtiment à droite.

Je trouvai tout cela non sans peine, et je frappai à la porte d'une sorte de pavillon délabré. Une grosse femme vint ouvrir, qui avait dû être fort belle, et qui n'était plus que fort sale. Trop grasse, elle gardait cependant une majesté de lignes remarquable. Ses cheveux dépeignés tombaient par mèches sur son front et sur ses épaules, et on voyait flotter, dans une vaste robe de chambre criblée de taches, tout son gros corps ballottant. Elle avait au cou un énorme collier doré, et, aux deux poignets, de superbes bracelets en filigrane de Gênes.

Elle demanda d'un air hostile : « Qu'est-ce que vous désirez ? »

Je répondis : « N'est-ce pas ici que demeure Mlle Francesca Rondoli ?

— Qu'est-ce que vous lui voulez ?

— J'ai eu le plaisir de la rencontrer l'année dernière, et j'aurais désiré la revoir. »

La vieille femme me fouillait de son œil méfiant : « Dites-moi où vous l'avez rencontrée ?

— Mais, ici même, à Gênes !

— Comment vous appelez-vous ? »

J'hésitai une seconde, puis je dis mon nom. Je l'avais à peine prononcé que l'Italienne leva les bras comme pour m'embrasser : « Ah ! vous êtes le Français ; que je suis contente de vous voir ! Que je suis contente ! Mais, comme vous lui avez fait de la peine, à la pauvre enfant. Elle vous a attendu un mois, monsieur, oui, un mois. Le premier jour, elle croyait que vous alliez venir la chercher. Elle voulait voir si vous l'aimiez ! Si vous saviez comme elle a pleuré quand elle a compris que vous ne viendriez pas. Oui, monsieur, elle a pleuré toutes ses larmes. Et puis, elle a été à l'hôtel. Vous étiez parti. Alors, elle a cru que vous faisiez votre voyage en Italie, et que vous alliez encore passer par Gênes, et que vous la chercheriez en retournant puisqu'elle n'avait pas voulu aller avec vous. Et elle a attendu, oui, monsieur, plus d'un mois ; et elle était bien triste, allez, bien triste. Je suis sa mère ! »

Je me sentis vraiment un peu déconcerté. Je repris cependant mon assurance et je demandai : « Est-ce qu'elle est ici en ce moment ?

— Non, monsieur, elle est à Paris, avec un peintre, un garçon charmant qui l'aime, monsieur, qui l'aime d'un grand amour et qui lui donne tout ce qu'elle veut. Tenez, regardez ce qu'elle m'envoie, à moi, sa mère. C'est gentil, n'est-ce pas ? »

Et elle me montrait, avec une animation toute méridionale, les gros bracelets de ses bras et le lourd collier de son cou. Elle reprit : « J'ai aussi deux boucles d'oreilles avec des pierres, et une robe de soie et des bagues ; mais je ne les porte pas le matin, je les mets seulement sur le tantôt, quand je m'habille en toilette. Oh ! elle est très heureuse, monsieur, très heureuse. Comme elle sera contente quand je lui écrirai que vous êtes venu. Mais entrez, monsieur, asseyez-vous. Vous prendrez bien quelque chose, entrez. »

Je refusais, voulant partir maintenant par le premier train. Mais elle m'avait saisi le bras et m'attirait en répétant : « Entrez donc, monsieur, il faut que je lui dise que vous êtes venu chez nous. »

Et je pénétrai dans une petite salle assez obscure, meublée d'une table et de quelques chaises.

Elle reprit : « Oh ! elle est très heureuse à présent, très heureuse. Quand vous l'avez rencontrée dans le

chemin de fer, elle avait un gros chagrin. Son bon ami
l'avait quittée à Marseille. Et elle revenait, la pauvre
enfant. Elle vous a bien aimé tout de suite, mais elle
était encore un peu triste, vous comprenez. Maintenant, rien ne lui manque ; elle m'écrit tout ce qu'elle
fait. Il s'appelle M. Bellemin. On dit que c'est un
grand peintre chez vous. Il l'a rencontrée en passant
ici, dans la rue, oui, monsieur, dans la rue, et il l'a
aimée tout de suite. Mais, vous boirez bien un verre
de sirop ? Il est très bon. Est-ce que vous êtes tout seul
cette année ? »

Je répondis : « Oui, je suis tout seul. »

Je me sentais gagné maintenant par une envie de
rire qui grandissait, mon premier désappointement
s'envolant devant les déclarations de Mme Rondoli
mère. Il me fallut boire un verre de sirop.

Elle continuait : « Comment, vous êtes tout seul ?
Oh ! que je suis fâchée alors que Francesca ne soit
plus ici ; elle vous aurait tenu compagnie le temps que
vous allez rester dans la ville. Ce n'est pas gai de se
promener tout seul ; et elle le regrettera bien de son
côté. »

Puis, comme je me levais, elle s'écria : « Mais si
vous voulez que Carlotta aille avec vous ; elle connaît
très bien les promenades. C'est mon autre fille, monsieur, la seconde. »

Elle prit sans doute ma stupéfaction pour un
consentement, et se précipitant sur la porte intérieure,
elle l'ouvrit et cria dans le noir d'un escalier invisible :
« Carlotta ! Carlotta ! descends vite, viens tout de
suite, ma fille chérie. »

Je voulus protester ; elle ne me le permit pas :
« Non, elle vous tiendra compagnie ; elle est très
douce, et bien plus gaie que l'autre ; c'est une bonne
fille, une très bonne fille que j'aime beaucoup. »

J'entendais sur les marches un bruit de semelles
de savates ; et une grande fille parut, brune, mince
et jolie, mais dépeignée aussi, et laissant deviner,
sous une vieille robe de sa mère, son corps jeune et
svelte.

Mme Rondoli la mit aussitôt au courant de ma situation : « C'est le Français de Francesca, celui de l'an dernier, tu sais bien. Il venait la chercher ; il est tout seul, ce pauvre monsieur. Alors, je lui ai dit que tu irais avec lui pour lui tenir compagnie. »

Carlotta me regardait de ses beaux yeux bruns ; et elle murmura en se mettant à sourire : « S'il veut, je veux bien, moi. »

Comment aurais-je pu refuser ? Je déclarai : « Mais certainement que je veux bien. »

Alors, Mme Rondoli la poussa dehors : « Va t'habiller, bien vite, bien vite, tu mettras ta robe bleue et ton chapeau à fleurs, dépêche-toi. »

Dès que sa fille fut sortie, elle m'expliqua : « J'en ai encore deux autres, mais plus petites. Ça coûte cher, allez, d'élever quatre enfants ! Heureusement que l'aîné est tirée d'affaire à présent. »

Et puis elle me parla de sa vie, de son mari qui était mort employé du chemin de fer, et de toutes les qualités de sa seconde fille Carlotta.

Celle-ci revint, vêtue dans le goût de l'aînée, d'une robe voyante et singulière.

Sa mère l'examina de la tête aux pieds, la jugea bien à son gré, et nous dit : « Allez, maintenant, mes enfants. »

Puis, s'adressant à sa fille : « Surtout, ne rentre pas plus tard que dix heures, ce soir ; tu sais que la porte est fermée. »

Carlotta répondit : « Ne crains rien, maman. »

Elle prit mon bras, et me voilà errant avec elle par les rues comme avec sa sœur, l'année d'avant.

Je revins à l'hôtel pour déjeuner, puis j'emmenai ma nouvelle amie à Santa Margarita, refaisant la dernière promenade que j'avais faite avec Francesca.

Et, le soir, elle ne rentra pas, bien que la porte dût être fermée après dix heures.

Et pendant les quinze jours dont je pouvais disposer, je promenai Carlotta dans les environs de Gênes. Elle ne me fit pas regretter l'autre.

Je la quittai tout en larmes, le matin de mon départ,

en lui laissant, avec un souvenir pour elle, quatre bracelets pour sa mère.

Et je compte, un de ces jours, retourner voir l'Italie, tout en songeant, avec une certaine inquiétude mêlée d'espoirs, que Mme Rondoli possède encore deux filles.

BLANC ET BLEU [1]

Ma petite barque, ma chère petite barque, toute blanche avec un filet bleu le long du bordage, allait doucement, doucement sur la mer calme, calme, endormie, épaisse et bleue aussi, bleue d'un bleu transparent, liquide, où la lumière coulait, la lumière bleue, jusqu'aux roches du fond.

Les villas, les belles villas blanches, toutes blanches, regardaient par leurs fenêtres ouvertes la Méditerranée qui venait caresser les murs de leurs jardins, de leurs beaux jardins pleins de palmiers, d'aloès, d'arbres toujours verts et de plantes toujours en fleur.

Je dis à mon matelot qui ramait doucement de s'arrêter devant la petite porte de mon ami Pol. Et je hurlai de tous mes poumons : « Pol — Pol — Pol ! » Il apparut sur son balcon, effaré comme un homme qu'on réveille.

Le grand soleil d'une heure l'éblouissant, il couvrait ses yeux de sa main.

Je lui criai : « Voulez-vous faire un tour au large ? »

Il répondit : « J'arrive. »

Et cinq minutes plus tard, il montait dans ma petite barque.

Je dis à mon matelot d'aller vers la haute mer.

Pol avait apporté son journal, qu'il n'avait point lu le matin, et, couché au fond du bateau, il se mit à le parcourir.

Moi, je regardais la terre. A mesure que je m'éloi-
gnais du rivage la ville entière apparaissait, la jolie ville
blanche, couchée en rond au bord des flots blancs.
Puis, au-dessus, la première montagne, le premier
gradin, un grand bois de sapins, plein aussi de villas,
de villas blanches, çà et là, pareilles à des gros œufs
d'oiseaux géants. Elles s'espaçaient en approchant du
faîte, et sur le faîte on en voyait une très grande,
carrée, un hôtel peut-être, et si blanche qu'elle avait
l'air d'avoir été repeinte le matin même.

Mon matelot ramait nonchalamment, en Méridional tranquille ; et comme le soleil, le grand soleil
qui flambait au milieu du ciel bleu me fatiguait les
yeux, je regardai l'eau, l'eau bleue, profonde, dont les
avirons blessaient le repos.

Pol me dit : « Il neige toujours à Paris. Il gèle toutes
les nuits à six degrés. » J'aspirai l'air tiède en gonflant
ma poitrine, l'air immobile, endormi sur la mer, l'air
bleu. Et je relevai les yeux.

Et je vis derrière la montagne verte, et au-dessus,
là-bas, l'immense montagne blanche qui apparaissait.
On ne la découvrait point tout à l'heure. Maintenant,
elle commençait à montrer sa grande muraille de
neige, sa haute muraille luisante, enfermant d'une
légère ceinture de sommets glacés, de sommets
blancs, aigus comme des pyramides ou arrondis
comme des dos, le long rivage, le doux rivage chaud,
où poussent les palmiers, où fleurissent les anémones.

Je dis à Pol : « La voici, la neige ; regardez. » Et je
lui montrai les Alpes.

La vaste chaîne blanche se déroulait à perte de vue
et grandissait dans le ciel à chaque coup de rame qui
battait l'eau bleue. Elle semblait si voisine, la neige, si
proche, si épaisse, si menaçante que j'en avais peur,
j'en avais froid.

Puis nous découvrîmes plus bas une ligne noire,
toute droite, coupant la montagne en deux, là où le
soleil de feu avait dit à la neige de glace : « Tu n'iras
pas plus loin. »

Pol qui tenait toujours son journal, prononça : « Les

nouvelles du Piémont sont terribles. Les avalanches
ont détruit dix-huit villages. Écoutez ceci. » Et il lut :
« Les nouvelles de la vallée d'Aoste sont terribles. La
population affolée n'a plus de repos. Les avalanches
ensevelissent coup sur coup les villages. Dans la vallée
de Lucerne [2] les désastres sont aussi graves. A Locane,
sept morts ; à Sparone, quinze ; à Romborgogno,
huit ; à Ronco, Valprato, Campiglia, que la neige a
couverts, on compte trente-deux cadavres.

« A Pirrone, à Saint-Damien, à Musternale, à
Demonte, à Massello, à Chiabrano, les morts sont
également nombreux.

« Le village de Balziglia a complètement disparu
sous l'avalanche. De mémoire d'homme on ne se sou-
vient pas avoir vu une semblable calamité. Des détails
horribles nous parviennent de tous les côtés. En voici
un entre mille. Un brave homme de Groscavallo vivait
avec sa femme et deux enfants. La femme était
malade depuis longtemps. Le dimanche, jour du
désastre, le père donnait des soins à la malade, aidé de
sa fille, pendant que son fils était chez un voisin. Soudain une énorme avalanche couvre la chaumière et
l'écrase. Une grosse poutre, en tombant, coupe
presque en deux le père qui meurt instantanément. La
mère fut protégée par la même poutre, mais un de ses
bras resta serré et broyé dessous. De son autre main
elle pouvait toucher sa fille, prise également sous la
masse de bois. La pauvre petite a crié "au secours"
pendant près de trente heures. De temps en temps elle
disait : "Maman, donne-moi un oreiller pour ma tête.
J'y ai tant mal."

La mère seule a survécu. »

Nous la regardions maintenant, la montagne,
l'énorme montagne blanche, qui grandissait toujours,
tandis que l'autre, la montagne verte, ne semblait plus
qu'une naine à ses pieds. La ville avait disparu dans le
lointain.

Rien que la mer bleue, autour de nous, sous nous,

devant nous et les Alpes blanches derrière nous, les
Alpes géantes avec leur lourd manteau de neiges.

Au-dessus de nous, le ciel léger, d'un bleu doux
doré de lumière !

Oh ! la belle journée !

Pol reprit : « Ça doit être affreux, cette mort-là, sous
cette lourde mousse de glace ! »

Et doucement porté par le flot, bercé par le mouvement des rames, loin de la terre, dont je ne voyais plus
que la crête blanche, je pensais à cette pauvre et petite
humanité, à cette poussière de vie, si menue et si tour-
mentée, qui grouillait sur ce grain de sable perdu dans
la poussière des mondes, à ce misérable troupeau
d'hommes, décimé par les maladies, écrasé par les
avalanches, secoué et affolé par les tremblements de
terre, à ces pauvres petits êtres invisibles d'un kilo-
mètre, et si fous, si vaniteux, si querelleurs, qui
s'entre-tuent, n'ayant que quelques jours à vivre. Je
comparais les moucherons qui vivent quelques heures
aux bêtes qui vivent une saison, aux hommes qui
vivent quelques ans, aux univers qui vivent quelques
siècles. Qu'est-ce que tout cela ?

Pol prononça :

« Je sais une bien bonne histoire de neige. »

Je lui dis :

« Racontez. »

Il reprit :

« Vous vous rappelez le grand Radier, Jules Radier,
le beau Jules ?

— Oui, parfaitement.

— Vous savez comme il était fier de sa tête, de ses
cheveux, de son torse, de sa force, de ses moustaches.
Il avait tout mieux que les autres, pensait-il. Et c'était
un mangeur de cœurs, un irrésistible, un de ces beaux
gars de demi-ton qui ont de grands succès sans qu'on
sache au juste pourquoi. Ils ne sont ni intelligents, ni
fins, ni délicats, mais ils ont une nature de garçons
bouchers galants. Cela suffit.

« L'hiver dernier, Paris étant couvert de neige, j'allai à un bal chez une demi-mondaine que vous connaissez, la belle Sylvie Raymond.

— Oui, parfaitement.

— Jules Radier était là, amené par un ami, et je vis qu'il plaisait beaucoup à la maîtresse de la maison. Je pensai : "En voilà un que la neige ne gênera point pour s'en aller cette nuit."

« Puis je m'occupai moi-même à chercher quelque distraction dans le tas des belles disponibles.

« Je ne réussis point. Tout le monde n'est pas Jules Radier et je partis, tout seul, vers une heure du matin. Devant la porte une dizaine de fiacres attendaient tristement les derniers invités. Ils semblaient avoir envie de fermer leurs yeux jaunes, qui regardaient les trottoirs blancs.

« N'habitant pas loin, je voulus rentrer à pied.

« Voilà qu'au tournant de la rue j'aperçus une chose étrange. Une grande ombre noire, un homme, un grand homme, s'agitait, allait, venait, piétinait dans la neige en la soulevant, la rejetant, l'éparpillant devant lui. Etait-ce un fou ? Je m'approchai avec précaution. C'était le beau Jules.

« Il tenait en l'air d'une main ses bottines vernies et de l'autre ses chaussettes. Son pantalon était relevé au-dessus des genoux, et il courait en rond comme dans un manège, trempant ses pieds nus dans cette écume gelée, cherchant les places où elle était demeurée intacte, plus profonde et plus blanche. Et il s'agitait, ruait, faisait des mouvements de danseur et des mouvements de frotteur qui cire un plancher.

« Je demeurai stupéfait. Je murmurai :

« "Ah çà ! tu perds la tête ?"

« Il répondit sans s'arrêter : "Pas du tout, je me lave les pieds. Figure-toi que j'ai levé la belle Sylvie. En voilà une chance ! Et je crois que ma bonne fortune va s'accomplir ce soir même. Il faut battre le fer pendant qu'il est chaud. Moi, je n'avais pas prévu ça, sans quoi j'aurais pris un bain". »

Pol conclut : « Vous voyez donc que la neige est utile à quelque chose. »

Mon matelot fatigué avait cessé de ramer. Nous demeurions immobiles sur l'eau plate.

Je dis à l'homme : « Revenons. » Et il reprit ses avirons.

A mesure que nous approchions de la terre, la haute montagne blanche s'abaissait, s'enfonçait derrière l'autre, la montagne verte. La ville reparut, pareille à une écume, une écume blanche, au bord de la mer bleue. Les villas se montrèrent entre les arbres. On n'apercevait plus qu'une ligne de neige, au-dessus, la ligne bosselée des sommets qui se perdait à droite, vers Nice.

Puis, une seule crête resta visible, une grande crête qui disparaissait elle-même peu à peu, mangée par la côte plus proche.

Et bientôt on ne vit plus rien, que le rivage et la ville, la ville blanche et la mer bleue où glissait ma petite barque, ma chère petite barque, au bruit léger des avirons.

LE MOYEN DE ROGER [1]

Je me promenais sur le boulevard avec Roger quand un vendeur quelconque cria contre nous :

— Demandez le moyen de se débarrasser de sa belle-mère ! Demandez !

Je m'arrêtai net et je dis à mon camarade :

— Voici un cri qui me rappelle une question que je veux te poser depuis longtemps. Qu'est-ce donc que ce « moyen de Roger » dont ta femme parle toujours. Elle plaisante là-dessus d'une façon si drôle et si entendue, qu'il s'agit, pour moi, d'une potion aux cantharides [2] dont tu aurais le secret. Chaque fois qu'on cite devant elle un jeune homme fatigué, épuisé, essoufflé, elle se tourne vers toi et dit, en riant : « Il faudrait lui indiquer le moyen de Roger. » Et ce qu'il y a de plus drôle dans cette affaire, c'est que tu rougis toutes les fois.

Roger répondit :

— Il y a de quoi, et si ma femme se doutait en vérité de ce dont elle parle, elle se tairait, je te l'assure bien. Je vais te confier cette histoire, à toi. Tu sais que j'ai épousé une veuve dont j'étais fort amoureux. Ma femme a toujours eu la parole libre et avant d'en faire ma compagne légitime nous avions souvent de ces conversations un peu pimentées, permises d'ailleurs avec les veuves, qui ont gardé le goût du piment dans la bouche. Elle aimait beaucoup les histoires gaies, les anecdotes grivoises, en tout bien tout honneur. Les péchés de langue ne sont pas graves, en certains cas ; elle est hardie, moi je suis un peu timide, et elle s'amusait souvent, avant notre mariage, à m'embarrasser par des questions ou des plaisanteries auxquelles il ne m'était pas facile de répondre. Du reste c'est peut-être cette hardiesse qui m'a rendu amoureux d'elle. Quant à être amoureux, je l'étais des pieds à la tête, corps et âme, et elle le savait, la gredine.

Il fut décidé que nous ne ferions aucune cérémonie, aucun voyage. Après la bénédiction à l'église nous offririons une collation à nos témoins, puis nous ferions une promenade en tête à tête, dans un coupé, et nous reviendrions dîner chez moi, rue du Helder.

Donc, nos témoins partis, nous voilà montant en voiture et je dis au cocher de nous conduire au bois de Boulogne. C'était à la fin de juin ; il faisait un temps merveilleux.

Dès que nous fûmes seuls, elle se mit à rire.

— Mon cher Roger, dit-elle, c'est le moment d'être galant. Voyons comment vous allez vous y prendre.

Interpellé de la sorte, je me trouvai immédiatement paralysé. Je lui baisais la main, je lui répétais : Je vous aime. Je m'enhardis deux fois à lui baiser la nuque, mais les passants me gênaient. Elle répétait toujours d'un petit air provocant et drôle : Et après... et après... Cet « et après » m'énervait et me désolait. Ce n'était pas dans un coupé, au bois de Boulogne, en plein jour, qu'on pouvait... Tu comprends.

Elle voyait bien ma gêne et s'en amusait. De temps en temps elle répétait :

— Je crains bien d'être mal tombée. Vous m'inspirez beaucoup d'inquiétudes.

Et moi aussi, je commençais à en avoir, des inquiétudes sur moi-même. Quand on m'intimide, je ne suis plus capable de rien.

Au dîner elle fut charmante. Et, pour m'enhardir, je renvoyai mon domestique qui me gênait. Oh ! nous demeurions convenables, mais, tu sais comme les amoureux sont bêtes, nous buvions dans le même verre, nous mangions dans la même assiette, avec la même fourchette. Nous nous amusions à croquer des gaufrettes par les deux bouts, afin que nos lèvres se rencontrassent au milieu.

Elle me dit :

— Je voudrais un peu de champagne.

J'avais oublié cette bouteille sur le dressoir. Je la pris, j'arrachai les cordes et je pressai le bouchon pour le faire partir. Il ne sauta pas. Gabrielle se mit à sourire et murmura :

— Mauvais présage.

Je poussais avec mon pouce la tête enflée du liège, je l'inclinais à droite, je l'inclinais à gauche, mais en vain, et, tout à coup, je cassai le bouchon au ras du verre.

Gabrielle soupira :

— Mon pauvre Roger.

Je pris un tire-bouchon que je vissai dans la partie restée au fond du goulot. Il me fut impossible ensuite de l'arracher ! Je dus rappeler Prosper. Ma femme, à présent, riait de tout son cœur et répétait :

— Ah bien... ah bien... je vois que je peux compter sur vous.

Elle était à moitié grise.

Elle le fut aux trois quarts après le café.

La mise au lit d'une veuve n'exigeant pas toutes les cérémonies maternelles nécessaires pour une jeune fille, Gabrielle passa tranquillement dans sa chambre en me disant :

— Fumez votre cigare pendant un quart d'heure.

Quand je la rejoignis, je manquais de confiance en moi, je l'avoue. Je me sentais énervé, troublé, mal à l'aise.

Je pris ma place d'époux. Elle ne disait rien. Elle me regardait avec un sourire sur les lèvres, avec l'envie visible de se moquer de moi. Cette ironie, dans un pareil moment, acheva de me déconcerter et, je l'avoue, me coupa — bras et jambes.

Quand Gabrielle s'aperçut de mon... embarras, elle

ne fit rien pour me rassurer, bien au contraire. Elle me demanda, d'un petit air indifférent :

— Avez-vous tous les jours autant d'esprit ?

Je ne pus m'empêcher de répondre :

— Écoutez, vous êtes insupportable.

Alors elle se remit à rire, mais à rire d'une façon immodérée, inconvenante, exaspérante.

Il est vrai que je faisais triste figure, et que je devais avoir l'air fort sot.

De temps en temps, entre deux crises folles de gaieté, elle prononçait, en étouffant :

— Allons — du courage — un peu d'énergie — mon — mon pauvre ami.

Puis elle se remettait à rire si éperdument, qu'elle en poussait des cris.

A la fin je me sentis si énervé, si furieux contre moi et contre elle que je compris que j'allais la battre si je ne quittais point la place.

Je sautai du lit, je m'habillai brusquement avec rage, sans dire un mot.

Elle s'était soudain calmée et, comprenant que j'étais fâché, elle demanda :

— Qu'est-ce que vous faites ? Où allez-vous ?

Je ne répondis pas. Et je descendis dans la rue. J'avais envie de tuer quelqu'un, de me venger, de faire quelque folie. J'allai devant moi à grands pas, et brusquement la pensée d'entrer chez des filles me vint dans l'esprit.

Qui sait ? ce serait une épreuve, une expérience, peut-être un entraînement ? En tout cas ce serait une vengeance ! Et si jamais je devais être trompé par ma femme elle l'aurait toujours été d'abord par moi.

Je n'hésitai point. Je connaissais une hôtellerie d'amour non loin de ma demeure, et j'y courus, et j'y entrai comme font ces gens qui se jettent à l'eau pour voir s'ils savent encore nager.

Je nageais, et fort bien. Et je demeurai là longtemps, savourant cette vengeance secrète et raffinée. Puis je me retrouvai dans la rue à cette heure fraîche où la nuit va finir. Je me sentais maintenant calme et sûr de

moi, content, tranquille, et prêt encore, me sem-
blait-il, pour des prouesses.

Alors, je rentrai chez moi avec lenteur ; et j'ouvris
doucement la porte de ma chambre.

Gabrielle lisait, accoudée sur son oreiller. Elle leva
la tête et demanda d'un ton craintif :

— Vous voilà ? qu'est-ce que vous avez eu ?

Je ne répondis pas. Je me déshabillai avec assurance. Et je repris, en maître triomphant, la place que
j'avais quittée en fuyard.

Elle fut stupéfaite et convaincue que j'avais employé
quelque secret mystérieux.

Et maintenant, à tout propos, elle parle du moyen
de Roger comme elle parlerait d'un procédé scienti-
fique infaillible.

Mais, hélas ! voici dix ans de cela, et aujourd'hui la
même épreuve n'aurait plus beaucoup de chances de
succès, pour moi du moins.

Mais si tu as quelque ami qui redoute les émotions
d'une nuit de noces, indique-lui mon stratagème et
affirme-lui que, de vingt à trente-cinq ans, il n'est
point de meilleure manière pour dénouer des aiguillet-
tes [3], comme aurait dit le sire de Brantôme.

UN ÉCHEC [1]

J'allais à Turin en traversant la Corse.

Je pris à Nice le bateau pour Bastia, et, dès que nous fûmes en mer, je remarquai, assise sur le pont, une jeune femme gentille et assez modeste, qui regardait au loin. Je me dis : « Tiens, voilà ma traversée. »

Je m'installai en face d'elle et je la regardai en me demandant tout ce qu'on doit se demander quand on aperçoit une femme inconnue qui vous intéresse : sa condition, son âge, son caractère. Puis on devine, par ce qu'on voit, ce qu'on ne voit pas. On sonde avec l'œil et la pensée les dedans du corsage et les dessous de la robe. On note la longueur du buste quand elle est assise ; on tâche de découvrir la cheville ; on remarque la qualité de la main qui révélera la finesse de toutes les attaches, et la qualité de l'oreille qui indique l'origine mieux qu'un extrait de naissance toujours contestable. On s'efforce de l'entendre parler pour pénétrer la nature de son esprit, et les tendances de son cœur par les intonations de sa voix. Car le timbre et toutes les nuances de la parole montrent à un observateur expérimenté toute la contexture mystérieuse d'une âme, l'accord étant toujours parfait, bien que difficile à saisir, entre la pensée même et l'organe qui l'exprime.

Donc j'observais attentivement ma voisine, cherchant les signes, analysant ses gestes, attendant des révélations de toutes ses attitudes.

Elle ouvrit un petit sac et tira un journal. Je me
frottai les mains : « Dis-moi qui tu lis, je te dirai ce que
tu penses. »

Elle commença par l'article de tête, avec un petit air
content et friand. Le titre de la feuille me sauta aux
yeux : *L'Écho de Paris.* Je demeurai perplexe. Elle lisait
une chronique de Scholl [2]. Diable ! c'était une scholliste — une scholliste ? Elle se mit à sourire : une
gauloise. Alors pas bégueule, bon enfant. Très bien.
Une scholliste — oui, ça aime l'esprit français, la
finesse et le sel, même le poivre. Bonne note. Et je
pensai : voyons la contre-épreuve.

J'allai m'asseoir auprès d'elle et je me mis à lire,
avec non moins d'attention, un volume de poésies que
j'avais acheté au départ : *La Chanson d'amour,* par
Félix Frank [3].

Je remarquai qu'elle avait cueilli le titre sur la couverture, d'un coup d'œil rapide, comme un oiseau
cueille une mouche en volant. Plusieurs voyageurs
passaient devant nous pour la regarder. Mais elle ne
semblait penser qu'à sa chronique. Quand elle l'eut
finie, elle posa le journal entre nous deux.

Je la saluai et je lui dis :

— Me permettez-vous, madame, de jeter un coup
d'œil sur cette feuille ?

— Certainement, monsieur.

— Puis-je vous offrir, pendant ce temps, ce volume
de vers ?

— Certainement, monsieur ; c'est amusant ?

Je fus un peu troublé par cette question. On ne
demande pas si un recueil de vers est amusant. — Je
répondis :

— C'est mieux que cela, c'est charmant, délicat et
très artiste.

— Donnez alors.

Elle prit le livre, l'ouvrit et se mit à le parcourir avec
un petit air étonné prouvant qu'elle ne lisait pas souvent de vers.

Parfois, elle semblait attendrie, parfois elle souriait,
mais d'un autre sourire qu'en lisant son journal.

Soudain, je lui demandai : — Cela vous plaît-il ?

— Oui, mais j'aime ce qui est gai, moi, ce qui est très gai, je ne suis pas sentimentale.

Et nous commençâmes à causer. J'appris qu'elle était femme d'un capitaine de dragons en garnison à Ajaccio et qu'elle allait rejoindre son mari.

En quelques minutes, je devinai qu'elle ne l'aimait guère, ce mari ! Elle l'aimait pourtant, mais avec réserve, comme on aime un homme qui n'a pas tenu grand-chose des espérances éveillées aux jours des fiançailles. Il l'avait promenée de garnison en garnison, à travers un tas de petites villes tristes, si tristes ! Maintenant, il l'appelait dans cette île qui devait être lugubre. Non, la vie n'était pas amusante pour tout le monde. Elle aurait encore préféré demeurer chez ses parents, à Lyon, car elle connaissait tout le monde à Lyon. Mais il lui fallait aller en Corse maintenant. Le ministre, vraiment, n'était pas aimable pour son mari, qui avait pourtant de très beaux états de services.

Et nous parlâmes des résidences qu'elle eût préférées.

Je demandai : — Aimez-vous Paris ?

Elle s'écria : — Oh ! monsieur, si j'aime Paris ! Est-il possible de faire une pareille question ? Et elle se mit à me parler de Paris avec une telle ardeur, un tel enthousiasme, une telle frénésie de convoitise que je pensai : « Voilà la corde dont il faut jouer. »

Elle adorait Paris, de loin, avec une rage de gourmandise rentrée, avec une passion exaspérée de provinciale, avec une impatience affolée d'oiseau en cage qui regarde un bois toute la journée, de la fenêtre où il est accroché.

Elle se mit à m'interroger, en balbutiant d'angoisse ; elle voulait tout apprendre, tout, en cinq minutes. Elle savait les noms de tous les gens connus, et de beaucoup d'autres encore dont je n'avais jamais entendu parler.

— Comment est M. Gounod ? Et M. Sardou ? Oh ! monsieur, comme j'aime les pièces de M. Sardou !

Comme c'est gai, spirituel ! Chaque fois que j'en vois
une, je rêve pendant huit jours ! J'ai lu aussi un livre
de M. Daudet qui m'a tant plu ! *Sapho*, connaissez-
vous ça ? Est-il joli garçon, M. Daudet ? L'avez-vous
vu ? Et M. Zola, comment est-il ? Si vous saviez
comme *Germinal* m'a fait pleurer ! Vous rappelez-vous
le petit enfant qui meurt sans lumière ? Comme c'est
terrible ! J'ai failli en faire une maladie. Ça n'est pas
pour rire, par exemple ! J'ai lu aussi un livre de
M. Bourget, *Cruelle Énigme* ! J'ai une cousine qui a si
bien perdu la tête de ce roman-là qu'elle a écrit à
M. Bourget. Moi, j'ai trouvé ça trop poétique. J'aime
mieux ce qui est drôle. Connaissez-vous M. Grévin ?
Et M. Coquelin ? Et M. Damala ? Et M. Rochefort ?
On dit qu'il a tant d'esprit ! Et M. de Cassagnac ? Il
paraît qu'il se bat tous les jours [4] ?...

Au bout d'une heure environ, ses interrogations
commençaient à s'épuiser ; et ayant satisfait sa curiosité de la façon la plus fantaisiste, je pus parler à mon
tour.

Je lui racontai des histoires du monde, du monde
parisien, du grand monde. Elle écoutait de toutes ses
oreilles, de tout son cœur. Oh ! certes, elle a dû
prendre une jolie idée des belles dames, des illustres
dames de Paris. Ce n'étaient qu'aventures galantes,
que rendez-vous, que victoires rapides et défaites pas-
sionnées. Elle me demandait de temps en temps :

— Oh ! c'est comme ça, le grand monde ?

Je souriais d'un air malin :

— Parbleu. Il n'y a que les petites bourgeoises qui
mènent une vie plate et monotone par respect de la
vertu, d'une vertu dont personne ne leur sait gré...

Et je me mis à saper la vertu à grands coups
d'ironie, à grands coups de philosophie, à grands
coups de blague. Je me moquai, avec désinvolture, des
pauvres bêtes qui se laissent vieillir sans avoir rien
connu de bon, de doux, de tendre ou de galant, sans
avoir jamais savouré le délicieux plaisir des baisers
dérobés, profonds, ardents, et cela parce qu'elles ont

épousé une bonne cruche de mari dont la réserve conjugale les laisse aller jusqu'à la mort dans l'ignorance de toute sensualité raffinée et de tout sentiment élégant.

Puis, je citai encore des anecdotes, des anecdotes de cabinets particuliers, des intrigues que j'affirmais connues de l'univers entier. Et, comme refrain, c'était toujours l'éloge discret, secret, de l'amour brusque et caché, de la sensation volée comme un fruit, en passant, et oubliée aussitôt qu'éprouvée.

La nuit venait, une nuit calme et chaude. Le grand navire, tout secoué par sa machine, glissait sur la mer, sous l'immense plafond du ciel violet, étoilé de feu.

La petite femme ne disait plus rien. Elle respirait lentement et soupirait parfois. Soudain elle se leva :

— Je vais me coucher, dit-elle, bonsoir, monsieur.

Et elle me serra la main.

Je savais qu'elle devait prendre le lendemain soir la diligence qui va de Bastia à Ajaccio à travers les montagnes, et qui reste en route toute la nuit.

Je répondis :

— Bonsoir, madame.

Et je gagnai, à mon tour, la couchette de ma cabine.

J'avais loué, dès le matin du lendemain, les trois places du coupé, toutes les trois, pour moi tout seul.

Comme je montais dans la vieille voiture qui allait quitter Bastia, à la nuit tombante, le conducteur me demanda si je ne consentirais point à céder un coin à une dame.

Je demandai brusquement :

— A quelle dame ?

— A la dame d'un officier qui va à Ajaccio.

— Dites à cette personne que je lui offrirai volontiers une place.

Elle arriva, ayant passé la journée à dormir, disait-elle. Elle s'excusa, me remercia et monta.

Ce coupé était une espèce de boîte hermétiquement close et ne prenant jour que par les deux portes. Nous voici donc en tête à tête, là dedans. La voiture allait au trot, au grand trot ; puis elle s'engagea dans la mon-

tagne. Une odeur fraîche et puissante d'herbes aromatiques entrait par les vitres baissées, cette odeur forte
que la Corse répand autour d'elle, si loin que les
marins la reconnaissent au large, odeur pénétrante
comme la senteur d'un corps, comme une sueur de la
terre verte imprégnée de parfums, que le soleil ardent
a dégagés d'elle, a évaporés dans le vent qui passe.

Je me remis à parler de Paris, et elle recommença à
m'écouter avec une attention fiévreuse. Mes histoires
devenaient hardies, astucieusement décolletées,
pleines de mots voilés et perfides, de ces mots qui
allument le sang.

La nuit était tombée tout à fait. Je ne voyais plus
rien, pas même la tache blanche que faisait tout à
l'heure le visage de la jeune femme. Seule la lanterne
du cocher éclairait les quatre chevaux qui montaient
au pas.

Parfois le bruit d'un torrent roulant dans les rochers
nous arrivait, mêlé au son des grelots, puis se perdait
bientôt dans le lointain, derrière nous.

J'avançais doucement le pied, et je rencontrai le sien
qu'elle ne retira pas. Alors je ne remuai plus,
j'attendis, et soudain, changeant de note, je parlai tendresse, affection. J'avais avancé la main et je rencontrai la sienne. Elle ne la retira pas non plus. Je parlais
toujours, plus près de son oreille, tout près de sa
bouche. Je sentais déjà battre son cœur contre ma
poitrine. Certes, il battait vite et fort — bon signe ;
— alors, lentement, je posai mes lèvres dans son cou,
sûr que je la tenais, tellement sûr que j'aurais parié ce
qu'on aurait voulu.

Mais, soudain, elle eut une secousse comme si elle
se fût réveillée, une secousse telle que j'allai heurter
l'autre bout du coupé. Puis, avant que j'eusse pu comprendre, réfléchir, penser à rien, je reçus d'abord cinq
ou six gifles épouvantables, puis une grêle de coups de
poing qui m'arrivaient, pointus et durs, tapant partout, sans que je pusse les parer dans l'obscurité profonde qui enveloppait cette lutte.

J'étendais les mains, cherchant, mais en vain, à

saisir ses bras. Puis, ne sachant plus que faire, je me retournai brusquement, ne présentant plus à son attaque furieuse que mon dos, et cachant ma tête dans l'encoignure des panneaux.

Elle parut comprendre, au son des coups peut-être, cette manœuvre de désespéré, et elle cessa brusquement de me frapper.

Au bout de quelques secondes elle regagna son coin et se mit à pleurer par grands sanglots éperdus qui durèrent une heure au moins.

Je m'étais rassis, fort inquiet et très honteux. J'aurais voulu parler, mais que lui dire ? Je ne trouvais rien ! M'excuser ? C'était stupide ! Qu'est-ce que vous auriez dit, vous ! Rien non plus, allez.

Elle larmoyait maintenant et poussait parfois de gros soupirs, qui m'attendrissaient et me désolaient. J'aurais voulu la consoler, l'embrasser comme on embrasse les enfants tristes, lui demander pardon, me mettre à ses genoux. Mais je n'osais pas.

C'est fort bête, ces situations-là !

Enfin, elle se calma, et nous restâmes, chacun dans notre coin, immobiles et muets, tandis que la voiture allait toujours, s'arrêtant parfois pour relayer. Nous fermions alors bien vite les yeux, tous les deux, pour n'avoir point à nous regarder quand entrait dans le coupé le vif rayon d'une lanterne d'écurie. Puis la diligence repartait ; et toujours l'air parfumé et savoureux des montagnes corses nous caressait les joues et les lèvres, et me grisait comme du vin.

Cristi, quel bon voyage si... si ma compagne eût été moins sotte !

Mais le jour lentement se glissa dans la voiture, un jour pâle de première aurore. Je regardai ma voisine. Elle faisait semblant de dormir. Puis le soleil, levé derrière les montagnes, couvrit bientôt de clarté un golfe immense tout bleu, entouré de monts énormes aux sommets de granit. Au bord du golfe une ville blanche, encore dans l'ombre, apparaissait devant nous.

Ma voisine alors fit semblant de s'éveiller, elle

ouvrit les yeux (ils étaient rouges), elle ouvrit la bouche comme pour bâiller, comme si elle avait dormi longtemps. Puis elle hésita, rougit, et balbutia :

— Serons-nous bientôt arrivés ?

— Oui, madame, dans une heure à peine.

Elle reprit en regardant au loin :

— C'est très fatigant de passer une nuit en voiture.

— Oh ! oui, cela casse les reins.

— Surtout après une traversée.

— Oh ! oui.

— C'est Ajaccio devant nous ?

— Oui, madame.

— Je voudrais bien être arrivée.

— Je comprends ça.

Le son de sa voix était un peu troublé ; son allure un peu gênée, son œil un peu fuyant. Pourtant elle semblait avoir tout oublié.

Je l'admirais. Comme elles sont rouées d'instinct, ces mâtines-là ! Quelles diplomates !

Au bout d'une heure nous arrivions, en effet ; et un grand dragon, taillé en hercule, debout devant le bureau, agita un mouchoir en apercevant la voiture.

Ma voisine sauta dans ses bras avec élan et l'embrassa vingt fois au moins, en répétant : — Tu vas bien ? Comme j'avais hâte de te revoir !

Ma malle était descendue de l'impériale et je me retirais discrètement quand elle me cria : — Oh ! monsieur, vous vous en allez sans me dire adieu.

Je balbutiai : — Madame, je vous laissais à votre joie.

Alors elle dit à son mari : — Remercie monsieur, mon chéri ; il a été charmant pour moi pendant tout le voyage. Il m'a même offert une place dans le coupé qu'il avait pris pour lui tout seul. On est heureux de rencontrer des compagnons aussi aimables.

Le mari me serra la main en me remerciant avec conviction.

La jeune femme souriait en nous regardant... Moi je devais avoir l'air fort bête [5] !

JOSEPH [1]

Elles étaient grises, tout à fait grises, la petite baronne Andrée de Fraisières et la petite comtesse Noëmi de Gardens.

Elles avaient dîné en tête à tête, dans le salon vitré qui regardait la mer. Par les fenêtres ouvertes, la brise molle d'un soir d'été entrait, tiède et fraîche en même temps, une brise savoureuse d'océan. Les deux jeunes femmes, étendues sur leurs chaises longues, buvaient maintenant de minute en minute une goutte de chartreuse en fumant des cigarettes, et elles se faisaient des confidences intimes, des confidences que seule cette jolie ivresse inattendue pouvait amener sur leurs lèvres.

Leurs maris étaient retournés à Paris dans l'après-midi, les laissant seules sur cette petite plage déserte qu'ils avaient choisie pour éviter les rôdeurs galants des stations à la mode. Absents cinq jours sur sept, ils redoutaient les parties de campagne, les déjeuners sur l'herbe, les leçons de natation et la rapide familiarité qui naît dans le désœuvrement des villes d'eaux. Dieppe, Etretat, Trouville leur paraissant donc à craindre, ils avaient loué une maison bâtie et abandonnée par un original dans le vallon de Roqueville, près Fécamp, et ils avaient enterré là leurs femmes pour tout l'été [2].

Elles étaient grises. Ne sachant qu'inventer pour se

distraire, la petite baronne avait proposé à la petite comtesse un dîner fin, au champagne. Elles s'étaient d'abord beaucoup amusées à cuisiner elles-mêmes ce dîner ; puis elles l'avaient mangé avec gaieté en buvant ferme pour calmer la soif qu'avait éveillée dans leur gorge la chaleur des fourneaux. Maintenant elles bavardaient et déraisonnaient à l'unisson en fumant des cigarettes et en se gargarisant doucement avec la chartreuse. Vraiment, elles ne savaient plus du tout ce qu'elles disaient.

La comtesse, les jambes en l'air sur le dossier d'une chaise, était plus partie encore que son amie.

— Pour finir une soirée comme celle-là, disait-elle, il nous faudrait des amoureux. Si j'avais prévu ça tantôt, j'en aurais fait venir deux de Paris et je t'en aurais cédé un...

— Moi, reprit l'autre, j'en trouve toujours ; même ce soir, si j'en voulais un, je l'aurais.

— Allons donc ! A Roqueville, ma chère ? un paysan, alors.

— Non, pas tout à fait.

— Alors, raconte-moi.

— Qu'est-ce que tu veux que je te raconte ?

— Ton amoureux ?

— Ma chère, moi je ne peux pas vivre sans être aimée. Si je n'étais pas aimée, je me croirais morte.

— Moi aussi.

— N'est-ce pas ?

— Oui. Les hommes ne comprennent pas ça ! nos maris surtout !

— Non, pas du tout. Comment veux-tu qu'il en soit autrement ? L'amour qu'il nous faut est fait de gâteries, de gentillesses, de galanteries. C'est la nourriture de notre cœur, ça. C'est indispensable à notre vie, indispensable, indispensable...

— Indispensable.

— Il faut que je sente que quelqu'un pense à moi, toujours, partout. Quand je m'endors, quand je m'éveille, il faut que je sache qu'on m'aime quelque part, qu'on rêve de moi, qu'on me désire. Sans cela je

serais malheureuse, malheureuse. Oh ! mais malheureuse à pleurer tout le temps.

— Moi aussi.

— Songe donc que c'est impossible autrement.
Quand un mari a été gentil pendant six mois, ou un
an, ou deux ans, il devient forcément une brute, oui,
une vraie brute... Il ne se gêne plus pour rien, il se
montre tel qu'il est, il fait des scènes pour les notes,
pour toutes les notes. On ne peut pas aimer quelqu'un
avec qui on vit toujours.

— Ça, c'est bien vrai.

— N'est-ce pas ?... Où donc en étais-je ? Je ne me
rappelle plus du tout.

— Tu disais que tous les maris sont des brutes !

— Oui, des brutes... tous.

— C'est vrai.

— Et après ?...

— Quoi, après ?

— Qu'est-ce que je disais après ? •

— Je ne sais pas, moi, puisque tu ne l'as pas dit ?

— J'avais pourtant quelque chose à te raconter.

— Oui, c'est vrai, attends ?...

— Ah ! j'y suis...

— Je t'écoute.

— Je te disais donc que moi, je trouve partout des
amoureux.

— Comment fais-tu ?

— Voilà. Suis-moi bien. Quand j'arrive dans un
pays nouveau, je prends des notes et je fais mon choix.

— Tu fais ton choix ?

— Oui, parbleu. Je prends des notes d'abord. Je
m'informe. Il faut avant tout qu'un homme soit discret, riche et généreux, n'est-ce pas ?

— C'est vrai ?

— Et puis, il faut qu'il me plaise comme homme.

— Nécessairement.

— Alors je l'amorce.

— Tu l'amorces ?

— Oui, comme on fait pour prendre du poisson.
Tu n'as jamais pêché à la ligne ?

— Non, jamais.

— Tu as eu tort. C'est très amusant. Et puis c'est instructif. Donc, je l'amorce...

— Comment fais-tu ?

— Bête, va. Est-ce qu'on ne prend pas les hommes qu'on veut prendre, comme s'ils avaient le choix ! Et ils croient choisir encore... ces imbéciles... mais c'est nous qui choisissons... toujours... Songe donc, quand on n'est pas laide, et pas sotte, comme nous, tous les hommes sont des prétendants, tous, sans exception. Nous, nous les passons en revue du matin au soir, et quand nous en avons visé un nous l'amorçons...

— Ça ne me dit pas comment tu fais ?

— Comment je fais ?... mais je ne fais rien. Je me laisse regarder, voilà tout.

— Tu te laisses regarder ?...

— Mais oui. Ça suffit. Quand on s'est laissé regarder plusieurs fois de suite, un homme vous trouve aussitôt la plus jolie et la plus séduisante de toutes les femmes. Alors il commence à vous faire la cour. Moi je lui laisse comprendre qu'il n'est pas mal, sans rien dire bien entendu ; et il tombe amoureux comme un bloc. Je le tiens. Et ça dure plus ou moins, selon ses qualités.

— Tu prends comme ça tous ceux que tu veux ?

— Presque tous.

— Alors, il y en a qui résistent ?

— Quelquefois.

— Pourquoi ?

— Oh ! pourquoi ? On est Joseph pour trois raisons. Parce qu'on est très amoureux d'une autre. Parce qu'on est d'une timidité excessive et parce qu'on est... comment dirai-je ?... incapable de mener jusqu'au bout la conquête d'une femme...

— Oh ! ma chère !... Tu crois ?...

— Oui... oui... J'en suis sûre... il y en a beaucoup de cette dernière espèce, beaucoup, beaucoup... beaucoup plus qu'on ne croit. Oh ! ils ont l'air de tout le monde... ils sont habillés comme les autres... ils font les paons... Quand je dis les paons... je me trompe, ils ne pourraient pas se déployer.

— Oh ! ma chère...

— Quand aux timides, ils sont quelquefois d'une sottise imprenable. Ce sont des hommes qui ne doivent pas savoir se déshabiller, même pour se coucher tout seuls, quand ils ont une glace dans leur chambre. Avec ceux-là, il faut être énergique, user du regard et de la poignée de main. C'est même quelquefois inutile. Ils ne savent jamais comment ni par où commencer. Quand on perd connaissance devant eux, comme dernier moyen... ils vous soignent... Et pour peu qu'on tarde à reprendre ses sens... ils vont chercher du secours.

Ceux que je préfère, moi, ce sont les amoureux des autres. Ceux-là, je les enlève d'assaut, à... à... à... à la baïonnette, ma chère !

— C'est bon, tout ça, mais quand il n'y a pas d'hommes, comme ici, par exemple.

— J'en trouve.

— Tu en trouves. Où ça ?

— Partout. Tiens, ça me rappelle mon histoire.

« Voilà deux ans, cette année, que mon mari m'a fait passer l'été dans sa terre de Bougrolles. Là, rien... mais tu entends, rien de rien, de rien, de rien ! Dans les manoirs des environs, quelques lourdauds dégoûtants, des chasseurs de poil et de plume vivant dans des châteaux sans baignoires, de ces hommes qui transpirent et se couchent par là-dessus, et qu'il serait impossible de corriger, parce qu'ils ont des principes d'existence malpropres.

« Devine ce que j'ai fait ?

— Je ne devine pas !

— Ah ! ah ! ah ! Je venais de lire un tas de romans de George Sand pour l'exaltation de l'homme du peuple, des romans où les ouvriers sont sublimes et tous les hommes du monde criminels [3]. Ajoute à cela que j'avais vu *Ruy Blas* l'hiver précédent et que ça m'avait beaucoup frappée [4]. Eh bien ! un de nos fermiers avait un fils, un beau gars de vingt-deux ans, qui avait étudié pour être prêtre, puis quitté le séminaire par dégoût. Eh bien, je l'ai pris comme domestique !

— Oh !... Et après !...

— Après... après, ma chère, je l'ai traité de très haut, en lui montrant beaucoup de ma personne. Je ne l'ai pas amorcé, celui-là, ce rustre, je l'ai allumé !...

— Oh ! Andrée !

— Oui, ça m'amusait même beaucoup. On dit que les domestiques, ça ne compte pas ! Eh bien il ne comptait point. Je le sonnais pour les ordres chaque matin quand ma femme de chambre m'habillait, et aussi chaque soir quand elle me déshabillait.

— Oh ! Andrée ?

— Ma chère, il a flambé comme un toit de paille. Alors, à table, pendant les repas, je n'ai plus parlé que de propreté, de soins du corps, de douches, de bains. Si bien qu'au bout de quinze jours il se trempait matin et soir dans la rivière, puis se parfumait à empoisonner le château. J'ai même été obligée de lui interdire les parfums, en lui disant, d'un air furieux, que les hommes ne devaient jamais employer que l'eau de Cologne.

— Oh ! Andrée !

— Alors, j'ai eu l'idée d'organiser une bibliothèque de campagne. J'ai fait venir quelques centaines de romans moraux que je prêtais à tous nos paysans et à mes domestiques. Il s'était glissé dans ma collection quelques livres... quelques livres... poétiques... de ceux qui troublent les âmes... des pensionnaires et des collégiens... Je les ai donnés à mon valet de chambre. Ça lui a appris la vie... une drôle de vie.

— Oh... Andrée !

— Alors je suis devenue familière avec lui, je me suis mise à le tutoyer. Je l'avais nommé Joseph. Ma chère, il était dans un état... dans un état effrayant... Il devenait maigre comme... comme un coq... et il roulait des yeux de fou. Moi je m'amusais énormément. C'est un de mes meilleurs étés...

— Et après ?...

— Après... oui... Eh bien, un jour que mon mari

était absent, je lui ai dit d'atteler le panier pour me
conduire dans les bois. Il faisait très chaud, très
chaud... Voilà !

— Oh ! Andrée, dis-moi tout... Ça m'amuse tant.

— Tiens, bois un verre de Chartreuse, sans ça je
finirais le carafon toute seule. Eh bien après, je me
suis trouvée mal en route.

— Comment ça ?

— Que tu es bête. Je lui ai dit que j'allais me
trouver mal et qu'il fallait me porter sur l'herbe. Et
puis quand j'ai été sur l'herbe, j'ai suffoqué et je lui ai
dit de me délacer. Et puis, quand j'ai été délacée, j'ai
perdu connaissance.

— Tout à fait.

— Oh non, pas du tout.

— Eh bien ?

— Eh bien ! j'ai été obligée de rester près d'une
heure sans connaissance. Il ne trouvait pas de remède.
Mais j'ai été patiente, et je n'ai rouvert les yeux
qu'après sa chute.

— Oh ! Andrée !... Et qu'est-ce que tu lui as dit ?

— Moi rien ! Est-ce que je savais quelque chose,
puisque j'étais sans connaissance ? Je l'ai remercié. Je lui
ai dit de me remettre en voiture ; et il m'a ramenée au
château. Mais il a failli verser en tournant la barrière !

— Oh ! Andrée ! Et c'est tout ?...

— C'est tout...

— Tu n'as perdu connaissance qu'une fois ?

— Rien qu'une fois, parbleu ! Je ne voulais pas faire
mon amant de ce goujat.

— L'as-tu gardé longtemps après ça ?

— Mais oui. Je l'ai encore. Pourquoi est-ce que je
l'aurais renvoyé. Je n'avais pas à m'en plaindre.

— Oh ! Andrée ! Et il t'aime toujours ?

— Parbleu.

— Où est-il ?

La petite baronne étendit la main vers la muraille et
poussa le timbre électrique. La porte s'ouvrit presque
aussitôt, et un grand valet entra qui répandait autour
de lui une forte senteur d'eau de Cologne.

La baronne lui dit : « Joseph, mon garçon, j'ai peur de me trouver mal, va me chercher ma femme de chambre. »

L'homme demeurait immobile comme un soldat devant un officier, et fixait un regard ardent sur sa maîtresse, qui reprit : « Mais va donc vite, grand sot, nous ne sommes pas dans le bois aujourd'hui, et Rosalie me soignera mieux que toi. »

Il tourna sur ses talons et sortit.

La petite comtesse, effarée, demanda :

— Et qu'est-ce que tu diras à ta femme de chambre ?

— Je lui dirai que c'est passé ! Non, je me ferai tout de même délacer. Ça me soulagera la poitrine, car je ne peux plus respirer. Je suis grise... ma chère... mais grise à tomber si je me levais.

AU BOIS [1]

Le maire allait se mettre à table pour déjeuner quand on le prévint que le garde champêtre l'attendait à la mairie avec deux prisonniers.

Il s'y rendit aussitôt, et il aperçut en effet son garde champêtre, le père Hochedur, debout et surveillant d'un air sévère un couple de bourgeois mûrs.

L'homme, un gros père, à nez rouge et à cheveux blancs, semblait accablé ; tandis que la femme, une petite mère endimanchée, très ronde, très grasse, aux joues luisantes, regardait d'un œil de défi l'agent de l'autorité qui les avait captivés.

Le maire demanda :

— Qu'est-ce que c'est, père Hochedur ?

Le garde champêtre fit sa déposition.

Il était sorti le matin, à l'heure ordinaire, pour accomplir sa tournée du côté des bois Champioux jusqu'à la frontière d'Argenteuil. Il n'avait rien remarqué d'insolite dans la campagne sinon qu'il faisait beau temps et que les blés allaient bien, quand le fils aux Bredel, qui binait sa vigne, avait crié :

— Hé, père Hochedur, allez voir au bord du bois, au premier taillis, vous y trouverez un couple de pigeons qu'ont bien cent trente ans à eux deux.

Il était parti dans la direction indiquée ; il était entré dans le fourré et il avait entendu des paroles et des

soupirs qui lui firent supposer un flagrant délit de
mauvaises mœurs.

Donc, avançant sur ses genoux et sur ses mains
comme pour surprendre un braconnier, il avait appré-
hendé le couple présent au moment où il s'abandon-
nait à son instinct.

Le maire stupéfait considéra les coupables.
L'homme comptait bien soixante ans et la femme au
moins cinquante-cinq.

Il se mit à les interroger, en commençant par le
mâle, qui répondait d'une voix si faible qu'on l'entendait à peine.

— Votre nom.

— Nicolas Beaurain.

— Votre profession.

— Mercier, rue des Martyrs, à Paris.

— Qu'est-ce que vous faisiez dans ce bois ?

Le mercier demeura muet, les yeux baissés sur son
gros ventre, les mains à plat sur ses cuisses.

Le maire reprit :

— Niez-vous ce qu'affirme l'agent de l'autorité
municipale ?

— Non, Monsieur.

— Alors, vous avouez ?

— Oui, Monsieur.

— Qu'avez-vous à dire pour votre défense ?

— Rien, Monsieur.

— Où avez-vous rencontré votre complice ?

— C'est ma femme, Monsieur.

— Votre femme ?

— Oui, Monsieur.

— Alors... alors... vous ne vivez donc pas ensemble... à Paris ?

— Pardon, Monsieur, nous vivons ensemble !

— Mais... alors... vous êtes fou, tout à fait fou, mon
cher Monsieur, de venir vous faire pincer ainsi, en
plein champ, à dix heures du matin.

Le mercier semblait prêt à pleurer de honte. Il murmura :

— C'est elle qui a voulu ça ! Je lui disais bien que

c'était stupide. Mais quand une femme a quelque chose dans la tête... vous savez... elle ne l'a pas ailleurs.

Le maire, qui aimait l'esprit gaulois, sourit et répliqua :

— Dans votre cas, c'est le contraire qui aurait dû avoir lieu. Vous ne seriez pas ici si elle ne l'avait eu que dans la tête.

Alors une colère saisit M. Beaurain, et se tournant vers sa femme :

— Vois-tu où tu nous as menés avec ta poésie ? Hein, y sommes-nous ? Et nous irons devant les tribunaux, maintenant, à notre âge, pour attentat aux mœurs ! Et il nous faudra fermer boutique, vendre la clientèle et changer de quartier ! Y sommes-nous ?

Mme Beaurain se leva, et, sans regarder son mari, elle s'expliqua sans embarras, sans vaine pudeur, presque sans hésitation.

— Mon Dieu, monsieur le maire, je sais bien que nous sommes ridicules. Voulez-vous me permettre de plaider ma cause comme un avocat, ou mieux comme une pauvre femme ; et j'espère que vous voudrez bien nous renvoyer chez nous, et nous épargner la honte des poursuites.

« Autrefois, quand j'étais jeune, j'ai fait la connaissance de M. Beaurain dans ce pays-ci, un dimanche. Il était employé dans un magasin de mercerie ; moi j'étais demoiselle dans un magasin de confections. Je me rappelle de ça comme d'hier. Je venais passer les dimanches ici, de temps en temps, avec une amie, Rose Levêque, avec qui j'habitais rue Pigalle. Rose avait un bon ami, et moi pas. C'est lui qui nous conduisait ici. Un samedi, il m'annonça, en riant, qu'il amènerait un camarade le lendemain. Je compris bien ce qu'il voulait ; mais je répondis que c'était inutile. J'étais sage, Monsieur.

« Le lendemain donc, nous avons trouvé au chemin de fer Monsieur Beaurain. Il était bien de sa personne à cette époque-là. Mais j'étais décidée à ne pas céder, et je ne cédai pas non plus.

« Nous voici donc arrivés à Bezons. Il faisait un temps superbe, de ces temps qui vous chatouillent le cœur. Moi, quand il fait beau, aussi bien maintenant qu'autrefois, je deviens bête à pleurer, et quand je suis à la campagne je perds la tête. La verdure, les oiseaux qui chantent, les blés qui remuent au vent, les hirondelles qui vont si vite, l'odeur de l'herbe, les coquelicots, les marguerites, tout ça me rend folle ! C'est comme le champagne quand on n'en a pas l'habitude !

« Donc il faisait un temps superbe, et doux, et clair, qui vous entrait dans le corps par les yeux en regardant et par la bouche en respirant. Rose et Simon s'embrassaient toutes les minutes ! Ça me faisait quelque chose de les voir. M. Beaurain et moi nous marchions derrière eux, sans guère parler. Quand on ne se connaît pas on ne trouve rien à se dire. Il avait l'air timide, ce garçon, et ça me plaisait de le voir embarrassé. Nous voici arrivés dans le petit bois. Il y faisait frais comme dans un bain, et tout le monde s'assit sur l'herbe. Rose et son ami me plaisantaient sur ce que j'avais l'air sévère ; vous comprenez bien que je ne pouvais pas être autrement. Et puis voilà qu'ils recommencent à s'embrasser sans plus se gêner que si nous n'étions pas là ; et puis ils se sont parlés tout bas ; et puis ils se sont levés et ils sont partis dans les feuilles sans rien dire. Jugez quelle sotte figure je faisais, moi, en face de ce garçon que je voyais pour la première fois. Je me sentais tellement confuse de les voir partir ainsi que ça me donna du courage ; et je me suis mise à parler. Je lui demandai ce qu'il faisait ; il était commis de mercerie, comme je vous l'ai appris tout à l'heure. Nous causâmes donc quelques instants ; ça l'enhardit, lui, et il voulut prendre des privautés, mais je le remis à sa place, et roide, encore. Est-ce pas vrai, monsieur Beaurain ? »

M. Beaurain, qui regardait ses pieds avec confusion, ne répondit pas.

Elle reprit : « Alors il a compris que j'étais sage, ce garçon, et il s'est mis à me faire la cour gentiment, en honnête homme. Depuis ce jour il est revenu tous les dimanches. Il était très amoureux de moi, Monsieur. Et moi aussi je l'aimais beaucoup, mais là, beaucoup ! c'était un beau garçon, autrefois.

« Bref, il m'épousa en septembre et nous prîmes notre commerce rue des Martyrs.

« Ce fut dur pendant des années, Monsieur. Les affaires n'allaient pas ; et nous ne pouvions guère nous payer des parties de campagne. Et puis, nous en avions perdu l'habitude. On a autre chose en tête ; on pense à la caisse plus qu'aux fleurettes, dans le commerce. Nous vieillissions, peu à peu, sans nous en apercevoir, en gens tranquilles qui ne pensent plus guère à l'amour. On ne regrette rien tant qu'on ne s'aperçoit pas que ça vous manque.

« Et puis, Monsieur, les affaires ont mieux été, nous nous sommes rassurés sur l'avenir ! Alors, voyez-vous, je ne sais pas trop ce qui s'est passé en moi, non, vraiment, je ne sais pas !

« Voilà que je me suis remise à rêver comme une petite pensionnaire. La vue des voiturettes de fleurs qu'on traîne dans les rues me tirait les larmes. L'odeur des violettes venait me chercher à mon fauteuil, derrière ma caisse, et me faisait battre le cœur ! Alors je me levais et je m'en venais sur le pas de ma porte pour regarder le bleu du ciel entre les toits. Quand on regarde le ciel dans une rue, ça a l'air d'une rivière, d'une longue rivière qui descend sur Paris en se tortillant ; et les hirondelles passent dedans comme des poissons. C'est bête comme tout, ces choses-là, à mon âge ! Que voulez-vous, Monsieur, quand on a travaillé toute sa vie, il vient un moment où on s'aperçoit qu'on aurait pu faire autre chose, et, alors, on regrette, oh ! oui, on regrette ! Songez donc que, pendant vingt ans, j'aurais pu aller cueillir des baisers dans les bois, comme les autres, comme les autres femmes. Je songeais comme c'est bon d'être couché sous les feuilles en aimant quelqu'un ! Et j'y pensais tous les jours, — toutes les nuits ! Je rêvais de clairs de lune sur l'eau jusqu'à avoir envie de me noyer.

« Je n'osais pas parler de ça à M. Beaurain dans les premiers temps. Je savais bien qu'il se moquerait de moi et qu'il me renverrait vendre mon fil et mes aiguilles ! Et puis, à vrai dire, M. Beaurain ne me disait plus grand-chose ; mais en me regardant dans ma glace, je comprenais bien aussi que je ne disais plus rien à personne, moi !

« Donc, je me décidai et je lui proposai une partie de campagne au pays où nous nous étions connus. Il accepta sans défiance et nous voici arrivés, ce matin, vers les neuf heures.

« Moi je me sentis toute retournée quand je suis entrée dans les blés. Ça ne vieillit pas, le cœur des femmes ! Et, vrai, je ne voyais plus mon mari tel qu'il est, mais bien tel qu'il était autrefois ! Ça, je vous le jure, Monsieur. Vrai de vrai, j'étais grise. Je me mis à l'embrasser ; il en fut plus étonné que si j'avais voulu l'assassiner. Il me répétait : "Mais tu es folle. Mais tu es folle, ce matin. Qu'est-ce qui te prend ?..." Je ne l'écoutais pas, moi, je n'écoutais que mon cœur. Et je le fis entrer dans le bois... Et voilà !... J'ai dit la vérité, monsieur le maire, toute la vérité. »

Le maire était un homme d'esprit. Il se leva, sourit, et dit : « Allez en paix, Madame, et ne péchez plus... sous les feuilles [2]. »

LA QUESTION DU LATIN [1]

Cette question du latin dont on nous abrutit depuis quelque temps [2] me rappelle une histoire, une histoire de ma jeunesse.

Je finissais mes études chez un marchand de soupe d'une grande ville du centre, à l'institution Robineau, célèbre dans toute la province par la force des études latines qu'on y faisait.

Depuis dix ans, l'institution Robineau battait, à tous les concours, le lycée impérial de la ville et tous les collèges des sous-préfectures et ces succès constants étaient dus, disait-on, à un pion, à un simple pion, M. Piquedent, ou plutôt le père Piquedent.

C'était un de ces demi-vieux tout gris, dont il est impossible de connaître l'âge et dont on devine l'histoire à première vue. Entré comme pion, à vingt ans, dans une institution quelconque, afin de pouvoir pousser ses études jusqu'à la licence ès lettres d'abord, et jusqu'au doctorat ensuite, il s'était trouvé engrené de telle sorte dans cette vie sinistre qu'il était resté pion toute sa vie. Mais son amour pour le latin ne l'avait pas quitté et le harcelait à la façon d'une passion malsaine. Il continuait à lire les poètes, les prosateurs, les historiens, à les interpréter, à les pénétrer, à les commenter avec une persévérance qui touchait à la manie.

Un jour, l'idée lui vint de forcer tous les élèves de

son étude à ne lui répondre qu'en latin ; et il persista dans cette résolution, jusqu'au moment où ils furent capables de soutenir avec lui une conversation entière, comme ils l'eussent fait dans leur langue maternelle.

Il les écoutait ainsi qu'un chef d'orchestre écoute répéter ses musiciens, et à tout moment, frappant son pupitre de sa règle :

— Monsieur Lepère [3], monsieur Lepère, vous faites un solécisme ! Vous ne vous rappelez donc pas la règle ?...

— Monsieur Plantel, votre tournure de phrase est toute française et nullement latine. Il faut comprendre le génie d'une langue. Tenez, écoutez-moi...

Or il arriva que les élèves de l'institution Robineau emportèrent, en fin d'année, tous les prix de thème, version et discours latins.

L'an suivant, le patron, un petit homme rusé comme un singe, dont il avait d'ailleurs le physique grimaçant et grotesque, fit imprimer sur ses programmes, sur ses réclames et peindre sur la porte de son institution :

« Spécialité d'études latines. — Cinq premiers prix remportés dans les cinq classes du Lycée.

« Deux prix d'honneur au concours général avec tous les lycées et collèges de France. »

★
★   ★

Pendant dix ans, l'institution Robineau triompha de la même façon. Or, mon père, alléché par ces succès, me mit comme externe chez ce Robineau, que nous appelions Robinetto et Robinettino, et me fit prendre des répétitions spéciales avec le père Piquedent, moyennant cinq francs l'heure, sur lesquels le pion touchait deux francs et le patron trois francs. J'avais alors dix-huit ans, et j'étais en philosophie.

Ces répétitions avaient lieu dans une petite chambre qui donnait sur la rue. Il advint que le père Piquedent, au lieu de me parler latin, comme il faisait à l'étude, me raconta ses chagrins en français. Sans parents, sans amis, le pauvre bonhomme me prit en affection et versa dans mon cœur sa misère.

Jamais, depuis dix ou quinze ans, il n'avais causé seul à seul avec quelqu'un.

— Je suis comme un chêne dans un désert, disait-il. *Sicut quercus in solitudine.*

Les autres pions le dégoûtaient ; il ne connaissait personne en ville, puisqu'il n'avait aucune liberté pour se faire des relations.

— Pas même les nuits, mon ami, et c'est le plus dur pour moi. Tout mon rêve serait d'avoir une chambre avec mes meubles, mes livres, de petites choses qui m'appartiendraient et auxquelles les autres ne pourraient pas toucher. Et je n'ai rien à moi, rien que ma culotte et ma redingote, rien, pas même mon matelas et mon oreiller ! Je n'ai pas quatre murs où m'enfermer, excepté quand je viens vous donner leçon dans cette chambre. Comprenez-vous ça, vous : un homme qui passe toute sa vie sans avoir jamais le droit, sans trouver jamais le temps de s'enfermer tout seul, n'importe où, pour penser, pour réfléchir, pour travailler, pour rêver ? Oh ! mon cher, une clef, la clef d'une porte qu'on peut fermer, voilà le bonheur, le voilà, le seul bonheur !

« Ici, pendant le jour, l'étude, avec tous ces galopins qui remuent, et pendant la nuit le dortoir avec ces mêmes galopins, qui ronflent. Et je dors dans un lit public au bout des deux files de ces lits de polissons que je dois surveiller. Je ne peux jamais être seul, jamais ! Si je sors, je trouve la rue pleine de monde et quand je suis fatigué de marcher, j'entre dans un café plein de fumeurs et de joueurs de billard. Je vous dis que c'est un bagne.

Je lui demandais :

— Pourquoi n'avez-vous pas fait autre chose, monsieur Piquedent ?

Il s'écriait :

— Et quoi, mon petit ami, quoi ? Je ne suis ni bottier, ni menuisier, ni chapelier, ni boulanger, ni coiffeur. Je ne sais que le latin, moi, et je n'ai pas de

diplôme qui me permette de le vendre cher. Si j'étais
docteur, je vendrais cent francs ce que je vends cent
sous ; et je le fournirais sans doute de moins bonne
qualité, car mon titre suffirait à soutenir ma réputation.

Parfois il me disait :

— Je n'ai de repos dans la vie que les heures passées avec vous. Ne craignez rien, vous n'y perdrez pas.
A l'étude, je me rattraperai en vous faisant parler deux
fois plus que les autres.

Un jour je m'enhardis, et je lui offris une cigarette.
Il me contempla d'abord avec stupeur, puis il regarda
la porte :

— Si on entrait, mon cher !

— Eh bien ! fumons à la fenêtre, lui dis-je.

Et nous allâmes nous accouder à la fenêtre sur la
rue, en cachant au fond de nos mains arrondies en
coquille les minces rouleaux de tabac.

★
★ ★

En face de nous était une boutique de repasseuses :
quatre femmes en caraco [4] blanc promenaient sur le
linge, étalé devant elles, le fer lourd et chaud, qui
dégageait une buée [5].

Tout à coup, une autre, une cinquième, portant au
bras un large panier qui lui faisait plier la taille, sortit
pour aller rendre aux clients leurs chemises, leurs
mouchoirs et leurs draps. Elle s'arrêta, sur la porte,
comme si elle eût été fatiguée déjà ; puis elle leva les
yeux, sourit en nous voyant fumer, nous jeta, de sa
main, restée libre, un baiser narquois d'ouvrière
insouciante et libre ; et elle s'en alla d'un pas lent, en
traînant ses chaussures.

C'était une fille de vingt ans, petite, un peu maigre,
pâle, assez jolie, l'air gamin, les yeux rieurs sous des
cheveux blonds mal peignés.

Le père Piquedent, ému, murmura :

— Quel métier, pour une femme ! Un vrai métier
de cheval.

Et il s'attendrit sur la misère du peuple. Il avait un cœur exalté de démocrate sentimental : et il parlait des fatigues ouvrières avec des phrases de Jean-Jacques [6] et des larmoiements dans la gorge.

Le lendemain, comme nous étions accoudés à la même fenêtre, la même ouvrière nous aperçut et nous cria : « Bonjour, les écoliers ! » d'une petite voix drôle, en nous faisant la nique avec ses mains.

Je lui jetai une cigarette, qu'elle se mit aussitôt à fumer. Et les quatre autres repasseuses se précipitèrent sur la porte, les mains tendues, afin d'en avoir aussi.

Et, chaque jour, un commerce d'amitié s'établit entre les travailleuses du trottoir et les fainéants de la pension.

Le père Piquedent était vraiment comique à voir. Il tremblait d'être aperçu, car il aurait pu perdre sa place, et il faisait des gestes timides et farces, toute une mimique d'amoureux sur la scène, à laquelle les femmes répondaient par une mitraille de baisers.

★

★ ★

Une idée perfide me germait dans la tête. Un jour, en entrant dans notre chambre, je dis, tout bas, au vieux pion :

— Vous ne croiriez pas, monsieur Piquedent, j'ai rencontré la petite blanchisseuse ! Vous savez bien, celle au panier, et je lui ai parlé !

Il demanda, un peu troublé par le ton que j'avais pris :

— Que vous a-t-elle dit ?

— Elle m'a dit... mon Dieu... elle m'a dit... qu'elle vous trouvait très bien... Au fond, je crois... je crois... qu'elle est un peu amoureuse de vous...

Je le vis pâlir ; il reprit :

— Elle se moque de moi, sans doute. Ces choses-là n'arrivent pas à [7] mon âge.

Je dis gravement :

— Pourquoi donc ? Vous êtes très bien !

Comme je le sentais touché par ma ruse, je n'insistai pas.

Mais, chaque jour, je prétendis avoir rencontré la petite et lui avoir parlé de lui ; si bien qu'il finit par me croire et par envoyer à l'ouvrière des baisers ardents et convaincus.

★
★　★

Or, il arriva qu'un matin, en me rendant à la pension, je la rencontrai vraiment. Je l'abordai sans hésiter, comme si je la connaissais depuis dix ans.

— Bonjour, mademoiselle. Vous allez bien ?

— Fort bien, monsieur ; je vous remercie !

— Voulez-vous une cigarette ?

— Oh ! pas dans la rue.

— Vous la fumerez chez vous.

— Alors, je veux bien.

— Dites donc, mademoiselle, vous ne savez pas ?

— Quoi donc, monsieur ?

— Le vieux, mon vieux professeur...

— Le père Piquedent ?

— Oui, le père Piquedent. Vous savez donc son nom ?

— Parbleu ! Eh bien ?

— Eh bien, il est amoureux de vous !

Elle se mit à rire comme une folle et s'écria :

— C'te blague !

— Mais non, ce n'est pas une blague. Il me parle de vous tout le temps des leçons. Je parie qu'il vous épousera, moi !

Elle cessa de rire. L'idée du mariage rend graves toutes les filles. Puis elle répéta, incrédule :

— C'te blague !

— Je vous jure que c'est vrai.

Elle ramassa son panier posé devant ses pieds.

— Eh bien ! nous verrons, dit-elle.

Et elle s'en alla.

Aussitôt entré à la pension, je pris à part le père Piquedent :

— Il faut lui écrire ; elle est folle de vous.

Et il écrivit une longue lettre doucement tendre, pleine de phrases et de périphrases, de métaphores et de comparaisons, de philosophie et de galanterie universitaire, un vrai chef-d'œuvre de grâce burlesque, que je me chargeai de remettre à la jeune personne.

Elle la lut avec gravité, avec émotion ; puis elle murmura :

— Comme il écrit bien ! On voit qu'il a reçu de l'éducation ! C'est-il vrai qu'il m'épouserait ?

Je répondis intrépidement :

— Parbleu ! Il en perd la tête.

— Alors il faut qu'il m'invite à dîner dimanche à l'île des Fleurs ?

Je promis qu'elle serait invitée.

Le père Piquedent fut très touché de tout ce que je lui racontai d'elle.

J'ajoutai :

— Elle vous aime, monsieur Piquedent ; et je la crois une honnête fille. Il ne faut pas la séduire et l'abandonner ensuite !

Il répondit avec fermeté :

— Moi aussi, je suis un honnête homme, mon ami.

★
★ ★

Je n'avais, je l'avoue, aucun projet. Je faisais une farce, une farce d'écolier, rien de plus. J'avais deviné la naïveté du vieux pion, son innocence et sa faiblesse. Je m'amusais sans me demander comment cela tournerait. J'avais dix-huit ans, et je passais pour un madré farceur, au lycée, depuis longtemps déjà.

Donc il fut convenu que le père Piquedent et moi partirions en fiacre jusqu'au bac de la Queue-de-Vache, nous y trouverions Angèle, et je les ferais monter dans mon bateau, car je canotais en ce temps-là. Je les conduirais ensuite à l'île des Fleurs, où nous dînerions tous les trois. J'avais imposé ma présence, pour bien jouir de mon triomphe, et le vieux, acceptant ma combinaison prouvait bien qu'il perdait la tête en effet en exposant ainsi sa place.

Quand nous arrivâmes au bac, où mon canot était amarré depuis le matin, j'aperçus, dans l'herbe ou plutôt au-dessus des hautes herbes de la berge, une ombrelle rouge énorme, pareille à un coquelicot monstrueux. Sous l'ombrelle nous attendait la petite blanchisseuse endimanchée. Je fus surpris ; elle était vraiment gentille, bien que pâlotte, et gracieuse, bien que d'allure un peu faubourienne.

Le père Piquedent lui tira son chapeau en s'inclinant. Elle lui tendit la main, et ils se regardèrent sans dire un mot. Puis ils montèrent dans mon bateau et je pris les rames.

Ils étaient assis côte à côte sur le banc d'arrière.

Le vieux parla le premier :

— Voilà un joli temps, pour une promenade en barque.

Elle murmura :

— Oh ! oui.

Elle laissait traîner sa main dans le courant, effleurant l'eau de ses doigts, qui soulevaient un mince filet transparent, pareil à une lame de verre. Cela faisait un bruit léger, un gentil clapot, le long du canot.

★
★ ★

Quand on fut dans le restaurant, elle retrouva la parole, commanda le dîner : une friture, un poulet et de la salade ; puis elle nous entraîna dans l'île, qu'elle connaissait parfaitement.

Alors elle fut gaie, gamine et même assez moqueuse.

Jusqu'au dessert, il ne fut pas question d'amour. J'avais offert du champagne, et le père Piquedent était gris. Un peu partie elle-même, elle l'appelait :

— Monsieur Piquenez.

Il dit tout à coup :

— Mademoiselle, M. Raoul vous a communiqué mes sentiments.

Elle devint sérieuse comme un juge :

— Oui, monsieur !

— Y répondez-vous ?

— On ne répond jamais à ces questions-là !

Il soufflait d'émotion et reprit :

— Enfin, un jour viendra-t-il où je pourrais vous plaire ?

Elle sourit :

— Gros bête ! Vous êtes très gentil.

— Enfin, mademoiselle, pensez-vous que plus tard, nous pourrions...

Elle hésita une seconde ; puis, d'une voix tremblante :

— C'est pour m'épouser que vous dites ça ? Car jamais autrement, vous savez ?

— Oui, mademoiselle !

— Eh bien ! ça va, monsieur Piquenez !

C'est ainsi que ces deux étournaux se promirent le mariage, par la faute d'un galopin. Mais je ne croyais pas cela sérieux, ni eux non plus, peut-être. Une hésitation lui vint, à elle :

— Vous savez, je n'ai rien, pas quatre sous.

Il balbutia, car il était ivre comme Silène [8] :

— Moi, j'ai cinq mille francs d'économies.

Elle s'écria, triomphante :

— Alors nous pourrions nous établir ?

Il devint inquiet :

— Nous établir quoi ?

— Est-ce que je sais, moi ? Nous verrons. Avec cinq mille francs, on fait bien des choses. Vous ne voulez pas que j'aille habiter dans votre pension, n'est-ce pas !

Il n'avait point prévu jusque-là, et il bégayait fort perplexe :

— Nous établir quoi ? Ça n'est pas commode ! Moi, je ne sais que le latin !

Elle réfléchissait à son tour, passant en revue toutes les professions qu'elle avait ambitionnées.

— Vous ne pourriez pas être médecin ?

— Non, je n'ai pas de diplôme !

— Ni pharmacien ?

— Pas davantage.

Elle poussa un cri de joie. Elle avait trouvé :

— Alors nous achèterons une épicerie ! Oh ! quelle chance ! nous achèterons une épicerie ! Pas grosse par exemple ; avec cinq mille francs, on ne va pas loin.

Il eut une révolte :

— Non, je ne peux pas être épicier... Je suis... je suis... je suis trop connu... Je ne sais... que... que le latin... moi...

Mais elle lui enfonçait dans la bouche un verre plein de champagne. Il but et se tut.

Nous remontâmes dans le bateau. La nuit était noire, très noire. Je vis bien, cependant, qu'ils se tenaient par la taille et qu'ils s'embrassèrent plusieurs fois.

★

★   ★

Ce fut une catastrophe épouvantable. Notre escapade, découverte, fit chasser le père Piquedent. Et mon père, indigné, m'envoya finir ma philosophie dans la pension Ribaudet.

Je passai mon bachot six semaines plus tard. Puis j'allai à Paris faire mon droit ; et je ne revins dans ma ville natale qu'après deux ans.

Au détour de la rue du Serpent, une boutique m'accrocha l'œil. On lisait : *Produits coloniaux : Piquedent*. Puis dessous, afin de renseigner les plus ignorants : *Épicerie*.

J'entrai et j'aperçus le vieux pion, vêtu d'un tablier qui lui montait jusqu'au menton, pesant des pruneaux pour une cuisinière.

Je m'écriai :

Quantum mutatus ab illo [9] !

Il leva la tête, lâcha sa cliente et se précipita sur moi les mains tendues :

— Ah ! mon jeune ami, mon jeune ami, vous voici ! Quelle chance ! quelle chance !

Une belle femme, très ronde, quitta brusquement le comptoir et se jeta sur mon cœur. J'eus de la peine à la reconnaître, tant elle avait engraissé.

Je demandai :

— Alors, ça va ?

Piquedent s'était remis à peser :

— Oh ! très bien, très bien, très bien. J'ai gagné trois mille francs nets, cette année !

— Et le latin, monsieur Piquedent ?

— Oh ! mon Dieu, le latin, le latin, le latin ; voyez-vous, il ne nourrit pas son homme !

CRI D'ALARME [1]

J'ai reçu la lettre suivante. Pensant qu'elle peut être profitable à beaucoup de lecteurs de *Gil Blas*, je m'empresse de la leur communiquer.

Paris, le 15 novembre 1886.

Monsieur le rédacteur,

Vous traitez souvent soit par des contes, soit par des chroniques, des sujets qui ont trait à ce que j'appellerai « la morale courante ». Je viens vous soumettre des réflexions qui doivent, me semble-t-il, vous servir pour un article.

Je ne suis pas marié, je suis garçon, et un peu naïf, à ce qu'il paraît. Mais j'imagine que beaucoup d'hommes, que la plupart des hommes sont naïfs à ma façon. Étant toujours ou presque toujours de bonne foi, je sais mal distinguer les astuces naturelles de mes voisins, et je vais devant moi, les yeux ouverts, sans regarder assez derrière les choses et derrière les attitudes.

Nous sommes habitués, presque tous, à prendre généralement les apparences pour les réalités, et à tenir les gens pour ce qu'ils se donnent ; et bien peu possèdent ce flair qui fait deviner à certains hommes la nature réelle et cachée des autres. Il résulte de là, de cette optique particulière et conventionnelle appliquée à la vie, que nous passons comme des taupes au milieu des événements ; que nous ne croyons jamais à ce qui est, mais à ce qui semble être ; que nous crions à l'invraisemblance dès qu'on montre le fait derrière le voile, et que tout ce qui déplaît à notre morale idéaliste est classé par nous comme exception, sans que nous nous rendions compte que l'ensemble de ces exceptions forme presque la totalité des cas ; il en résulte encore que les bons crédules, comme moi, sont dupés par tout le monde, et principalement par les femmes, qui s'y entendent.

Je suis parti de loin pour en venir au fait particulier qui m'intéresse.

J'ai une maîtresse, une femme mariée. Comme beaucoup d'autres, je m'imaginais bien entendu être tombé sur une exception, sur une petite femme malheureuse trompant pour la première fois son mari. Je lui avais fait, ou plutôt je croyais lui avoir fait longtemps la cour, l'avoir vaincue à force de soins et d'amour, avoir triomphé à force de persévérance. J'avais employé en effet mille précautions, mille adresses, mille lenteurs délicates pour arriver à la conquérir.

Or, voici ce qui m'est arrivé la semaine dernière.

Son mari étant absent pour quelques jours, elle me demanda de venir dîner chez moi, en garçon, servie par moi pour éviter même la présence d'un domestique. Elle avait une idée fixe qui la poursuivait depuis quatre ou cinq mois, elle voulait se griser, mais se griser tout à fait, sans rien craindre, sans avoir à rentrer, à parler à sa femme de chambre, à marcher devant témoins. Souvent elle avait obtenu ce qu'elle appelait un « trouble gai » sans aller plus loin, et elle trouvait cela délicieux. Donc elle s'était promis de se griser une fois, une fois seulement, mais bien. Elle raconta chez elle qu'elle allait passer vingt-quatre heures chez des amis, près de Paris, et elle arriva chez moi à l'heure du dîner.

Une femme, naturellement, ne doit se griser qu'avec du champagne frappé. Elle en but un grand verre à jeun, et, avant les huîtres, elle commençait à divaguer.

Nous avions un dîner froid tout préparé sur une table derrière moi. Il me suffisait d'étendre le bras pour prendre les plats ou les assiettes et je servais tant bien que mal en l'écoutant bavarder.

Elle buvait coup sur coup, poursuivie par son idée fixe. Elle commença par me faire des confidences anodines et interminables sur ses sensations de jeune fille. Elle allait, elle allait, l'œil un peu vague, brillant, la langue déliée ; et ses idées légères se déroulaient interminablement comme ces bandes de papier bleu des télégraphistes, qui font marcher toute seule leur bobine et semblent sans fin, et s'allongent toujours au petit bruit de l'appareil électrique qui les couvre de mots inconnus.

De temps en temps elle me demandait :

— Est-ce que je suis grise ?

— Non, pas encore.

Et elle buvait de nouveau.

Elle le fut bientôt. Non pas grise à perdre le sens, mais grise à dire la vérité, à ce qu'il me sembla.

Aux confidences sur ses émotions de jeune fille succédèrent des confidences plus intimes sur son mari. Elle me les fit complètes, gênantes à savoir, sous ce prétexte, cent fois répété : « Je peux bien te dire tout, à toi... A qui est-ce que je dirais tout, si ce n'est à toi ? » Je sus donc toutes les habitudes, tous les défauts, toutes les manies et les goûts les plus secrets de son mari.

Et elle me demandait en réclamant une approbation : « Est-il bassin ?... dis-moi, est-il bassin ?... Crois-tu qu'il m'a rasée... hein ?... Aussi, la première fois que je t'ai vu, je me suis dit : "Tiens, il me plaît, celui-là, je le prendrai comme amant." C'est alors que tu m'as fait la cour. »

Je dus lui montrer une tête bien drôle, car elle la vit malgré l'ivresse ; et elle se mit à rire aux éclats : « Ah !... grand serin, dit-elle, en as-tu pris des précautions... mais quand on nous fait la cour, gros bête...

c'est que nous voulons bien... et alors il faut aller vite, sans quoi on nous laisse attendre... Faut-il être niais pour ne pas comprendre, seulement à voir notre regard, que nous disons : "Oui." Ah ! je crois que je t'ai attendu, dadais ! Je ne savais pas comment m'y prendre, moi, pour te faire comprendre que j'étais pressée... Ah ! bien oui... des fleurs... des vers... des compliments... encore des fleurs... et puis rien... de plus... J'ai failli te lâcher, mon bon, tant tu étais long à te décider. Et dire qu'il y a la moitié des hommes comme toi, tandis que l'autre moitié... Ah !... ah !... ah !... »

Ce rire me fit passer un frisson dans le dos. Je balbutiai : « L'autre moitié... alors l'autre moitié ?... »

Elle buvait toujours, les yeux noyés par le vin clair, l'esprit poussé par ce besoin impérieux de dire la vérité qui saisit parfois les ivrognes.

Elle reprit : « Ah ! l'autre moitié va vite... trop vite... mais ils ont raison ceux-là tout de même. Il y a des jours où ça ne leur réussit pas, mais il y a aussi des jours où ça leur rapporte, malgré tout.

« Mon cher... si tu savais... comme c'est drôle... deux hommes... Vois-tu, les timides, comme toi, ça n'imaginerait jamais comment sont les autres... et ce qu'ils font... tout de suite... quand ils se trouvent seuls avec nous... Ce sont des risque-tout !... Ils ont des gifles... c'est vrai... mais qu'est-ce que ça leur fait... ils savent bien que nous ne bavarderons jamais. Ils nous connaissent bien, eux... »

Je la regardais avec des yeux d'Inquisiteur et avec une envie folle de la faire parler, de savoir tout. Combien de fois je me l'étais posée, cette question : « Comment se comportent les autres hommes avec les femmes, avec nos femmes ? » Je sentais bien, rien qu'à voir dans un salon, en public, deux hommes parler à la même femme, que ces deux hommes se trouvant l'un après l'autre en tête à tête avec elle, auraient une allure toute différente, bien que la connaissant au même degré. On devine du premier coup d'œil que certains êtres, doués naturellement

pour séduire ou seulement plus dégourdis, plus
hardis que nous, arrivent, en une heure de causerie
avec une femme qui leur plaît, à un degré d'intimité
que nous n'atteignons pas en un an. Eh bien, ces
hommes-là, ces séducteurs, ces entreprenants ont-ils,
quand l'occasion s'en présente, des audaces de mains
et de lèvres qui nous paraîtraient à nous, les tremblants, d'odieux outrages, mais que les femmes peut-
être considèrent seulement comme de l'effronterie
pardonnable, comme d'indécents hommages à leur
irrésistible grâce ?

Je lui demandai donc : « Il y en a qui sont très
inconvenants, n'est-ce pas, des hommes ? »

Elle se renversa sur sa chaise pour rire plus à son
aise, mais d'un rire énervé, malade, un de ces rires qui
tournent en attaques de nerfs ; puis, un peu calmée,
elle reprit : « Ah ! ah ! mon cher, inconvenants ?...
c'est-à-dire qu'ils osent tout... tout de suite... tout... tu
entends... et bien d'autres choses encore... »

Je me sentis révolté comme si elle venait de me
révéler une chose monstrueuse.

« Et vous permettez ça, vous autres ?...

— Non... nous ne permettons pas... nous giflons...
mais ça nous amuse tout de même... Ils sont bien plus
amusants que vous, ceux-là !... Et puis avec eux on a
toujours peur, on n'est jamais tranquille... et c'est
délicieux d'avoir peur... peur de ça surtout. Il faut les
surveiller tout le temps... c'est comme si on se battait
en duel... On regarde dans leurs yeux où sont leurs
pensées, et où vont leurs mains. Ce sont des goujats,
si tu veux, mais ils nous aiment bien mieux que
vous !... »

Une sensation singulière et imprévue m'envahissait.
Bien que garçon, et résolu à rester garçon, je me sentis
tout à coup l'âme d'un mari devant cette impudente
confidence. Je me sentis l'ami, l'allié, le frère de tous
ces hommes confiants et qui sont, sinon volés, du
moins fraudés par tous ces écumeurs de corsages.

C'est encore à cette bizarre émotion que j'obéis en
ce moment, en vous écrivant, monsieur le rédacteur,

et en vous priant de jeter pour moi un cri d'alarme vers la grande armée des époux tranquilles.

Cependant des doutes me restaient, cette femme était ivre et devait mentir.

Je repris : « Comment est-ce que vous ne racontez jamais ces aventures-là à personne, vous autres ? »

Elle me regarda avec une pitié profonde et si sincère que je la crus, pendant une minute, dégrisée par l'étonnement.

« Nous... Mais que tu es bête, mon cher ! Est-ce qu'on parle jamais de ça... Ah ! ah ! ah ! Est-ce que ton domestique te raconte ses petits profits, le sou du franc, et les autres ? Eh bien, ça, c'est notre sou du franc. Le mari ne doit pas se plaindre, quand nous n'allons point plus loin. Mais que tu es bête !... Parler de ça, ce serait donner l'alarme à tous les niais ! Mais que tu es bête !... Et puis, quel mal ça fait-il, du moment qu'on ne cède pas ! »

Je demandai encore, très confus :

« Alors, on t'a souvent embrassée ? »

Elle répondit avec un air de mépris souverain pour l'homme qui en pouvait douter : « Parbleu... Mais toutes les femmes ont été embrassées souvent... Essaie avec n'importe qui, pour voir, toi, gros serin. Tiens, embrasse Mme de X..., elle est toute jeune, très honnête... Embrasse, mon ami... embrasse... et touche... tu verras... tu verras... Ah ! ah ! ah !... »

Tout à coup elle jeta son verre plein dans le lustre. Le champagne retomba en pluie, éteignit trois bougies, tacha les tentures, inonda la table, tandis que le cristal brisé s'éparpillait dans ma salle à manger. Puis elle voulut saisir la bouteille pour en faire autant, je l'en empêchai ; alors elle se mit à crier, d'une voix suraiguë... et l'attaque de nerfs arriva... comme je l'avais prévu...

Quelques jours plus tard, je ne pensais plus guère à cet aveu de femme grise, quand je me trouvai, par hasard, en soirée avec cette Mme de X... que ma maî-

tresse m'avait conseillé d'embrasser. Habitant le
même quartier qu'elle, je lui proposai de la reconduire
à sa porte, car elle était seule, ce soir-là. Elle accepta.

Dès que nous fûmes en voiture, je me dis : « Allons,
il faut essayer », mais je n'osai pas. Je ne savais comment débuter, comment attaquer.

Puis tout à coup j'eus le courage désespéré des
lâches. Je lui dis :

« Comme vous étiez jolie, ce soir. »

Elle répondit en riant :

« Ce soir était donc une exception, puisque vous
l'avez remarqué pour la première fois ? »

Je restais déjà sans réponse. La guerre galante ne
me va point décidément. Je trouvai ceci, pourtant,
après un peu de réflexion :

« Non, mais je n'ai jamais osé vous le dire. »

Elle fut étonnée :

« Pourquoi ?

— Parce que c'est... c'est un peu difficile.

— Difficile de dire à une femme qu'elle est jolie ?
Mais d'où sortez-vous ? On doit toujours le dire...
même quand on ne le pense qu'à moitié... parce que
ça nous fait toujours plaisir à entendre... »

Je me sentis animé tout à coup d'une audace fantastique, et, la saisissant par la taille, je cherchai sa
bouche avec mes lèvres.

Cependant je devais trembler, et ne pas lui paraître
si terrible. Je dus aussi combiner et exécuter fort mal
mon mouvement, car elle ne fit que tourner la tête
pour éviter mon contact, en disant : « Oh ! mais non...
c'est trop... c'est trop... Vous allez trop vite... prenez
garde à ma coiffure... On n'embrasse pas une femme
qui porte une coiffure comme la mienne !... »

J'avais repris ma place, éperdu, désolé de cette
déroute. Mais la voiture s'arrêtait devant sa porte. Elle
descendit, me tendit la main, et, de sa voix la plus
gracieuse : « Merci de m'avoir ramenée, cher monsieur... et n'oubliez pas mon conseil. »

Je l'ai revue trois jours plus tard. Elle avait tout
oublié.

Et moi, monsieur le rédacteur, je pense sans cesse aux autres... aux autres... à ceux qui savent compter avec les coiffures et saisir toutes les occasions...

Je livre cette lettre, sans y rien ajouter, aux réflexions des lectrices et des lecteurs de ce journal, mariés ou non.

NOTRE TEXTE

Etant donné la détérioration systématique des textes de Maupassant, commencée dès les rééditions et les reprises parues de son vivant, mais que, fort probablement, il n'a pas corrigées — nous avons exposé ce problème dans l'introduction du *Horla* (GF Flammarion 409) —, nous donnons, sauf indication contraire, la première publication en recueil et, pour les récits non recueillis par l'auteur, la première publication dans la presse périodique.

NOTES

JADIS

1. Une première version de ce conte a paru, sous le titre *Les Conseils d'une grand'mère*, dans *Le Gaulois* du 13 septembre 1880, et a été reprise par le supplément littéraire du *Figaro* du 9 janvier 1892 et *La Vie populaire* du 16 octobre 1882. Une seconde version (notre texte) a été publiée dans *Gil Blas*, le 30 octobre 1883, sous la signature de Maufrigneuse, puis reprise par *Gil Blas illustré* du 30 octobre 1892. (Collaborateur du *Gil Blas* et du *Gaulois* en même temps, dans le premier journal Maupassant utilise le pseudonyme de Maufrigneuse, emprunté à un personnage de Balzac, tandis que dans le second il signe ses écrits de son nom.) Le texte a été recueilli la première fois dans le volume posthume intitulé *Le Colporteur*, paru chez Ollendorff en 1900.

2. Dans « L'Art de rompre », chronique parue dans *Le Gaulois* le 31 janvier 1881, Maupassant écrit : « Le vitriol devient un danger public. / Hier, il est vrai, c'était un vulgaire gredin qui défigurait sa maîtresse ; mais, la veille, une femme jalouse se vengeait d'une jeune fille, sa rivale ; le jour précédent une autre femme brûlait les yeux de son amant infidèle ; et demain la série sinistre recommencera sans doute. »

3. L'original donne « flacon divin » ; nous corrigeons selon la leçon de la première version.

4. L'original donne « se sont » ; nous corrigeons.

5. Texte de la première version :

> pas d'honneur.
>
> La vieille bondit :
>
> — Pas d'honneur ! parce qu'on aimait, qu'on osait le dire et même s'en vanter ! Mais, fillette, si une de nous, parmi les grandes dames de France, était demeurée sans amant, toute la cour en aurait ri. Et vous vous imaginez que vos maris n'aimeront que vous toute leur vie ? Comme si ça se pouvait,

vraiment ! Je te dis, moi, que le mariage est une chose nécessaire pour que la société vive, mais qu'il n'est pas dans la
nature de notre race, entends-tu bien ? Il n'y a dans la vie
qu'une bonne chose, c'est l'amour, et on veut nous en
priver. On vous dit maintenant : « Il ne faut aimer qu'un
homme », comme si on voulait me forcer à ne manger, pendant toute ma vie, que du dindon. Et cet homme-là aura
autant de maîtresses qu'il y a de mois dans l'année ! Il suivra
ses instincts galants, qui le poussent vers toutes les femmes,
comme les papillons vont à toutes les fleurs ; et alors, moi, je
sortirai par les rues, avec du vitriol dans une bouteille, et
j'aveuglerai les pauvres filles qui auront obéi à la volonté de
leur instinct. Ce n'est pas sur lui que je me vengerai, mais
sur elles ! Je ferai un monstre d'une créature que le bon Dieu
a faite pour plaire, pour aimer et pour être aimée. Et votre
société d'aujourd'hui, votre société de manants, de bourgeois, de valets parvenus m'applaudira et m'acquittera. Je te
dis que c'est infâme, que vous ne comprenez pas l'amour ; et
je suis contente de mourir plutôt que de voir un monde sans
galanteries et des femmes qui ne savent plus aimer. Vous
prenez tout au sérieux à présent ; la vengeance des drôlesses
qui tuent leurs amants fait verser des larmes de pitié aux
douze bourgeois réunis pour sonder les cœurs des criminels.
Et voilà votre sagesse, votre raison ? Les femmes tirent sur
les hommes et se plaignent qu'ils ne sont plus galants !
   La jeune fille

UNE AVENTURE PARISIENNE

   1. Le récit a paru d'abord dans *Gil Blas*, le 22 décembre 1881,
sous le titre *Une épreuve* et signé Maufrigneuse ; il a été recueilli
dans les premières éditions de *Mademoiselle Fifi* (Bruxelles, Kistemaeckers, 1882 ; Paris, Havard, 1883) et repris, sous le titre
Une épreuve, par *La Vie populaire*, le 14 août 1884. Notre texte
est celui de la deuxième édition de *Mademoiselle Fifi*. (Pour les
récits recueillis dans *Mademoiselle Fifi*, nous reproduisons le texte
de cette édition, fort probablement corrigé par Maupassant. Une
troisième édition a paru encore de son vivant chez Ollendorff,
en 1893, mais, bien qu'elle porte la mention « nouvelle édition
revue », l'auteur, interné depuis janvier 1892, ne l'a certainement
pas relue.)
   2. Dans « Chine et Japon », chronique parue dans *Le Gaulois* le
3 décembre 1880, Maupassant a écrit : « Le Japon est à la mode. Il
n'est point une rue dans Paris qui n'ait sa boutique de japonneries ;
il n'est point un boudoir ou un salon de jolie femme qui ne soit
bondé de bibelots japonais. Vases du Japon, tentures du Japon,
soieries du Japon, jouets du Japon, porte-allumettes, encriers, services à thé, assiettes, robes mêmes, coiffures aussi, bijoux, sièges,
tout vient du Japon en ce moment. »

3. William Busnach (1832-1907), auteur dramatique connu, adaptateur des romans de Zola pour la scène et fondateur du théâtre de l'Athénée.

4. Alexandre Dumas fils (1824-1895).

5. Dans une présentation du cabinet de travail de Zola par Maupassant, on lit : « Des armures du Moyen Âge, authentiques ou non, voisinent avec d'étonnants meubles japonais et de gracieux objets du XVIIIᵉ siècle. » (« Émile Zola », *Le Gaulois*, 14 janvier 1882.) On se rappellera aussi le portrait de Manet où Zola est représenté entouré d'estampes japonaises.

6. La promenade au Bois de Boulogne, comme l'absinthe de fin d'après-midi dans un café du Boulevard, font partie du rituel parisien de l'époque.

7. A l'heure du dîner surtout, le café Bignon, situé à l'angle de la Chaussée-d'Antin et du Boulevard, était un lieu de rencontre des écrivains et des artistes. Il se trouvait dans le voisinage du théâtre du Vaudeville, situé également sur le Boulevard.

8. Dans *Gil Blas*, la phrase se termine ainsi : « [...] surexcités ; et qu'elle demeurait cependant fangeuse, comme une rue sale, et que jamais maintenant elle ne serait plus apaisée et propre. »

9. Fin du texte de *Gil Blas :* « [...] sanglota. / ⋆ / Cette histoire est vrai de point en point. »

MOTS D'AMOUR

1. Publié dans *Gil Blas*, le 2 février 1882, sous la signature de Maufrigneuse, le récit a été recueilli dans les premières éditions de *Mademoiselle Fifi* (Bruxelles, Kistemaeckers, 1882 ; Paris, Havard, 1883), puis repris par *La Lune troyenne*, le 7 juillet 1889. Notre texte est celui de la deuxième édition de *Mademoiselle Fifi*.

2. Dans « L'Art de rompre » (*Le Gaulois*, le 31 janvier 1881), le thème principal de *Mots d'amour* est rattaché explicitement à celui des liens amoureux indissolubles : « C'est la chaîne, la servitude involontaire, qui commence. C'est la litanie des paroles tendres, enfantines et ridicules : "Mon rat, mon chat, mon gros loup, mon adoré." — La persécution de la tendresse. »

3. Vers extraits d'« A une femme » (*Festons et Astragales*) de Louis Bouilhet.

4. Dans sa préface à l'*Histoire de Manon Lescaut et du Chevalier Des Grieux* (Paris, H. Launette, 1885), Maupassant écrit : « Les écrivains nous ont laissé seulement trois ou quatre de ces types de grâce qu'il nous semble avoir connus, qui vivent en nous comme des souvenirs, de ces visions si palpables qu'elles ont l'air de réalités. / D'abord, c'est Didon, la femme qui aime dans la maturité de son âge, avec toute l'ardeur de son sang, toute la violence des désirs, toute la fièvre des caresses. Elle est sensuelle, emportée, exaltée, avec une bouche où frémissent des baisers qui mordent quelquefois, avec des bras toujours ouverts pour enlacer, des yeux hardis qui

demandent l'étreinte, dont la flamme est impudique. / C'est Juliette, la jeune fille chez qui s'éveille l'amour, l'amour déjà brûlant, chaste encore, qui brise et tue déjà. »

5. Plusieurs livres de l'époque portaient le titre *Le Parfait Jardinier*. Les deux autres ouvrages ont été identifiés par Louis Forestier (Maupassant, *Contes et Nouvelles,* Paris, Gallimard, « Bibliothèque de la Pléiade » (*Pl,* par la suite), t. I, 1974, p. 1396) : *La Cuisinière bourgeoise, précédée d'un manuel prescrivant les devoirs qu'ont à remplir les personnes qui se destinent à rentrer en service dans les maisons bourgeoises,* avait eu de nombreuses rééditions pendant la jeunesse de Maupassant, et les *Éléments d'histoire naturelle,* par M. l'abbé C*, publié par l'Alliance des maisons d'éducation chrétienne, était en vogue vers 1870.

6. Musset, *La Coupe et les Lèvres,* acte IV.

7. Paul de Kock (1793-1871), auteur de pièces de théâtre et de récits dont le succès prodigieux tenait, en particulier, à un habile mélange d'éléments romantiques et grivois.

8. Fin du texte du *Gil Blas* : « RENÉ | Mardi, 31 janvier. | Grand serin, va ! | SOPHIE | Pour copie conforme : | MAUFRIGNEUSE. »

MARROCA

1. Une première version de *Marroca,* différente dans les détails, parut dans *Gil Blas,* le 2 mars 1882, sous le titre *Marauca* et signée Maufrigneuse. La version définitive a été recueillie dans les premières éditions de *Mademoiselle Fifi* (Bruxelles, Kistemaeckers, 1882 ; Paris, Havard, 1883), dans *Contes et Nouvelles* (Charpentier, 1885), puis reprise par *La Semaine populaire* du 20 et du 27 mai 1888. Notre texte est celui de la deuxième édition de *Mademoiselle Fifi.*

2. Le 6 juillet 1881, Maupassant part pour un séjour de deux mois en Algérie comme correspondant du *Gaulois.* C'est à partir des chroniques envoyées à ce journal qu'il composera, en partie, *Au soleil,* récit de voyage publié par Havard en 1884.

3. Maupassant ne connaîtra Naples qu'en mai 1885. Il s'est rendu en Corse la première fois en 1880, et en Bretagne en 1879.

4. Ancienne ville romaine, Bougie (Bejaia ou Bijaia) a été prise par les Vandales en 439, par les Arabes en 708, par les Espagnols en 1509, par les Turcs d'Alger en 1555, par les Français en 1833.

5. Au début de *Namouna* de Musset, Hassan, le héros du poème, apparaît nu, étendu sur un sopha.

6. Comme on apprendra plus loin, Marroca est fille de colons espagnols ; elle prononce le français avec l'accent de sa langue maternelle.

7. Toute cette conversation manque dans la première version.

8. La tentative amoureuse du mari manque dans la première version.

9. Les deux derniers paragraphes manquent dans la première version qui se termine ainsi : « Et voilà, mon bon, comment on aime en Afrique ! | L. R. | *N. B.* — Je n'ai fait qu'émonder légèrement cette lettre dont quelques détails un peu vifs auraient pu choquer le lecteur. »

LE LIT

1. Paru dans *Gil Blas,* le 16 mars 1882, sous la signature
de Maufrigneuse, le récit a été recueilli dans les premières éditions
de *Mademoiselle Fifi* (Bruxelles, Kistemaeckers, 1882 ; Paris,
Havard, 1883), puis repris dans *La Lune troyenne* du 19 janvier
1890. Notre texte est celui de la deuxième édition de *Mademoiselle
Fifi.*
2. La marchande à la toilette vendait des vêtements et objets de
parure d'occasion, pratiquait l'usure et remplissait la fonction
d'entremetteuse. De Balzac à Zola, elle apparaît souvent dans les
romans du xixe siècle.
3. Allusion au *Sopha, conte moral* (1745) de Crébillon fils,
ouvrage représentatif de littérature licencieuse du xviiie siècle.
4. Ronsard, *Ode à sa maîtresse,* dans *Meslanges* (1555). Dans
« Les Poètes français du xvie siècle » (*La Nation,* 17 janvier 1877),
Maupassant écrit : « [Le plus grand mérite de Ronsard] est d'avoir
rompu la vieille monotonie du langage, d'avoir innové, osé des mots
et des images, enrichi le dictionnaire. Il se trouve toujours des Mal-
herbe qui sont d'utiles et académiques grammairiens ; mais ce qui
est plus rare et plus désirable, ce sont les grands audacieux, les
Ronsard avec du génie ! »
5. Depuis la Renaissance, des illustrations de la légende babylo-
nienne de Pyrame et Thisbé apparaissent souvent dans les arts plas-
tiques. Dans le chapitre Ier d'*Une vie,* Maupassant décrit longuement une série de tapisseries représentant le même sujet, qui ornent
les murs de la chambre de l'héroïne.
6. On entend l'écho parodique de la phrase attribuée à Bossuet,
« Le style c'est l'homme. »
7. Le texte du *Gil Blas* se termine ainsi : « "[...] mes lèvres." /
Noémie. / L'heureux petit abbé frisé à qui on écrivait ces choses ! »

LE VERROU

1. Paru dans *Gil Blas,* le 25 juillet 1882, le récit a été recueilli
dans *Les Sœurs Rondoli* (Paris, Ollendorff, 1884 ; notre texte), puis
repris par le supplément littéraire du 4 mars 1888 de *La Lanterne,*
par *La Lune troyenne* du 4 août 1889, et par le *Gil Blas illustré* du
22 janvier 1893.
2. Selon Louis Forestier (*Pl,* t. I, p. 1446), le peintre Raoul Denisane était, probablement, apparenté à Mme Denisane, liée au père
de Maupassant.
3. C'est Maupassant lui-même qui cite volontiers les propos
misogynes de Schopenhauer.
4. Les « tours » étaient des bâtiments isolés, mais faisant partie
des hospices, où les parents désireux d'abandonner leurs enfants
pouvaient les déposer tout en gardant l'anonymat.

5. « La femme, éternelle enfant. »
6. Vigny, « La Colère de Samson », *Les Destinées*.

LA ROUILLE

1. Publié d'abord dans *Gil Blas*, le 14 septembre 1884, sous le titre *M. de Coutelier* et signé Maufrigneuse, le récit a été recueilli dans la deuxième édition de *Mademoiselle Fifi* (Paris, Havard, 1883 ; notre texte), puis repris par *La Semaine populaire* du 15 et du 22 avril 1888 et par *La Lune troyenne* du 24 novembre 1889.

CLAIR DE LUNE

1. Publié dans *Gil Blas*, le 19 octobre 1882, sous la signature de Maufrigneuse, le récit a été recueilli dans toutes les éditions de *Clair de lune* (Paris, Monnier, in-4°, portant la date de 1884, mais parue en 1883 ; Paris, Monnier, in-8°, 1884 ; Paris, Ollendorff, 1888), puis repris par *La Vie populaire* du 20 janvier 1884, *La Lune troyenne* du 15 juillet 1888, le supplément littéraire de *La Lanterne* du 23 décembre 1888, *L'Intransigeant illustré* du 6 août 1891. Notre texte est celui de l'édition in-4°, parue chez Monnier, du recueil *Clair de lune*.
2. A Marignan, en 1515, François Ier remporta une victoire éclatante sur le duc de Milan.
3. L'Évangile selon saint Jean, II, 4. Paroles de Jésus à sa mère, lors des noces de Cana.
4. Vigny, « La Colère de Samson », *Les Destinées*. Le même vers sert de devise aux célibataires du *Verrou*.
5. Se faire la barbe, en langage familier.
6. Dans « La Lune et les poètes » (*Le Gaulois*, 17 août 1884), Maupassant cite la fin de *Booz endormi* de Victor Hugo :
       ... Et Ruth se demandait,
    Immobile, ouvrant l'œil à demi sous ses voiles,
    Quel Dieu, quel moissonneur de l'éternel été,
       Avait, en s'en allant, négligemment jeté
    Cette faucille d'or dans le champ des étoiles !

LE BAISER

1. Publié dans *Gil Blas*, sous la signature de Maufrigneuse, le 14 novembre 1882 (notre texte), le récit n'a pas été recueilli par Maupassant. Il a été repris par *La Vie populaire* du 10 avril 1884.

2. Citation du *Cantique des Cantiques*, qu'on retrouvera dans le titre du roman *Fort comme la mort*.

3. Sully Prudhomme, « Les Caresses », dans *Les Solitudes* (1869). Dans le dernier vers, l'original porte « par le corps », coquille probable que nous corrigeons. (Dans *Solitude*, Maupassant cite correctement le même vers.)

4. François Coppée, fin du deuxième poème des *Intimités* (1867) :

> Elle entrera, troublée et voilant sa pâleur.
> Nous nous prendrons les mains, et la douce chaleur
> De la chambre fera sentir bon sa toilette.
>
> O les premiers baisers à travers la voilette !

LE REMPLAÇANT

1. Publié dans *Gil Blas*, le 2 janvier 1883, sous le titre *Les Remplaçants* et signé Maufrigneuse, le récit a été recueilli dans la deuxième édition de *Mademoiselle Fifi* (Paris, Havard, 1883 ; notre texte), puis repris par *La Lune troyenne* du 20 octobre 1889.

LA TOUX

1. Publié dans *Panurge*, le 28 janvier 1883 (notre texte), le récit n'a pas été recueilli par Maupassant. La rédaction du journal l'a fait précéder des lignes suivantes : « M. Guy de Maupassant, qui est lié à un journal quotidien par un traité l'empêchant d'écrire et de signer dans d'autres journaux similaires, publie des nouvelles et des chroniques dans une Revue, très littéraire et très parisienne, de Shangaï. De temps en temps, nous en traduirons du chinois. » Lié, en effet, au *Gaulois* et à *Gil Blas*, Maupassant n'a publié dans *Panurge* que ce conte et un extrait d'*Une vie*.

2. Armand Silvestre (1837-1901), proche de Maupassant dont il partageait non seulement les goûts, mais aussi les divertissements en compagnie féminine, était très apprécié par le public pour ses contes grivois.

3. L'abbé Delille (1738-1813), traducteur de Virgile et auteur des *Jardins*, poésies didactiques et pittoresques traitant de la nature, dut, en grande partie, son immense succès à l'habileté avec laquelle il donnait une expression élevée à des pensées souvent triviales.

4. Comme le remarque Louis Forestier (*Pl*, t. I, p. 1510), la phrase est incorrecte. Peut-être faudrait-il lire « un certain prestige de poésie ».

UNE SURPRISE

1. Publié dans *Gil Blas,* sous la signature de Maufrigneuse, le 15 mai 1883 (notre texte), ce conte n'a pas été recueilli par Maupassant.

2. Il n'existe pas de commune nommée Join-le-Sault dans la région, mais on se rappellera que Maupassant lui-même était interne, de 1863 à 1868, à l'institution ecclésiastique d'Yvetot dont la sombre atmosphère sera évoquée plus loin.

LA FENÊTRE

1. Publié dans *Gil Blas,* le 10 juillet 1883, sous la signature de Maufrigneuse, le récit figure dans le recueil collectif intitulé *Le Nouveau Décaméron* (3ᵉ Journée, Paris, Dentu, 1885), sera recueilli par Maupassant dans *Le Rosier de Mme Husson* (Paris, Quantin, 1888 ; notre texte) et repris par *La Lune troyenne* du 28 octobre 1888.

Dans *Le Nouveau Décaméron,* dont la composition est imitée de Boccace, *La Fenêtre* est précédée par cette conversation entre Maupassant et la reine :

> Vous m'excuserez, répondit Guy de Maupassant, mais je suis préoccupé d'une confidence que m'a faite ce matin mon ami Maufrigneuse, et les détails en sont si bizarres qu'ils me troublent absolument.
> — Cela tombe mal, Monsieur, car j'allais en appeler à votre gracieuseté et vous demander une histoire d'amour.
> — Il me serait difficile, Madame, de penser à autre chose qu'au malentendu qui vient de faire rompre le mariage de mon ami avec Madame de Jadelle.
> — Et vous nous dites que ce malentendu a des détails bizarres...
> — Bizarres et charmants.
> — Eh bien ! voilà votre histoire toute trouvée.
> — Ah ! Madame ! s'écria Guy de Maupassant avec un air d'épouvante, ce sont des choses qu'il est impossible de raconter.
> — Pourquoi ?
> — Parce que...
> — Bon ! nous ne sommes pas ici au sermon ; et les éventails ne manquent point.
> — Madame, je renouvelle à vos pieds mon vœu d'obéissance. Mais il est bien entendu que vous ne vous offusquerez de rien et que vous me tiendrez compte de ma résistance vertueuse.
> — Oui, sans doute, et ces dames vous le promettent avec moi.
> — Et puis, dit l'auteur d'*Une vie,* je ne vois pas pourquoi je serais responsable d'une histoire qui, en réalité, n'est pas

la mienne. Je l'ai subie, comme je vais vous la faire subir. Ce n'est pas ma faute si Maufrigneuse a été traité de « manant » par Madame de Jadelle, indignée.

— Manant ! A-t-elle dit ce mot fâcheux ?

— Oui, Madame, et de sang-froid. Cela peut vous faire juger de la gravité de l'anecdote. Je laisse la parole à Maufrigneuse, naturellement, et ne fais que répéter son récit.

Dans *Gil Blas,* le récit commence ainsi :

— J'ai, mon cher monsieur de Brives, une prière à vous adresser.

— Laquelle, madame ?

— C'est de me raconter comment fut rompu votre projet de mariage avec Mme de Jadelle.

— Mais, madame, il s'est rompu tout... tout naturellement, parce que... parce que nous ne nous convenions point.

— Non, je sais qu'il y a eu quelque chose : un drame, une méprise, une surprise, une histoire enfin ? C'est cette histoire que je veux.

— Je vous assure, madame, qu'il n'y a rien eu, rien du tout. Nous avons simplement reconnu que nous ne nous convenions point.

— Ce n'est pas ce que dit Mme de Jadelle !

— Ah ? Et elle dit... Mme de Jadelle ?

— Oh ! on ne peut pas lui parler de vous sans qu'elle se mette en fureur et qu'elle vous traite de toutes les façons.

— Elle me traite de toutes les façons ?... Elle ?

— Oui, monsieur ! La dernière fois que j'ai prononcé votre nom, elle s'est écriée : « Ne me parlez jamais de cet homme, c'est un manant !... »

— Elle a dit cela ?... Mme de Jadelle ?

— Oui, monsieur, parlant à moi !

— Elle m'a traité de manant ?

— Oui, monsieur !

— Oh ! alors ?...

— Quoi, alors ?...

— Alors je peux tout vous dire.

— Eh bien dites, que je puisse à mon tour vous défendre.

— Oui... mais... c'est que...

— Quoi ?

— C'est léger.

— Cela vous gêne ?

— Pas moi, mais... vous ?

— Oh ! moi, je peux tout entendre.

— Oui... mais... c'est très léger !

— Tant que ça ?

— Tout à fait léger.

— Eh bien, voilez.

— C'est que...

— Quoi ?

— C'est le contraire qu'il faut faire. Il y a un moment où je suis obligé de dévoiler.

— Eh bien vous me préviendrez et je me tournerai à ce moment-là.

— Vous voulez, soit. Je commence.

2. Dans *Gil Blas,* le conte se termine ainsi :

ce bouquet-là. Mais que faire ? que tenter ? Voyons, conseillez-moi ! Vous, madame, vous seriez-vous montrée tellement inexorable ?

— Oh ! moi, monsieur, je ne suis pas en question. Mais, à votre place, savez-vous ce que j'aurais fait ?

— Non.

— Eh bien ! pendant que je tenais le bouquet, j'en aurais arraché les fleurs.

Dans le *Nouveau Décaméron,* le conte est suivi par ces propos :

Voilà ce que m'a raconté Maufrigneuse, dit Guy de Maupassant en achevant son histoire. Voyons, que devait-il faire ? que pouvait-il tenter ? Vous, Mesdames, vous seriez-vous montrées tellement inexorables ?

— Ho ! nous, Monsieur, dit la marquise Thérèse, nous ne sommes pas en question. Mais, à la place de Maufrigneuse, savez-vous ce que j'aurais fait ?

— Non.

— Eh bien ! pendant que je tenais le bouquet, j'en aurais arraché les fleurs !

Cette déclaration de principe fut accueillie par un silence qui n'avait rien de malveillant ; mais, en vérité, on ne pouvait sanctionner un pareil conseil par une approbation quelconque. Madame de Rocas voulut pourtant dire quelque chose ; la bonté se lisait sur son visage de rose épanouie et, en vraie méridionale, elle savait au besoin s'élever au-dessus des mièvreries parisiennes.

— Mon Dieu ! fit-elle, quand on se trompe, on se trompe, et il ne faut pas tant crier pour cela, à moins qu'on ne puisse crier à temps. Du moment où il ne restait sur la place ni morts, ni blessés, on pouvait, au bout d'un certain temps, conclure un armistice.

LES CARESSES

1. Publié dans *Gil Blas* sous la signature de Maufrigneuse, le 14 août 1883 (notre texte), ce récit n'a pas été recueilli par Maupassant.

2. L'original donne « conçue » ; nous corrigeons.

3. Musset, *La Coupe et les Lèvres,* acte IV. Les mêmes vers sont cités dans *Mots d'amour.*

4. Allusion à Schopenhauer dont Maupassant évoque souvent la thèse d'après laquelle l'amour est le masque de l'instinct de conservation de l'espèce.

5. L'original donne « il » ; nous corrigeons.

6. Louis Forestier note (*Pl*, t. I, p. 1580-1581) que la citation est tirée d'un article de Murat-Patissier dans le *Dictionnaire des Sciences médicales,* ouvrage consulté par Flaubert lors de la préparation de *Bouvard et Pécuchet.*

LA FARCE

1. Publié dans *Gil Blas,* le 18 décembre 1883, sous la signature de Maufrigneuse (notre texte), le récit a été recueilli dans le volume posthume *Le Colporteur* (Paris, Ollendorff, 1900).
2. *Cristau,* terme populaire, ou cristaux, terme familier, désignait le carbonate de sodium utilisé comme matière de nettoyage.

LA PATRONNE

1. Publié dans *Gil Blas,* sous la signature de Maufrigneuse, le 1er avril 1884, le récit a été recueilli dans *Les Sœurs Rondoli* (Paris, Ollendorff, 1884 ; notre texte), puis repris par *La Lune troyenne* du 25 novembre 1888, par le supplément de *La Lanterne* du 27 juin 1889, par *Gil Blas illustré* du 1er janvier 1893.
2. Le docteur Baraduc, ami du père de Maupassant, a hébergé l'écrivain dans sa maison de Châtelguyon où il était médecin inspecteur des eaux thermales.
3. Réchaud à alcool éthylique.
4. Les italiques soulignent le jeu de mots dont le sens a été explicité plus haut : « [...] vous prenez donc ma maison pour une maison publique ! »

LES SŒURS RONDOLI

1. Publié en feuilleton dans *L'Écho de Paris* du 29 mai au 5 juin 1884, le récit a été recueilli dans le volume, paru la même année chez Ollendorff, auquel il donne son titre (notre texte).
2. Georges de Porto-Riche (1849-1930), auteur dramatique très apprécié par les contemporains. Dans l'entourage d'Edmond de Goncourt, on disait que Maupassant tenait de lui le sujet du *Horla.*
3. Les commentateurs notent que Maupassant ne visitera l'Italie qu'un an après la publication des *Sœurs Rondoli,* au printemps de 1885. C'est alors qu'il fera, en effet, son grand voyage qui le conduira jusqu'en Sicile. Mais dans une chronique, parue dans *Le Gaulois* le 14 avril 1884, quelques semaines avant la publication des *Sœurs Rondoli,* on lit : « J'allais de Gênes à Marseille, seul dans mon wagon. C'était le printemps, il faisait chaud. Les souffles délicieux des oran-

gers, des citronniers et des roses dont toute cette côte est couverte, entraient par les portières baissées, endormeurs et grisants. »

4. Selon le *Grand Dictionnaire universel du XIXe siècle* (1875), ce terme désigne un train plus rapide que l'express.

5. Louis Bouilhet, « J'aimai. Qui n'aima pas ?... », dans *Festons et Astragales.*

6. Rappelons que le Midi était un lieu de séjour hivernal à la fin du dernier siècle. Dans « Fin de saison » (*Gil Blas,* 17 mars 1885), Maupassant écrit : « [Les Parisiens passent à Paris] trois mois par an, avril, mai et juin. [...] En décembre, ils traversent Paris pour acheter des costumes d'hiver, puis ils repartent bien vite pour la Méditerranée. »

7. L'original donne « bulldog » ; nous donnons l'orthographe française.

8. L'original donne « escaladant » ; nous corrigeons suivant la leçon de *L'Écho de Paris.*

9. « Je ne comprends pas. »

10. « Pas du tout ! »

11. *Patito,* soupirant, terme de plaisanterie.

12. Eau de toilette à odeur de foin.

13. Corneille, *Le Cid,* acte II, scène II.

14. Allusion à *La Vénus d'Urbin* (1538), tableau conservé à Florence, aux Galeries des Offices.

15. A l'exception du palais Balbi-Durazzo (1650), devenu plus tard palazzo Reale et situé via Balbi, les édifices visités, construits aux XVIe et XVIIe siècles, se trouvent via Garibaldi : le palais Spinola au n° 5, le palais Doria au n° 6 (à moins que Maupassant ne pense au palais Doria-Tursi, au n° 9, devenu palazzo Municipale), le palais Bianco au n° 11 et le palais Rosso au n° 18. Les deux derniers, contenant d'importantes collections d'œuvres d'art, sont particulièrement recommandés aux touristes.

16. A une dizaine de kilomètres de Gênes, sur la Riviera di Levante, Santa Margherita Ligure est une station balnéaire très fréquentée.

BLANC ET BLEU

1. Publié dans *Gil Blas,* sous la signature de Maufrigneuse, le 3 février 1885 (notre texte), ce récit n'a pas été recueilli par Maupassant.

2. L'original donne « Luserne » ; nous corrigeons.

LE MOYEN DE ROGER

1. Publié dans *Gil Blas,* sous la signature de Maufrigneuse, le 3 mars 1885, le récit a été recueilli dans *Toine* (Paris, Marpon et

Flammarion, 1885 ; notre texte), puis repris par *La Lune troyenne* du 10 juin 1888 et le supplément de *La Lanterne* du 18 novembre 1888.

2. La poudre de cantharide, obtenue à partir du corps desséché de l'insecte, a été utilisée comme aphrodisiaque.

3. L'expression « nouer l'aiguillette » (le ruban aux bouts ferrés qui attachait les chausses au pourpoint) s'employait autrefois pour désigner un maléfice qui rendait la victime impuissante.

UN ÉCHEC

1. Publié dans *Gil Blas* le 16 juin 1885, le récit a été recueilli dans *Le Rosier de Madame Husson* (Paris, Quantin, 1888 ; notre texte), et repris dans le tome II des *Contes de Gil Blas* (1886), dans *Le Nouveau Décaméron* (9e journée, Paris, Dentu, 1887), dans *La Vie populaire* du 2 juin 1887 et *L'Intransigeant illustré* du 24 septembre 1891.

Dans *Gil Blas* et *Les Contes de Gil Blas*, le récit commence ainsi :

— Allons donc, c'est stupide de dire ces choses-là ?

— Il n'est jamais stupide de dire la vérité. Je te répète qu'un garçon, pas laid, pas bête, assez roué, habitué aux femmes, à leurs manières, à leurs défenses, à leurs caprices, à leurs faiblesses, qui sait lire dans leur cœur, dans leur âme et dans leurs yeux, qui pressent leurs défaillances et devine les fluctuations de leurs désirs, vient toujours à bout de celles qu'il veut. Je dis toujours, et de toutes, presque sans exception. Et l'exception dans ce cas ne fait que confirmer la règle.

Quatre jeunes gens debout écoutaient la discussion. Trois d'entre eux tenaient pour Jean de Valézé qui soutenait la cause de la pluralité des femmes honnêtes. Un seul soutenait énergiquement l'avis de Simon Lataille qui reprit : « A quoi sert la discussion sur ce point, d'ailleurs, et comment nous entendrions-nous ? Nous ne jugeons, nous ne pouvons juger de ces choses que d'après notre expérience personnelle. Or, si vous avez trouvé beaucoup de rebelles, il est indubitable que vous devez croire à la sagesse des femmes, tandis que si j'ai rencontré beaucoup de défaillantes, j'ai le droit de conclure à leur faiblesse. Or, songez que la vertu et la résistance ne tiennent à rien, à un cheveu, comme on dit, oui, à une mèche de cheveux frisés d'une certaine façon, à l'expression d'un œil, au je ne sais quoi mystérieux qui rend un être, homme ou femme, instantanément désirable pour les créatures d'un sexe différent.

Celui-là, ce privilégié, triomphera toujours ou presque toujours, sans effort, par la seule puissance de sa nature, en vertu de ce don secret qu'il a, de ce charme inconnu et sensuel qu'il porte en lui, don et charme inaperçus de ses voisins de même race, alors que ces mêmes voisins, plus

intelligents, plus beaux même, échoueront dans leurs tentatives. D'où il résulte que deux hommes presque pareils ont le
droit de ne pas voir la vie et les femmes de la même façon.

Et puis il y a ceux qui s'y prennent mal, ceux qui se découragent trop vite, ceux qui ne distinguent jamais le moment
précis et surtout ceux qui désirent peu parce qu'ils ne savent
pas vraiment aimer les femmes. Je dis que le vrai désir, le désir
brûlant, le désir qui fait frémir la main et enflamme le regard
est contagieux comme une maladie. Une femme qui se sent
désirée ainsi, appelée ainsi est à moitié vaincue d'avance. Et
elles sentent cela, par tous leurs nerfs, par tous leurs organes,
par toute leur peau. Ce genre de sympathie-là est irrésistible,
voyez-vous. Mais, sacrebleu, il faut que le ton de toutes vos
paroles, que tous les mouvements de votre bouche, que toutes
les caresses de vos yeux, leur disent et leur répètent l'ardeur de
votre appel. Si vous causez avec elles comme vous le feriez avec
un professeur d'histoire, elles vous résisteront jusqu'au jugement dernier ! Quoi que vous leur disiez, pensez à leur étreinte,
pensez à leur baiser, pensez à leur nudité, et derrière vos paroles
les plus chastes et les plus graves, elles devineront, elles sentiront cette sollicitation pressante et muette. *Experto crede Roberto.*

Jean de Valézé répondit :

— Alors on ne t'a jamais résisté, à toi ?

— Si, et tout dernièrement encore. Je vais vous dire ça,
c'est assez drôle. Mais, qui sait ? je me suis peut-être trompé
sur l'instant de la dernière attaque.

Enfin, voici. J'allais à Turin

Dans *Le Nouveau Décaméron*, le conte est précédé par ces
propos :

On en vint — ce fut lady Helmsford qui émit cette opinion
sans doute peu orthodoxe, — on en vint à soutenir que le
seul bonheur, même le seul bonheur d'aimer, vit dans les
cœurs paisibles et solitaires, qui battent à peine, à l'ombre
des cloîtres.

— Amen ! fit Guy de Maupassant, mais c'est un paradis
dont bien des gens ne voudraient pas. Je crois qu'il déplairait
tout particulièrement à mon ami Simon Lataille.

— Votre ami Simon ?...

— Lataille. C'est un garçon pratique, qui s'inquiète peu
des mysticités. Il soutient qu'un homme pas laid, pas bête,
assez roué, habitué aux femmes, à leurs manières, à leurs
défenses, à leurs caprices, à leurs faiblesses, qui sait lire dans
leur cœur, dans leur âme et dans leurs yeux, qui pressent
leurs défaillances et devine les fluctuations de leurs désirs,
vient toujours à bout de celles qu'il veut. Je dis toujours, et
de toutes, presque sans exception. Et l'exception dans ce cas
ne fait que confirmer la règle.

— Je sais, dit la Reine, en se pinçant un peu les lèvres,
que les personnes présentes sont toujours en dehors de la
discussion. Je suis décidée d'ailleurs à respecter la liberté de
la tribune et de la causerie. Réfléchissez pourtant un peu aux
propositions que vous avancez. Votre ami Simon Lataille,

puisqu'il est question de lui, n'apporte-t-il pas un peu de présomption dans le jugement qu'il fait de « toutes les femmes » ?

— Madame, il les adore et respecte tant, qu'il lui est permis de tout en dire. Mais voici de quelle façon il faisait « quinaulx » ceux qui, comme moi, soutiennent et défendent la vertu des femmes envers et contre tout, même contre l'évidence. « A quoi sert de discuter un point semblable ? nous disait ce mécréant. Nous ne jugeons, nous ne pouvons juger de ces choses que d'après notre expérience personnelle. Or, si vous avez trouvé beaucoup de rebelles, il est indubitable que vous devez croire à la sagesse des femmes, tandis que si j'ai rencontré beaucoup de défaillantes, j'ai le droit de conclure à leur faiblesse. Or, songez que la vertu et la résistance ne tiennent à rien, à un cheveu, comme on dit ; oui, à une mèche de cheveux frisés d'une certaine façon, à l'expression d'un œil, au je ne sais quoi mystérieux qui rend un être, homme ou femme, instantanément désirable pour les créatures d'un sexe différent. Celui-là, ce privilégié, triomphera toujours, ou presque toujours, sans effort, par la seule puissance de sa nature, en vertu de ce don secret qu'il a, de ce charme inconnu et sensuel qu'il porte en lui, don et charme inaperçus de ses voisins de même race, alors que ces mêmes voisins, plus intelligents, plus beaux même, échoueront dans leurs tentatives. D'où il résulte que deux hommes presque pareils ont le droit de ne pas voir la vie et les femmes de la même façon. Et puis, il y a ceux qui s'y prennent mal, ceux qui se découragent trop vite, ceux qui ne distinguent jamais le moment précis et surtout ceux qui désirent peu, parce qu'ils ne savent pas vraiment aimer les femmes. Je dis que le vrai désir, le désir brûlant, le désir qui fait frémir la main et enflamme le regard, est contagieux comme une maladie. Une femme qui se sent désirée ainsi, appelée ainsi, est à moitié vaincue d'avance. Et elles sentent cela, par tous leurs nerfs, par tous leurs organes, par toute leur peau. Ce genre de sympathie-là est irrésistible. Mais il faut que le ton de toutes vos paroles, que tous les mouvements de votre bouche, que toutes les caresses de vos yeux, leur disent et leur répètent l'ardeur de votre appel. Si vous causez avec elles comme vous le feriez avec un professeur d'histoire, elles vous résisteront jusqu'au jugement dernier ! Quoi que vous leur disiez, pensez à leur étreinte, pensez à leur beauté, pensez à leur baiser, et derrière vos paroles les plus chastes et les plus graves, elles devineront, elles sentiront cette sollicitation pressante et muette.

— Et, fit la Reine, personne n'a résisté jamais à votre ami Simon Lataille, que nous regrettons fort de ne pas voir ici ?

— Pardonnez-moi, madame ; mais c'est toute une histoire à vous raconter.

— Eh bien, fit la Reine, racontez-la.

— J'obéis à Votre Majesté, dit Guy de Maupassant. Mais vous n'oublierez pas que c'est Simon Lataille qui parle.

2. Aurélien Scholl (1833-1902), romancier, auteur dramatique et, avant tout, chroniqueur très apprécié pour son esprit sceptique, était le rédacteur en chef de *L'Écho de Paris*, journal fondé en 1884, auquel Maupassant aussi a collaboré, en y publiant, notamment, *Les Sœurs Rondoli*. Dans « Messieurs de la chronique » (*Gil Blas*, 11 novembre 1884), il note à propos de son confrère : « En lisant une bonne chronique d'Aurélien Scholl, on croirait sentir la moelle de la gaieté française coulant de sa source naturelle. Il est, dans le vrai sens du mot, le chroniqueur spirituel, fantaisiste et amusant. »

3. *La Chanson d'amour*, recueil de poésies de Félix Frank, parut en 1885, quelques mois avant la publication d'*Un échec* dans *Gil Blas*.

4. La conversation touche à des sujets d'actualité : *Sapho* parut en 1884, *Germinal* et *Cruelle Énigme* en 1885 ; Jacques Grévin, caricaturiste et costumier, inaugura le musée qui porte son nom en 1882 ; Coquelin aîné est célèbre non seulement pour ses succès sur la scène, mais aussi pour ses disputes violentes avec la Comédie-Française qu'il quittera en 1886 ; à propos du comédien Jacques Damala, Maupassant a noté ailleurs : « Nous a-t-on assez étourdis depuis dix jours avec le mariage de Sarah Bernhardt et de Damala ? » (« Choses et d'autres », *Gil Blas*, 12 avril 1882) ; de Henri Rochefort, journaliste politique courageux de grande réputation, Maupassant écrit : « Et sans cesse de son esprit, de sa bouche et de sa plume, tombent des mots inattendus et singulièrement comiques, des jugements d'une vérité désopilante dans une forme saisissante de drôlerie » (« Messieurs de la chronique », *Gil Blas*, 11 novembre 1884) ; Paul de Cassagnac, journaliste bonapartiste, était le héros d'innombrables duels.

5. Fin du récit dans *Gil Blas* et dans *Les Contes de Gil Blas* :

> Lataille se tut, puis reprit : « Assurément, j'avais commis une faute de tactique ou de tact. Mais laquelle ?... »

Dans *Le Nouveau Décaméron*, le récit est suivi par cette conversation :

> — Et puis ? demanda la Reine.
> — Et puis, rien, répondit le conteur. Mon ami Lataille s'accusait d'avoir commis une faute de tactique ou de tact. Mais il n'a jamais pu savoir laquelle.
> — Peut-être, dit Mme de Rocas, la dame était-elle sincèrement vertueuse ?
> — A moins, fit Catulle Mendès, que ce jour-là, par une suite de coïncidences invraisemblables, mais possibles, elle n'eût ses bas attachés de simples ficelles.
> — N'allez pas plus avant, dit la marquise Thérèse, dans le chapitre des suppositions. Mesdames, n'admirez-vous pas la force des choses et les voies cachées de la Providence ? J'ai vu vos yeux briller de colère et d'indignation tout à l'heure, quand M. de Maupassant nous exposait les théories de son ami Lataille ; je comptais prendre votre défense, et j'avais déjà préparé un assez joli plaidoyer. Mais quels raisonnements vaudraient l'écrasant démenti que donne à ces perversités l'histoire même que nous venons d'entendre ? Il sied,

après cela, de pardonner aux hardiesses du conteur et de lui faire miséricorde. Les femmes n'ont pas besoin d'être défendues. Nous pouvons seules savoir à quel point nous sommes honnêtes et quelles excuses puissantes nous pouvons invoquer pour nos moindres peccadilles. Que nos fautes — si nous en avons jamais commis — retombent sur le front de ce sexe corrompu et corrupteur auquel, pour notre malheur, notre vie est enchaînée.

JOSEPH

1. Publié dans *Gil Blas*, le 21 juillet 1885, le récit a été recueilli dans *Le Horla* (Paris, Ollendorff, 1887 ; notre texte), puis repris par *La Vie populaire* du 14 juillet 1887 et le supplément de *La Lanterne* du 22 janvier 1888.
2. Le vallon de Roqueville est un site imaginaire dans la Normandie bien réelle de Maupassant.
3. Dans « A propos du divorce », chronique parue dans *Le Gaulois,* le 27 juin 1882, Maupassant classe George Sand dans la catégorie des romanciers « idéalistes » dont « les poétiques fictions de la vie » « eurent sur toute notre époque une singulière influence morale ». Ici, l'allusion vise la série, inaugurée en 1840 par *Le Compagnon de tour de France,* des romans de George Sand fondés sur des thèses rousseauistes de régénération sociale.
4. Drame qui se noue autour de l'amour impossible d'un valet et d'une reine, *Ruy Blas* de Victor Hugo, créé en 1838, est joué avec grand succès en 1880 à la Comédie-Française, avec Sarah Bernhardt dans le rôle de Marie de Neubourg.

AU BOIS

1. Publié dans *Gil Blas* le 22 juin 1886, le récit a été recueilli dans *Le Horla* (Paris, Ollendorff, 1887 ; notre texte), puis repris par *La Vie populaire* du 21 août 1887, le supplément de *La Lanterne* du 22 avril 1888, *Le Rabelais*, n° 55, 1889 et le supplément de *L'Echo de Paris* du 31 janvier 1892.
2. Louis Forestier (*Pl*, t. II, p. 1568) lit dans les derniers mots du conte une allusion à *L'Envers des feuilles*, conte leste de Catulle Mendès, paru dans *Gil Blas* quelques jours avant *Au bois*, le 13 juin 1886.

LA QUESTION DU LATIN

1. Paru dans *Le Gaulois*, le 2 septembre 1886 (notre texte), le récit a été recueilli la première fois dans le volume posthume *Le Colporteur*.

2. Des propositions de favoriser dans les écoles l'enseignement des langues vivantes au détriment de celui des langues mortes sont à l'ordre du jour à l'époque et soulèvent un vif débat, lancé par *La Question du latin* de Raoul Frary, paru en 1885, et continué l'année suivante dans les journaux.

3. « Lefrère » dans *Le Colporteur*.

4. Corsage ample et droit.

5. L'original donne « bouée » ; nous corrigeons.

6. *Le Colporteur* donne « Jean-Jacques Rousseau ».

7. La préposition manque dans l'original ; nous corrigeons.

8. Éducateur du jeune Dionysos et faisant partie, ensuite, du cortège du dieu du vin, Silène vit dans une joyeuse ivresse.

9. Combien il a changé depuis ce temps-là !

CRI D'ALARME

1. Publié dans *Gil Blas* le 23 novembre 1886 (notre texte), le récit a été recueilli la première fois dans le volume posthume *Le Colporteur*.

BIBLIOGRAPHIE

ŒUVRES COMPLÈTES

Œuvres complètes illustrées de Guy de Maupassant, Paris,
  Ollendorff, 1899-1904 et 1912, 29 vol. Cette édition a été
  reprise par Albin Michel.
Œuvres complètes de Guy de Maupassant, avec une étude de
  Pol Neveux, Paris, Conard, 1907-1910, 29 vol.
Œuvres complètes illustrées de Guy de Maupassant, préface,
  notices et notes de René Dumesnil, Paris, Librairie de
  France, 1934-1938, 15 vol.
MAUPASSANT : *Œuvres complètes,* texte établi et présenté par
  Gilbert Sigaux, Lausanne, Rencontre, 1961-1962, 16 vol.
MAUPASSANT : *Œuvres complètes,* avant-propos, avertissement
  et préfaces par Pascal Pia, chronologie et bibliographie
  par Gilbert Sigaux, Évreux, Le Cercle du Bibliophile,
  1969-1971, 17 vol. A cette édition s'ajoutent 3 vol. de
  Correspondance, établie par Jacques Suffel, 1973.

ÉDITIONS DES CONTES ET NOUVELLES COMPLETS

MAUPASSANT : *Contes et Nouvelles,* textes présentés, corrigés,
  classés et augmentés de pages inédites par Albert-Marie
  Schmidt, avec la collaboration de Gérard Delaisement,
  Paris, Albin Michel, 1956-1959, 2 vol.
MAUPASSANT : *Contes et Nouvelles,* texte établi et annoté par
  Louis Forestier, Paris, Gallimard, « Bibliothèque de la
  Pléiade », 1974-1979, 2 vol.
MAUPASSANT : *Contes et Nouvelles, 1875-1884. Une vie,* et
  Contes et Nouvelles 1885-1890. Bel-Ami, édition de Brigitte

Monglond, Paris, Robert Laffont, « Bouquins », 1988,
2 vol.

BIBLIOGRAPHIES

TALVART et PLACE : *Bibliographie des auteurs modernes de
langue française*, Paris, la Chronique des Lettres fran-
çaises, t. XIII, 1956, p. 247-325.
DELAISEMENT Gérard : *Maupassant journaliste et chroniqueur,
suivi d'une bibliographie générale de l'œuvre de Maupassant*,
Paris, Albin Michel, 1956.
ANON. : *Index to the Short Stories of Guy de Maupassant*,
Boston, G. K. Hall, 1960.
ARTINIAN Artine : *Maupassant Criticism in France, 1880-1940,
with an Inquiry into his Present Fame and a Bibliography*,
New York, Russel and Russel, 1941 ; 2ᵉ éd. 1969.
MONTENS Frans : *Bibliographie van geschriften over Guy de
Maupassant*, Leyde, Bange Duivel, 1976.
ARTINIAN Robert Willard et Artine : *Maupassant Criticism : A
Centennial Bibliography, 1880-1979*, London, McFarland,
1982.
FORESTIER Louis : « Bibliographie » dans Maupassant, *Contes
et Nouvelles*, Paris, Gallimard, « Bibliothèque de la
Pléiade », t. II, 1979, p. 1725-1745.

ÉTUDES BIOGRAPHIQUES ET CRITIQUES

ARTINIAN Artine : *Pour et contre Maupassant, enquête interna-
tionale. 147 témoignages inédits*, Paris, Nizet, 1955.
BAYARD Pierre : *Maupassant, juste avant Freud*, Paris, Minuit,
1994.
BESNARD-COURSODON Micheline : *Étude thématique et structu-
rale de l'œuvre de Maupassant : le piège*, Paris, Nizet, 1973.
BONNEFIS Philippe : *Comme Maupassant*, Presses Universi-
taires de Lille, 1981.
BROCHIER Jean-Jacques : *Une journée particulière. 1ᵉʳ février
1880. Maupassant*, Paris, Lattès, 1993.
BURY Marianne : *La Poétique de Maupassant*, Paris, SEDES,
1994.
CASTELLA Charles : *Structures romanesques et vision sociale
chez Maupassant*, Lausanne, L'Âge d'homme, 1972.
COGNY Pierre : *Maupassant l'homme sans Dieu*, Bruxelles, La
Renaissance du Livre, 1958.
DANGER Pierre : *Pulsion et désir dans les romans et les nouvelles
de Guy de Maupassant*, Paris, Nizet, 1993.

DELAISEMENT Gérard : *Guy de Maupassant. Le témoin, l'homme, le critique,* Centre régional de Documentation pédagogique de l'Académie Orléans-Tours, 1984, 2 vol.

DUMESNIL René : *Guy de Maupassant,* Paris, Armand Colin, 1933 ; Paris, Tallandier, 1947.

FONYI Antonia : *Maupassant 1993,* Paris, Kimé, 1993.

FRATANGELO Antonio et Mario : *Maupassant, scrittore moderno,* Florence, Olschki, 1976.

GIACCHETTI Claudine : *Maupassant. Espaces du roman,* Genève, Droz, 1993.

GICQUEL Alain-Claude : *Maupassant tel un météore,* Paris, Le Castor Astral, 1993.

GREIMAS Algridas Julien : *Maupassant. La sémiotique du texte : exercices pratiques,* Paris, Seuil, 1976.

JAMES Henry : *Sur Maupassant,* Bruxelles, Complexes, 1987.

LANOUX Armand : *Maupassant le Bel-Ami,* Paris, Fayard, 1967 ; « Le Livre de poche », 1983.

LEMOINE Fernand : *Guy de Maupassant,* Paris, Éditions Universitaires, 1957.

LUMBROSO Alberto : *Souvenirs sur Maupassant,* Rome, Bocca, 1905 ; Reprint Slatkine, Genève, 1981.

MAYNIAL Edouard : *La Vie et l'Œuvre de Guy de Maupassant,* Paris, Mercure de France, 1906.

MORAND Paul : *La Vie de Guy de Maupassant,* Paris, Flammarion, 1941 ; réédition 1958.

PARIS Jean : « Maupassant et le contre-récit » dans *Le Point aveugle. Univers parallèles II. Poésie, Roman,* Paris, Seuil, 1975.

REDA Jacques : *Album Maupassant,* Paris, Gallimard, « Bibliothèque de la Pléiade », 1987.

SAVINIO Alberto : *Maupassant et l'« Autre »,* Paris, Gallimard, 1977.

SCHMIDT Albert-Marie : *Maupassant par lui-même,* Paris, Seuil, 1962.

STEEGMÜLLER Francis : *Maupassant,* Londres, Collins, 1950.

SULLIVAN Edward D. : *Maupassant the Novelist,* Princeton University Press, 1952 ; New York, Kennikat Press, 1972.

TASSART François : *Souvenirs sur Guy de Maupassant par François, son valet de chambre,* Paris, Plon-Nourrit, 1911.

TASSART François : *Nouveaux souvenirs intimes sur Guy de Maupassant,* texte établi, annoté et présenté par Pierre Cogny, Paris, Nizet, 1962.

THORAVAL Jean : *L'Art de Maupassant d'après ses variantes,* Paris, Imprimerie Nationale, 1950.

THUMEREL Thérèse et Fabrice : *Maupassant,* Paris, Armand Colin, « Thèmes et Œuvres », 1992.

TOGEBY Knud : *L'Œuvre de Maupassant,* Copenhague, Danish Science Press ; Paris, Presses Universitaires de France, 1954.

TROYAT Henri : *Maupassant,* Paris, Flammarion, 1989.

VIAL André : *Maupassant et l'art du roman,* Paris, Nizet, 1954.

VIAL André : *Faits et Significations,* Paris, Nizet, 1973.

WALD LASOWSKI Patrick et Roman : Préface aux *Sœurs Rondoli,* Paris, Librairie Générale Française, « Le Livre de poche classique », 1992.

WILLI Kurt : *Déterminisme et liberté chez Guy de Maupassant,* Zurich, Juris, 1972.

Europe, numéro spécial *Maupassant,* juin 1969.

Colloque de Cerisy, *Le Naturalisme,* Paris, Union Générale d'Édition, « 10/18 », 1978.

Magazine littéraire, numéro spécial *Maupassant,* janvier 1980.

Flaubert et Maupassant écrivains normands, Centre d'art, esthétique et littérature, Presses Universitaires de Rouen ; Presses Universitaires de France, 1981.

Colloque de Cerisy, *Maupassant miroir de la nouvelle,* Saint-Denis, Presses Universitaires de Vincennes, 1988.

Lendemains, numéro spécial *Maupassant,* n° 52, 1989.

Maupassant et l'écriture. Actes du colloque de Fécamp, publiés sous la direction de Louis Forestier, Paris, Nathan, 1993.

L'École des Lettres, numéros spéciaux *Maupassant,* 1er juin 1993 et 15 juin 1994.

Europe, numéro spécial *Maupassant,* août-septembre 1993.

Magazine littéraire, numéros spéciaux *Maupassant,* mai 1993 et janvier 1994.

Revue des Sciences humaines, numéro spécial *Imaginer Maupassant,* 1994, n° 3.

CHRONOLOGIE

(Cette chronologie a été établie
par Nadine SATIAT.)

1850. 5 août : Naissance (enregistrée à Tourville, près de
Dieppe) de Guy de Maupassant, premier fils de Gustave
de Maupassant (né en 1821) et de son épouse Laure, née
Le Poittevin en 1821, fille d'un filateur de Rouen, sœur
d'Alfred Le Poittevin, le grand ami de Flaubert, et elle-
même amie d'enfance de l'écrivain. Gustave est séduisant
(et bientôt volage) ; Laure est belle, cultivée, intelligente,
et hypersensible.
La famille vit dans l'aisance en Normandie, et fait parfois
des séjours à Paris.

1856. 19 mai : Naissance d'Hervé, frère de Guy. Enfance
libre et vagabonde en Normandie. Laure donne à son fils
ses premières leçons de lecture et d'écriture.

1859. Des revers de fortune contraignent Gustave de Maupassant à prendre un emploi à la Banque Stolz de Paris ;
toute la famille s'installe à Passy. Guy passe l'année sco-
laire 1859-1860 au Lycée Napoléon (futur Lycée
Henri IV).

1860. Séparation de fait des époux Maupassant. Gustave
reste à Paris, Laure se retire à Étretat avec ses deux fils,
dont l'éducation est confiée à l'abbé Aubourg.

1863. Acte officiel de séparation des époux Maupassant.
Octobre : Maupassant entre comme pensionnaire à l'institution ecclésiastique d'Yvetot. Il compose ses premiers
vers, qu'il soumet à sa mère.

1864-1868. Maupassant, d'abord bon élève, se dissipe. Il
passe les vacances d'été à Étretat.

1868. Les Pères d'Yvetot renvoient Maupassant, qui entre
comme interne au Lycée de Rouen. Il se rend chaque
dimanche chez Louis Bouilhet, ami intime de Flaubert ;
les deux hommes guident ses tout premiers pas en littérature.

1869. 18 juillet : Mort de Louis Bouilhet.
27 juillet : Maupassant est reçu bachelier ès lettres.
Octobre : Maupassant s'installe dans une chambre à
Paris, au rez-de-chaussée de l'immeuble où habite son
père ; il s'inscrit en première année de droit.

1870. 17 juillet : Déclaration de guerre à la Prusse. Maupassant est immédiatement appelé. Après une courte forma-
tion à Vincennes, il est versé à l'Intendance à Rouen. Il se
trouve pris dans la débâcle.
Septembre : Défaite de Sedan. Maupassant rejoint Paris.

1871. Janvier : Bombardements de Paris ; armistice.
Mars : Les Prussiens sont à Paris.
18 mars-28 mai : C'est la Commune.
Juin : Maupassant est à Rouen, on ne sait pas exactement
depuis quand.
Septembre : Maupassant se fait remplacer dans l'armée.

1872. Mars : Après plusieurs démarches de son père, Maupassant entre comme attaché bénévole au ministère de la
Marine.
Octobre : Maupassant s'inscrit en deuxième année de
droit. Il est bientôt nommé surnuméraire à la direction
des Colonies du ministère de la Marine.

1873-1875. A partir du 1er février 1873, Maupassant est
appointé 125 francs par mois, plus une prime annuelle de
150 francs. (Il sera titularisé et augmenté en mars 1874,
et son salaire atteindra 2000 francs en novembre 1878,
plus 600 francs de pension que lui sert son père ; c'est
loin d'être l'aisance.)
Maupassant pratique le pistolet, l'épée, la canne ; il
canote à Argenteuil, court les filles ; fait (à tarif réduit
comme employé de la Marine) de nombreux voyages à
Étretat pour voir sa mère ; écrit des contes, sous la direction sévère de Flaubert grâce auquel il rencontre Zola et
Goncourt, puis Tourgueniev.

1875. Mort du grand-père paternel de Maupassant, et que-
relles de famille autour de l'héritage.
Février : *L'Almanach Lorrain de Pont-à-Mousson* publie le

premier conte de Maupassant : *La Main d'écorché* (sous le pseudonyme de Joseph Prunier).

Avril : Devant Flaubert et Tourgueniev, Maupassant et ses amis canotiers (dont Octave Mirbeau) jouent sa pièce pornographique *A la Feuille de Rose, maison turque.*

Toute l'année, dans ses moments de liberté, Maupassant canote, se baigne aux environs de Chatou et de Bougival, ou se rend à Étretat : au ministère, son emploi n'est guère prenant, et lui laisse le temps de travailler à ses nouvelles. Il a fait la connaissance de Mallarmé, et fréquente rue de Rome.

1876. Mars : Le Vaudeville refuse la pièce de Maupassant *La Répétition.* Mais Maupassant publie (sous le pseudonyme de Guy de Valmont) un poème, *Au bord de l'eau,* dans *La République des Lettres* de Catulle Mendès, qui le présente à quelques parnassiens.

Maupassant éprouve à cette époque des douleurs cardiaques et souffre d'une maladie de peau.

Octobre : Il s'installe 17, rue de Clauzel, dans une maison habitée par des filles.

Novembre : Grâce à Flaubert, il publie dans le quotidien *La Nation* un article, « Balzac d'après ses lettres ».

Il commence à travailler à un drame historique, intitulé *La Comtesse de Réthune.* Il participe régulièrement à des dîners et à des réunions chez Huysmans, Mendès et Zola, fréquente Hennique, Céard, Alexis, ceux du futur groupe de Médan, et passe ses dimanches chez Flaubert.

1877. 2 mars : Maupassant écrit à son ami Pinchon qu'il a « la grande vérole, celle dont est mort François Ier ».

16 avril : Premier dîner Trapp, offert par la jeunesse des lettres réaliste à ses trois maîtres : Flaubert, Zola et Goncourt.

Août : Cure à Loèche-les-Bains, dans le Valais suisse.

Décembre : Maupassant a fait le plan d'un roman (ce sera *Une vie*).

1878 : Maupassant travaille à son roman.

15 février : Il rencontre Sarah Bernhardt, à laquelle Zola a communiqué le drame historique de Maupassant désormais intitulé *La Trahison de la comtesse de Rhune,* et qui sera refusé au Théâtre-Français.

Mars-septembre : Maupassant écrit un long poème, la *Vénus rustique,* et publie plusieurs contes dans *La Mosaïque.*

Septembre : Maupassant soumet à Flaubert une petite pièce en vers, *Histoire du vieux temps.*

Décembre : Grâce à l'entremise de Flaubert, Maupassant
passe au ministère de l'Instruction publique.
C'est vers cette époque qu'il commence à fréquenter le
salon de Nina de Villard (qui mourra en 1884).

1879. 19 février : Première au théâtre Déjazet de l'*Histoire
du Vieux temps*, bien accueillie, et publiée en mars chez
Tresse.
15 mai : La princesse Mathilde voudrait faire jouer la
pièce chez elle, et invite Maupassant à cette fin. On ne
sait si le projet aboutit.
15 août : La pièce est jouée au casino d'Étretat à l'occasion d'un gala donné par Louise de Miramont.
6 septembre-6 octobre : Voyage en Bretagne et à Jersey,
séjour à Étretat.
Novembre : *La Revue moderne et naturaliste* publie *Une fille*
(qui reprend, aux douze premiers vers près, le poème *Au
bord de l'eau*, publié en 1876). Flaubert recommande le
poème *Vénus rustique* à Juliette Adam, directrice de la
Nouvelle Revue, qui accueille sans bienveillance Maupassant dans son salon, et refuse le poème.
Décembre : *La Réforme* publie *Le Papa de Simon*.
Maupassant travaille à *Boule de suif*.
Une information judiciaire est ouverte au parquet
d'Étampes contre la *Revue moderne* : *Une fille* est accusée
d'outrage à la morale publique.

1880. Janvier-février : Maupassant comparaît devant le juge
d'Étampes, Flaubert publie une lettre de soutien dans *Le
Gaulois*, et l'affaire est close sur un non-lieu.
Maupassant se réjouit de la publicité !
Février-mars : Maupassant souffre d'une paralysie de l'œil
droit, de troubles cardiaques, et perd ses cheveux.
Avril : Publication des *Soirées de Médan*, qui font grand
bruit. Le succès de *Boule de suif* va ouvrir au jeune écrivain les colonnes de la presse.
Publication du recueil *Des Vers* chez Charpentier, grâce à
la recommandation de Flaubert.
8 mai : Mort de Flaubert, inhumé le 11.
31 mai : Première collaboration au *Gaulois*, auquel Maupassant donnera des contes et des chroniques jusqu'en
1888.
1er juin : Maupassant obtient du ministère de l'Instruction
publique un congé payé de trois mois, suivi d'un nouveau
congé à demi-traitement pendant trois autres mois, puis
d'un congé sans solde de six mois.
Août : Séjour à Étretat. Maupassant loue à Sartrouville

une maison dans laquelle il passera plusieurs semaines au printemps et en été durant les trois années suivantes.

Septembre-octobre : Voyage en Corse avec sa mère.

Automne : Maupassant souffre de violentes migraines. Sa mère lui cède une parcelle de terrain à Étretat.

Novembre-décembre : Maupassant travaille à *La Maison Tellier*.

Il s'installe 83, rue Dulong. Il est resté en contact avec Tourgueniev, rentré en Russie, et qui va s'occuper d'y faire connaître son œuvre.

1881. Maupassant collabore à diverses revues.

6 avril : Maupassant assiste chez Goncourt à sa lecture du début de *La Faustin*. Il participe aux séances du Comité pour le monument Flaubert.

Mai : Publication de *La Maison Tellier* chez Havard ; gros succès malgré un accueil contradictoire de la critique.

Maupassant se remet à travailler à *Une vie*, laissée de côté depuis la fin 1878.

Juillet-août : Voyage dans une Algérie troublée (c'est l'époque des soulèvements dans le sud Oranais) avec le journaliste Harry Alis ; Maupassant en rapporte onze chroniques.

Fin octobre : Début d'une longue collaboration au *Gil Blas*, où Maupassant signe « Maufrigneuse ».

1882. Mars-avril : Séjour à Sartrouville.

Mai : Publication de *Mademoiselle Fifi* chez l'éditeur bruxellois Kistemaeckers.

Début juin : Maupassant fait son service de presse depuis la Côte d'Azur.

Juillet : Voyage en Bretagne.

1er octobre : La revue *Panurge* publie un fragment du début d'*Une vie*.

De congé en congé, Maupassant avait pratiquement quitté son emploi au ministère de l'Instruction publique ; il est rayé des cadres par le nouveau ministre, Paul Bert.

1883. Maupassant souffre des yeux.

Février : Naissance du premier enfant illégitime présumé de Maupassant et de Joséphine Litzelmann, une donneuse d'eau de Châtelguyon.

Publication d'*Une vie* en feuilleton dans le *Gil Blas*.

Mars : Étude sur *Émile Zola* dans la série des *Célébrités contemporaines*, chez Quantin.

Avril : Publication d'*Une vie* chez Havard. La librairie Hachette interdit d'abord la diffusion du roman dans les librairies des gares dont elle a le monopole.

Juin : Période militaire à Rouen.

Publication des *Contes de la Bécasse* chez Rouveyre et Blond.

Juin-août : Séjours aux eaux de Châtelguyon.

3 septembre : Mort de Tourgueniev.

Séjour à Étretat.

1er novembre : François Tassart entre au service de Maupassant.

Décembre : Séjour à Cannes, où il fréquente Hermine Lecomte du Nouy (qui vient de donner naissance à son fils Pierre).

Au cours de l'année, Maupassant a publié environ soixante-dix contes et chroniques.

1884. Publication du récit de voyage *Au soleil* chez Havard, et du recueil *Clair de Lune* chez Monnier.

Maupassant se fait construire à Étretat un chalet, « La Guillette ».

Janvier-mars : Plusieurs séjours à Cannes, où l'écrivain fréquente la comtesse Potocka.

11 février : *Étude sur Flaubert* en préface aux *Lettres de G. Flaubert à G. Sand*.

Avril : Échange de lettres avec Marie Bashkirtseff.

Maupassant s'installe 10, rue Montchanin (aujourd'hui rue Jacques-Bingen, dans le XVIIe), où il reçoit aussi désormais Dumas fils, Georges de Porto-Riche et le peintre Gervex.

Mai : Publication de *Miss Harriet* chez Havard.

Juin-octobre : Séjour à Étretat ; Maupassant travaille à *Bel-Ami*.

Publication des *Sœurs Rondoli* chez Ollendorf.

Publication de la nouvelle *Yvette* dans *Le Figaro*.

Novembre : Publication du recueil *Yvette* chez Havard.

Décembre : A Cannes auprès de sa mère malade.

Au cours de l'année, Maupassant a publié environ soixante nouveaux contes et nouvelles dans les journaux. Ce surmenage a contribué à aggraver ses troubles nerveux. Il a eu un deuxième enfant de Joséphine Litzelmann. Et il s'est acheté un cotre de neuf tonneaux, *La Louisette*.

1885. Janvier : Maupassant envoie le début de *Bel-Ami* au *Messager de l'Europe* à Saint-Petersbourg, qui le publie.

Février : Maupassant achève *Bel-Ami*. Il souffre de plus en plus des yeux.

Bref séjour à Cannes chez sa mère.

Mars : Publication des *Contes du jour et de la nuit* chez Havard.

Avril-mai : Voyage en Italie et en Sicile.

Publication de *Bel-Ami* en feuilleton dans le *Gil Blas*, puis en volume chez Havard.

Juin-mi-juillet : A Paris, avec un bref séjour à Étretat.

Mi-juillet-mi-août : Aux eaux de Châtelguyon.

Maupassant commence à travailler à *Mont-Oriol*.

Mi-août-mi-septembre : A Étretat.

Fin novembre : Maupassant loue à Antibes la villa Muterse. Il remplace *La Louisette* par le *Bel-Ami I*, de plus fort tonnage.

Décembre : Publication de *Monsieur Parent* chez Ollendorf.

Dîner chez Marie Kann ; Maupassant fréquente aussi le salon de Geneviève Strauss, et les Cahen d'Anvers, puis s'échappe dans le Midi, où il aide son frère à créer un établissement d'horticulture.

Au cours de l'année, Maupassant a publié une trentaine de nouveaux contes et chroniques ; il a aussi donné une préface intéressante à une réédition de *Manon Lescaut* chez Laurette.

1886. Janvier : Publication de *Toine* chez Marpon et Flammarion.

Mariage d'Hervé avec Marie-Thérèse Fanton d'Andon (ils auront une fille, Simone).

Janvier-mars : Toujours sur la Côte d'Azur, Maupassant travaille à *Mont-Oriol*.

Fin avril-mai : Maupassant rend compte du Salon pour *Le XIXᵉ siècle*.

Publication de *La Petite Roque* chez Havard.

Dans *Très Russe* (*Villa moresque*), Jean Lorrain caricature Maupassant sous les traits de Beaufrilan, ce qui faillit entraîner un duel entre les deux écrivains.

Juillet : Séjour à Châtelguyon, puis quelques jours à Étretat.

Août : Séjour d'une quinzaine de jours en Angleterre, à l'invitation du baron Ferdinand de Rothschild ; séjour à Saint-Gratien chez la princesse Mathilde.

Septembre : Séjour à Étretat.

Fin octobre-décembre : Sur la Côte d'Azur, et promenade en mer.

Publication de *Mont-Oriol* dans le *Gil Blas*.

Au cours de l'année, Maupassant a publié vingt-quatre nouveaux contes et chroniques.

1887. Fin janvier : Retour à Paris.
Publication de *Mont-Oriol* chez Havard.
Février-mars : Nouveau séjour à Antibes.
Mai : Séjour à Chatou, réceptions et canotage.
Publication du *Horla* chez Ollendorf.
Fin juin : A Étretat, Maupassant commence à travailler à
Pierre et Jean ; il fait agrandir « La Guillette ».
Juillet : Deux ascensions en ballon, au-dessus des environs de Paris, puis jusqu'en Belgique.
Naissance d'un troisième enfant de Joséphine Litzelmann.
Août : Hervé donne des signes inquiétants de désordre
mental, et Maupassant le fait examiner. ·
Septembre : A Étretat.
Octobre-janvier 1888 : Voyage en Afrique du Nord, et
rédaction d'un récit de son voyage.
Fin décembre : Début de la publication de *Pierre et Jean*
dans la *Nouvelle Revue*.
Au cours de l'année, Maupassant a publié une vingtaine
de nouveaux contes et chroniques.

1888. Début janvier : Publication tronquée de l'étude *Le
Roman* dans le supplément du *Figaro*, querelle et rectification.
Publication de *Pierre et Jean* précédé de l'étude *Le Roman*
chez Ollendorf.
Maupassant met au net les notes de navigation en Méditerranée qui deviendront *Sur l'eau*.
Fin janvier : Départ pour le Midi. Maupassant achète le
Bel-Ami II. L'état de santé d'Hervé s'aggrave.
Mars : Maupassant commence à écrire *Fort comme la mort*.
Avril : Croisière sur le *Bel-Ami II*.
Séjour à Poissy, puis à Étretat pour s'occuper de la vente
d'une ferme appartenant à sa mère.
Fin juin : Publication de *Sur l'eau* chez Marpon et Flammarion.
Septembre : Bref séjour à Étretat, départ pour une cure à
Aix-les-Bains.
Octobre : Publication du *Rosier de Madame Husson* chez
Quantin.
Bref séjour chez la princesse Mathilde.
Novembre-décembre : Voyage en Algérie.
Au cours de l'année, Maupassant a publié seulement huit
nouveaux contes et chroniques.

1889. Février : Publication de *La Main gauche* chez Ollendorf.

Avril-mai : Publication de *Fort comme la mort* dans la *Revue illustrée*.

Maupassant visite l'Exposition universelle et déteste la tour Eiffel.

Publication de *Fort comme la mort* chez Ollendorf.

Fin mai-mi-juillet : Maupassant loue à Triel (près de Vaux, sur la Seine) la villa Stieldorf ; il y travaille à *Notre Cœur*.

Juillet : Allées et venues entre Étretat et Paris.

Août : Le 11, internement d'Hervé à l'asile de Bron (Lyon).

Le 18, Maupassant donne une fête délirante à « La Guillette » ; aussitôt après, il part pour le Midi, rend visite en chemin à son frère interné.

Août-octobre : Croisière à bord du *Bel-Ami II* : Maupassant s'arrête à Tunis et en Italie. Son état de santé est très mauvais.

13 novembre : Mort d'Hervé ; bref séjour de Maupassant à Grasse auprès de sa mère.

20 novembre : Retour à Paris. Maupassant s'installe 14, avenue Victor-Hugo, mais ne peut supporter le bruit causé par un boulanger au rez-de-chaussée de l'immeuble. Il repart dans le Midi.

Au cours de l'année, Maupassant n'a donné aux journaux que huit nouveaux contes et chroniques.

1890. 6-24 janvier : Publication du récit de voyage *La Vie errante* dans *L'Écho de Paris*.

Départ pour Cannes.

Fin mars : Retour à Paris. Maupassant travaille à *Notre Cœur*.

Publication de *La Vie Errante* chez Ollendorf.

Avril : Publication de *L'Inutile Beauté* chez Havard.

Mai-juin : Publication de *Notre Cœur* dans la *Revue des Deux-Mondes*.

Juin : Séjour à Aix-les-Bains.

Publication de *Notre Cœur* chez Ollendorf.

Juillet : Maupassant s'installe 24, rue du Boccador.

Séjour aux eaux de Plombières, puis à Gérardmer chez les Cahen d'Anvers.

Maupassant travaille à ce qui deviendra la pièce *La Paix du ménage*.

Août : Bref séjour à Étretat, puis à Aix-les-Bains. Maupassant, dans une période de grande excitation intellectuelle, prépare *L'Âme étrangère*, qui restera inachevé.

Mi-septembre-mi-octobre : Séjours à Nice et à Saint-Tropez.

Fin octobre : Bref séjour en Afrique du Nord.

23 novembre : Inauguration du monument Flaubert à Rouen.

Au cours de l'année, Maupassant ne publie qu'une dizaine de nouveaux contes. Sa santé physique et mentale se dégrade de plus en plus.

1891. Hiver : L'état de santé de Maupassant est très mauvais. Il se met à consulter de plus en plus de médecins à la fois.

Il ne parvient pas à travailler à un nouveau roman, *L'Angélus,* qui restera inachevé.

4 mars : Première de sa pièce *Musotte* au Gymnase ; c'est un succès.

17 mars : *Notes sur Swinburne* dans *L'Écho de Paris.*

Avril : Maupassant interrompt sa collaboration au *Gaulois* et au *Figaro,* et part pour Nice, d'où il dicte ses chroniques pour le *Gil Blas.*

Publication de *Musotte* chez Ollendorf.

Mai : Retour à Paris. Maupassant est dans un état de grande dépression physique et morale.

Juin : Bref séjour à Luchon.

Juillet-août : Très agité, Maupassant se déplace sans arrêt (brefs séjours à Divonne, à Champel) et consulte encore de nouveaux médecins. La paralysie générale commence à affecter ses facultés intellectuelles.

Septembre : Séjour à Aix-les-Bains, puis à Cannes.

Octobre : A Paris. Échange de lettres avec Mlle Bogdanoff.

Novembre-décembre : A Cannes. L'état mental de Maupassant se dégrade encore, et il souffre physiquement sans arrêt.

31 décembre : Maupassant écrit un mot d'adieu à son ami le docteur Cazalis : ce sont ses dernières lignes.

1892. Dans la nuit du 1er au 2 janvier, Maupassant essaie de se suicider en se tranchant la gorge.

7 janvier : Maupassant est interné dans la clinique du docteur Blanche, à Passy. Il sombre totalement.

1893. 6 mars. Grâce aux efforts de Dumas fils, première de *La Paix du ménage* à la Comédie-Française.

Publication de *La Paix du ménage* chez Ollendorf.

6 juillet : Après six semaines de crises ininterrompues, Maupassant meurt à la clinique du docteur Blanche. Il est inhumé le 8 au cimetière du Sud (Montparnasse).

TABLE

GF — TEXTE INTÉGRAL — GF

95/05/M6649-V-1995 — Impr. MAURY Eurolivres SA, 45300 Manchecourt.
Nº d'édition 16044. — Mai 1995. — Printed in France.